R. Austin F

IL MISTERO
STREET

Edizione integrale

COMPAGNIA DEL GIALLO
GRUPPO NEWTON

Personaggi principali

Dottor John Thorndyke
esperto in medicina legale

Dottor Christopher Jervis
amico di Thorndyke

Nathaniel Polton
assistente di Thorndyke

Tom Pedley
pittore

Lotta Schiller
aspirante pittrice

William Vanderpuye
amico di Lotta

Illustrazione in copertina di Valentina Ambrosi

Titolo originale: *The Jacob Street Mistery*
Traduzione di Franco Paris

ISBN 88-8183-561-4

Il Giallo Economico Classico - Numero 137 -7 dicembre 1996 - Pubblicazione settimanale - Direttore responsabile: Raffaello Avanzini - Registrazione n. 151 del 5 aprile 1993 presso il Tribunale di Roma - Fotocomposizione Sinnos Coop. sociale a r.l., Roma - Stampato per conto della Finedim s.r.l., Compagnia del Giallo, Roma, presso la Rotolito Lombarda S.p.A., Pioltello (MI), su carta Libra Classic della Cartiera di Kajaani distribuita dalla Fennocarta s.r.l., Milano - Copertina stampata su cartoncino Galerie Card della Cartiera di Aanekoski - Distribuzione nazionale per le edicole: A. Pieroni s.r.l., Viale Vittorio Veneto, 28 - Milano - telefono 02-29000221, telex 332379 PIERON I - telefax 02-6597865 - Consulenza diffusionale: Eagle Press s.r.l., Roma.

Parte prima. Una trama in formazione

Qualcuno origlia

In un piacevole e assolato pomeriggio verso la fine di maggio, quando ormai la primavera stava per confluire nell'estate, il signor Thomas Pedley (Tom Pedley per i suoi amici, più familiarmente Tom) era seduto su un solido sgabello davanti a un piccolo cavalletto da pittore di bambù, sul quale era fissata una tela in posizione verticale che misurava quarantacinque centimetri per venticinque. Un occhio esperto avrebbe individuato nel suo aspetto, nella sua attrezzatura semplice e artigianale, nella disinvoltura con cui maneggiava il pennello e dava forma al quadro sulla tela, un abile paesaggista al lavoro.

E difatti Tom Pedley lo era. Dai tempi della sua fanciullezza, quarant'anni prima, il disegno e la pittura lo avevano appassionato, insieme a quell'amore per la campagna che contraddistingue il paesista nato. Per lui la campagna, davvero incontaminata ai suoi tempi, era un'inesauribile fonte di diletto, di studio e di meditazione. Nelle sue passeggiate quotidiane tra prati e boschi, attraverso poderi o piccoli, tranquilli villaggi, ogni escursione era un viaggio d'esplorazione che permetteva nuove scoperte; forme particolari e colori sorprendenti e impercettibili da aggiungere al suo crescente patrimonio di conoscenze riguardo a quegli aspetti meno noti della natura che spetta al paesaggista rivelare. E col passare degli anni, quando la campagna sfiorì sotto i colpi del progresso meccanico, quella conoscenza divenne sempre più preziosa. Infatti quei posti divenivano sempre più rari e bisognava ovviare alla scarsità della materia attingendo ai ricordi del passato.

Il quadro che andava prendendo forma sulla tela era un esempio di questa applicazione di conoscenza acquisita con l'esperienza. Alle pareti di una galleria avrebbe fatto pensare a una radura in un ampio bosco. In realtà, il posto era poco più di una bassa boscaglia, l'ultima oasi sopravvissuta nello squallido deserto di una zona "in sviluppo". Dalla sua "postazione", in mezzo ai cespugli, Tom poteva udire, debolmente e in lontananza, lo stridore dei motori delle automobili, il rombo degli autobus e lo sferragliamento degli autocarri; e a solo un centinaio di metri di distanza c'era il sentiero segnato dai solchi dal quale era arrivato, che metteva in comunicazione una strada semiasfaltata con podere disabitato.

Comunque, eccetto i rumori del traffico, il posto era stranamente tranquillo e silenzioso, e l'effetto era accentuato dai suoni che facevano da sottofondo a quel luogo. Da qualche parte nel fogliame, lì vicino, un tordo cantava allegramente, e su un ramo un po' più in alto un fringuello continuava a ripetere il suo canto gradevole e sempre uguale. La solitudine e la quiete erano assolute. Sembrava che nessuno battesse quel sentiero accidentato, poiché in quelle due ore di lavoro nemmeno un'anima lo aveva percorso.

Poi, mentre Tom faceva una pausa per riempire la pipa ed esaminare il quadro, arrivò un suono di voci seguito dalla comparsa di due uomini, che camminavano con andatura lenta sul sentiero, conversando seriamente a bassa voce. Tom non riusciva a sentire quello che dicevano, sebbene avesse l'impressione che il tono fosse tutt'altro che amichevole. Però non vi prestò molta attenzione, interessato più che altro all'effetto che creavano quelle figure scure e dai contorni netti su uno sfondo indefinito; e neanche più di tanto, visto che il suo soggetto non prevedeva delle figure, e di certo non con la bombetta. Così continuò a riempirsi la pipa analizzando il suo lavoro pomeridiano quando si avvicinarono senza notarlo, di fatto era quasi invisibile dal sentiero, e quando scomparvero dalla vista tirò fuori un pacchetto di fiammiferi; era sul punto di accenderne uno quando una terza figura, quella di una donna, fece la sua apparizione, prendendo la stessa direzione degli altri.

Ciò, stavolta, destò decisamente l'attenzione di Tom, che si mise a sedere immobile con il fiammifero ancora spento in mano, scrutando attraverso gli arbusti che lo nascondevano. Il comportamento della donna era molto strano. Avanzava molto più rapidamente dei due uomini, però con un passo silenzioso e furtivo; e a giudicare dai suoi movimenti sembrava ascoltarli e cercare di tenerli d'occhio senza essere vista.

Tom la guardava con disapprovazione. Detestava ogni sorta di "ficcanaso", ma specialmente quelli che origliavano. Comunque non era affar suo e, quando lei fu uscita dal suo campo visivo, si accese la pipa, riprese il pennello e se ne dimenticò all'istante. Ma la cosa non era finita lì. Aveva ripreso a dipingere da pochi minuti che la donna riapparve; e ora il suo comportamento era ancora più bizzarro. Ritornava sui suoi passi con un'andatura più veloce, ascoltando e girandosi con un'aria che pareva allarmata. Improvvisamente, quando si trovò quasi di fronte a Tom, si infilò in mezzo ai cespugli e scomparve dalla vista.

La cosa era decisamente insolita. Per l'ennesima volta il pennello passò nella mano della tavolozza e, ascoltando attentamente, Tom frugò nella tasca in cerca dei fiammiferi; poiché, naturalmente, la sua pipa si era spenta, come fanno continuamente le pipe dei pittori. Ben presto il suo orecchio captò un rumore di passi; leggeri e rapidi, provenienti dalla casa colonica. Poi comparve un uomo, che camminava veloce ma con un'andatura agile e quasi furtiva, tenendo gli occhi bene aperti.

Tom, che se ne stava lì impalato acquattato dietro i cespugli, seguiva incuriosito la figura che indietreggiava, nella quale aveva riconosciuto il più piccolo dei due uomini che avevano percorso il sentiero, chiedendosi che fine avesse fatto l'altro. Poi l'uomo scomparve in direzione della strada, mentre Tom restava immobile come una statua, in attesa di eventuali sviluppi.

Non dovette attendere molto. Il rumore dei passi era appena svanito che la donna uscì alla chetichella dal suo nascondiglio, rimanendo per qualche secondo in ascolto e scrutando il sentiero nella direzione presa dall'uomo. Poi cominciò, lentamente e cautamente, a seguirlo, scomparendo anche lei ben presto dalla vista in mezzo agli alberi.

Tom si accese pensieroso la pipa. Era tutto molto insolito. Che stava succedendo? La donna stava chiaramente spiando gli uomini, ascoltando a quanto pare la loro conversazione, standо bene attenta a non farsi vedere. Le cose stavano così, per quello che ne sapeva, e poiché non era interessato più di tanto decise che si trattava di una faccenda troppo "complicata" e la accantonò.

Però l'accantonamento fu di breve durata. L'episodio gli aveva fatto perdere la concentrazione e non riusciva a ricominciare. Per un po' cercò di riprendere il filo, aggiungendo un tocco qua e là; poi, per l'ennesima volta, si appoggiò indietro ed esaminò il suo lavoro, alzandosi infine dallo sgabello e indietreggiando di un paio di passi per avere una migliore visione d'insieme. Ora, un pittore esperto sa di solito quando smettere; e Tom, dopo un esame critico del suo quadro, decise che era arrivato quel momento. Erano due ore abbondanti che dipingeva di buona lena, e sapeva lavorare alacremente a dispetto del suo modo di fare tranquillo; aveva le idee chiare, commetteva pochi errori e dipingeva in modo rigoroso e diretto.

Avendo deciso che il suo quadro era finito, tranne forse un paio di particolari da "aggiustare" in studio, si mise a raccogliere le sue cose, chiudendo la tavolozza pieghevole e riponendola nella scatoletta dei colori di legno, sistemando il dipinto nella cartella e arrotolando i pennelli usati nel cencio. Dopo aver messo queste cose, in bell'ordine, nella sua borsa a tracolla, ripiegò il cavalletto e lo sgabello, li fissò con una cinghia, si poggiò la borsa sulla spalla e, dopo aver dato un'ultima occhiata al suo soggetto, si fece strada in mezzo al sottobosco in direzione del sentiero.

Arrivato al sentiero segnato dai solchi rimase per un po' a guardarlo attentamente mentre si riempiva la pipa. Non era un uomo indiscreto, però la sorte dell'uomo che non era ritornato sui suoi passi destava in lui una certa curiosità. Nel corso delle sue precedenti esplorazioni aveva avuto l'impressione che il sentiero, o carraia, terminasse laddove il bosco finisce gradatamente per lasciare il posto alle nuove devastazioni. A quanto pare si era sbagliato; in qualche modo doveva proseguire, serbando forse nuove possibilità per il paesaggista.

Dopo aver acceso la pipa si avviò lungo il sentiero per circa trecento metri, fino a quando sbucò dal bosco e risolse entrambi i quesiti. Il sentiero, o comunque la carrareccia, come poteva constatare, era quel che restava di una strada che attraversava, con un percorso tortuoso, il podere abbandonato in direzione di una zona dove cumuli di mattoni e cataste di materiale edile vario lasciavano presagire una nuova invasione di case, simile a quella già avvenuta. Nelle vicinanze, sulla destra, c'erano vecchi mucchi di fieno infestati dai ratti e, pochi metri più in là, una stalla in rovina dal tetto di paglia che cadeva a pezzi, con le travi marce in bella vista. Tom guardò dispiaciuto i tristi resti di quella che una volta era una fattoria, poi tornò sui suoi passi lungo il sentiero.

Aveva faticosamente percorso circa duecento metri quando percepì il suono di zoccoli di cavallo e il rombo di ruote, che arrivavano a quanto pare dalla strada, e quando si trovò quasi di fronte alla sua "postazione" dalla curva sbucò un carro a due ruote. Si fermò a guardarlo, colpito dall'effetto interessante di quel veicolo campestre sul viottolo tortuoso, che si stagliava scuro nel fogliame illuminato dal sole. Quando si avvicinò indietreggiò verso il bosco per farlo passare, scambiando un saluto con il conducente; una volta passato si voltò a guardare per imprimersi nella memoria i suoi contorni modificati dal cambiamento della luce, fino a quando scomparve dietro una curva del viottolo, dopodiché riprese il suo cammino in direzione della città, allungando il passo e constatando un interesse crescente nei confronti del pasto che lo attendeva alla fine del suo viaggio. In cima al sentiero, nel punto in cui esso dava sulla strada semiasfaltata, sostò per un po' a osservare in tono sprezzante il brutto spettacolo offerto da quel posto che neanche un anno prima era stato un tranquillo pezzo di campagna; poi, dopo aver scambiato quattro chiacchiere con un muratore attempato che sembrava facesse la guardia a un cumulo di mattoni, riprese il cammino verso la strada principale per raggiungere infine la fermata dell'autobus.

Qui trascorse la lunga attesa camminando su e giù, aspettando impaziente l'arrivo del mezzo. Da un giovane poliziotto che passava di lì per caso ottenne vaghe informazioni circa l'orario previsto, insieme alla scoraggiante notizia che l'ultimo autobus era passato appena cinque minuti prima. Così Thomas si rimise di vedetta, continuando a ripensare allo strano episodio accaduto nel bosco, e stava ancora riflettendo su di esso quando finalmente arrivò l'autobus.

Non fu una corsa lunga, per i ritmi moderni, e una speculazione edilizia piuttosto squallida lasciò ben presto il posto alla città vera. La logica avrebbe voluto che Thomas scendesse a Hampstead Road, invece lui preferì la fermata di Marylebone Church, per arrivare alla meta passando per Osnaburgh Street e Cumberland Market; sbucò lì vicino in una strada tranquilla e in rovina, con vecchie case alte e cadenti ma spaziose, e si diresse verso un cancello di legno dipinto di verde al numero 38A, affiancato da una piccola targa di ottone sullo stipite con la scritta "T. Pedley" e sormontata da una grossa maniglia di campanello in ottone.

Quando Thomas infilò la chiave nella serratura e aprì il cancello si ritrovò in un'abitazione simile a molte delle case di quella zona. Un passaggio stretto immetteva in un cortile lastricato. Infatti Jacob Street era perlopiù una strada di studi. Un tempo era una strada elegante, la dimora di pittori e scultori famosi. Ora questi ultimi se ne erano andati lasciando però gli studi, che erano stati presi in affitto da artisti più modesti, e in alcuni casi trasformati in officine. A ogni modo Jacob Street era un posto ideale per persone di pochi mezzi che volevano locali spaziosi. Infatti, data la scarsa richiesta di studi e visto che essi non erano adatti ad abitazioni normali, gli affitti erano davvero molto bassi malgrado una dotazione molto ricca nel suo genere.

Lo studio nel quale entrò Tom dopo aver attraversato il cortile era più abitabile di altri, essendo meno alto. Inoltre era stato costruito un tramezzo di legno in un angolo, che delimitava una stanza da letto abbastanza ampia. Con esso e con un alto paravento, che copriva d'inverno il camino oppure il lavello e il piccolo fornello a gas quando riceveva delle visite, Tom aveva trasformato uno studio grande e disadorno in un'abitazione comoda e confortevole.

Dopo aver pulito la tavolozza e i pennelli, e dopo essersi lavato nell'acquaio, aprì un mobiletto (imbottito per sembrare e fungere da ottomana) e ne tirò fuori un paio di casseruole, che pose su una tavola apparecchiata con cura, aprì una bottiglia di birra e ne versò il contenuto in un boccale di ceramica, si sedette soddisfatto su una sedia e sollevò i coperchi delle casseruole; una di esse conteneva patate (cotte con la buccia) e l'altra un non meglio identificato stufato preparato con un volatile squartato.

Il tavolo e i suoi accessori riassumevano il carattere e la personalità di Tom Pedley. La sua semplice filosofia di vita era ben espressa dalla sua affermazione che "il benessere di un uomo si valuta sulla base di ciò di cui può fare a meno". Ora le cose di cui Tom poteva fare a meno erano il lusso e gli extra costosi. I suoi unici svaghi erano i musei e le gallerie d'arte. Non prendeva quasi mai il taxi, non aveva mai fumato e la sua unica bottiglia di whisky era rimasta intatta per un paio d'anni. Viveva con semplicità, spendeva poco e trattava bene quello che aveva.

Avendo dato un'impronta così frugale alla sua vita, poteva dedicarsi alle cose che gli piacevano. Il boccale da birra era un pezzo da museo, al pari del bicchiere da birra, con i suoi pregevoli motivi incisi raffiguranti luppolo e orzo. Un piatto in ceramica Moorcroft conteneva un po' di formaggio francese, la pila di mele si trovava in una bella fruttiera di bronzo battuto e il pane nero su un elegante tagliere in legno intagliato. Ogni oggetto era piacevole da vedere, comprese le casseruole, anche se non necessariamente costoso, ed era stato scelto con molta cura. Infatti Tom era un artista fino alla punta dei capelli. L'arte gli era indispensabile. Amava circondarsi di cose belle, non solo per contemplarle ma per vivere con esse; poteva dedicarsi alla sua passione in quanto si occupava personalmente delle faccende domestiche tenendo in tal modo i suoi tesori al riparo dal flagello delle donne di servizio.

Così Tom era seduto su una bella sedia "Chippendale Windsor", davanti a un pittoresco tavolo a ribalta, e consumava tranquillamente la cena, lasciando vagare il pensiero, come fanno i solitari. Gli tornava però continuamente in mente il curioso episodio del bosco. Dopo tutto era una faccenda insignificante che non lo interessava più di tanto. Tuttavia non faceva che pensare all'accaduto ricordando dettagli che all'inizio gli erano sfuggiti, fino a quando non fu in grado di figurarsi addirittura tutta la scena. Poi la sua viva immaginazione si mise in opera e delineò una piccola storia intorno a queste tre figure, talmente interessante che gli passò per la testa che ciò poteva anche essere un soggetto discreto per un quadro, cosicché decise di abbozzare uno schizzo per vedere cosa poteva venirne fuori.

Finita la cena si mise a lavare i piatti continuando a pensare alla sua idea. Il lavaggio non richiese troppo tempo, in quanto aveva imparato a fare economia sull'uso di piatti e stoviglie. In effetti c'era soltanto un piatto, con un coltello e una forchetta e, una volta lavati e riposti questi oggetti, insieme alle casseruole, in un grande armadio francese, poté dare inizio al lavoro. Prese il suo quadro recente dalla cartella e lo mise su un cavalletto, poi scelse un'altra tela più piccola e la mise su un altro cavalletto lì a fianco, impugnò la tavolozza e cominciò a lavorare, preparando lo sfondo e inserendovi quindi le figure.

Il soggetto del quadro doveva essere "Qualcuno origlia", e questo sembrava assegnare alla donna il ruolo di protagonista, quindi andava dipinta il più possibile in primo piano in modo abbastanza dettagliato. Perciò Tom cominciò con lei, prima tratteggiandone la silhouette in un grigio opaco per ottenere la forma e la posa, poi passando ai colori e ai dettagli. Lavorando, si stupiva di quanto chiari fossero i ricordi che gli consentivano di ridurre al minimo l'invenzione. Ricordava benissimo il bagliore della luce del sole che aveva illuminato la donna, facendo luccicare come oro i suoi capelli e ravvivando con macchie luminose i suoi vestiti, e per ottenere quell'effetto furono sufficienti un paio di tocchi vivaci. La figura che aveva abbozzato rendeva bene l'immagine che aveva visto della donna.

Lo stesso valeva per le figure maschili, che potevano essere dipinte con maggior semplicità in quanto erano più distanti. I loro abiti così cittadini non erano molto pittorici ma, visto che si trattava soltanto di uno schizzo preliminare, Tom decise di attenersi ai fatti. Ancora una volta si stupì di quanti particolari avesse inconsciamente memorizzato. Infatti, disegnate le due figure, non solo aveva reso in modo mirabile il loro fare concitato, ma aveva messo in rilievo più dettagli di quanti la distanza delle figure richiedesse.

Continuò a lavorare con fervore per più di un'ora, fino a quando il piccolo schizzo non prese una forma adeguata. Quindi "staccò", pulì la tavolozza, lavò i pennelli e, dopo un'occhiata al vecchio orologio "incappucciato" sul muro, si agghindò per andare a trovare il suo amico scapolo, il dottor Oldfield, che viveva proprio lì vicino in Osnaburgh Street, con il quale ogni tanto passava la serata chiacchierando piacevolmente e talvolta giocando a scacchi. La partita però era un evento raro, in quanto il dottore era una specie di artista e così non mancavano certo piacevoli e interessanti spunti per conversare.

Dopo aver riempito la borsa del tabacco e spazzolato il cappello, Tom sostò un attimo davanti al cavalletto a esaminare criticamente lo schizzo appena finito. Lo aveva dipinto con intensità, ma ora che era finito ne era un po' deluso. Come soggetto era alquanto vago e inconsistente; in effetti poteva a malapena definirsi un soggetto, visto che era piuttosto un paesaggio con figure. Comunque poteva sempre essere modificato e rielaborato. Dopo essere giunto a questa conclusione, Tom prese guanti e bastone e si avviò verso Osnaburgh Street.

2. Il signor Blandy

Un pomeriggio, circa una settimana dopo la sua spedizione nel bosco, Tom Pedley stava sistemando nel suo studio il quadro dipinto in quell'occasione, servendosi di un raschietto affilato con il quale rimuoveva l'antiestetico strato di pittura in eccesso, tendendo ad abbassare la superficie con lo scopo di "ritoccare a dovere" il dipinto. Aveva appena indietreggiato per esaminare nel complesso il quadro quando lo squillo del campanello dello studio nel cortile esterno annunciò un visitatore, al che uscì e, attraversando il cortile e il passaggio, spalancò l'ampio cancello esterno e si trovò di fronte una persona minuta che portava una borsa di pelle.

– Guarda chi si vede, il signor Polton – esclamò sollevato.

– Esatto, signore – disse il piccolo gentiluomo, salutandolo con un sorriso gradevole e un po' bizzarro. – Ho pensato che forse potevo passare ...

– Ma non dite sciocchezze – lo interruppe Tom. – Sapete bene che sono sempre contento di vedervi. Entrate.

– Molto gentile da parte vostra, signore – disse Polton, quando Tom chiuse il cancello e fece strada attraverso il passaggio. – Spero proprio di non disturbare. Vedo – aggiunse lanciando un'occhiata al raschietto – che state lavorando.

– Sto soltando raschiando via un po' di roba – disse Tom – e voi comunque non mi disturbereste anche se volessi continuare. Però è quasi l'ora del tè e avrei staccato in ogni caso.

Mentre parlava osservava il vecchio orologio e Polton, seguendo il suo sguardo, estrasse un orologio da tasca e notò che quello di Tom andava avanti di dieci secondi. – Il che non è male – aggiunse – per un misuratore del tempo che ha quasi trecento anni.

Mentre Tom riempiva la teiera e accendeva il fornello, Polton mise la sua borsa sul tavolo e, aprendola, tirò fuori un fagotto di tela verde e grezza legato con un nastro. Sciogliendolo, ne tirò fuori un boccale con coperchio luccicante che, dopo aver dolcemente lucidato con il suo fazzoletto, porse allo sguardo interessato di Tom.

– Ecco, signore – disse – che cosa mi ha portato qui. Tempo fa voi avete detto che cercavate un boccale di peltro e avete anche fatto un disegno, se ricordate, per farmi vedere la forma che desideravate. Ora mi è capitato di vederne uno così sulla bancarella di un rigattiere a Shoreditch e ho pensato di prendervelo.

– Che pensiero gentile! – esclamò Tom.

– E che splendido esemplare! Oltretutto nella bottega di un rigattiere di un simile posto. A ogni modo, quanto vi devo per questo?

– L'ho pagato uno scellino – rispose Polton.

Tom lo guardò stupito. – Uno scellino! – ripeté incredulo. – Voi non direte sul serio. Ebbene, si tratta di un pezzo di valore.

– Ecco, signore – spiegò Polton quasi a volersi scusare – era stato usato in modo improprio. Era molto sporco ed era ridotto male, così che non valeva davvero più di uno scellino. Non ho raggirato quell'uomo. Però il peltro è un materiale duttile se si sa come trattarlo. Non ho fatto che rimuovere le ammaccature, riportarlo alla sua forma originaria e pulirne la superficie. Ecco tutto. Sono contento che vi piaccia.

– Ne sono entusiasta – disse Tom. Rifletté per un attimo, considerando l'ipotesi di ricompensare in qualche modo il tempo e il lavoro che erano stati necessari. Poi continuò: – Ecco lo scellino, Polton. Ma non è un pagamento. Io considero il boccale come un regalo. Voi avete trasformato uno scarto privo di valore in un pezzo da museo che mi renderà felice e non so esprimervi la mia gratitudine.

Polton abbozzò un timido sorriso e, per cambiare l'argomento della conversazione, si mise a esaminare il quadro sul cavalletto. Se ne restò lì per alcuni secondi, guardando il dipinto con una sorta di compiaciuto stupore. Infine osservò:

– È un'arte mirabile, signore, quella del pittore. A me pare quasi una specie di magia. Qui c'è un bel bosco, che voi avete reso in modo talmente realistico che guardandolo mi pare di camminarci dentro. Dovete esservi allontanato parecchio dall'abitato per trovare uno spettacolo simile.

Tom rise. – Mi dispiace deludervi, Polton, ma in realtà potevo quasi scorgere delle abitazioni mentre dipingevo. Questo tratto di bosco è tutto ciò che rimane della campagna in mezzo a nuovi complessi residenziali. Da qui ci si arriva con l'autobus, e non ci vuole neanche molto.

– Ho capito – replicò Polton. – E da che parte si trova?

– In direzione di Hendon. Un posto chiamato Linton Green, e il bosco è ancora conosciuto con il suo vecchio nome, Gravel-pit Wood.

Quando Tom pronunciò quel nome Polton prese a fissare il quadro con un'espressione insolita.

– Gravel-pit Wood, Linton Green – ripeté con un tono stranamente riservato – ma è il bosco in cui è stato ucciso quel povero gentiluomo!

– Oh! – disse Tom manifestando un modesto interesse. – Mi giunge nuova. Quanto tempo fa è successo?

– L'omicidio è stato commesso lo scorso martedì.

– Lo scorso martedì! – ripeté Tom incredulo. – Che strano, è il giorno in cui ho dipinto il quadro. Sapete a che ora è accaduto?

– Sarà stato all'incirca alle quattro del pomeriggio.

– Allora – esclamò Tom – mi trovavo proprio nel bosco nel momento in cui è stato commesso l'omicidio!

– Infatti, signore – assentì Polton. – Come ho pensato quando avete menzionato il bosco, non potetevate che essere voi, perché la polizia ha pubblicato la descrizione di un uomo che è stato visto lì a quell'ora, e sembra essere la vostra descrizione.

I due si guardarono in silenzio per un po', poi Tom commentò scuro in volto:

– È proprio un bel pasticcio. Per caso vi ricordate qualche particolare? Leggo raramente i giornali, e questa è la prima volta che sento parlare dell'episodio.

– Ricordo ogni cosa – rispose Polton – ma non ho bisogno di fare appello alla mia memoria, poiché ho ritagliato tutte le notizie relative al caso e ho qui in tasca i ritagli di giornale. Come vedete signore – aggiunse imbarazzato – mi interessano molto gli omicidi. Forse perché ho l'onore di servire un illustre penalista. A ogni modo ritaglio sempre gli articoli e poi li attacco sulle pagine di un libro di consultazione.

Durante questa spiegazione trasse dalla sua tasca un grosso portafoglio dal quale tirò fuori un fascio di ritagli di giornali. Tra questi ne selezionò rapidamente uno che porse a Tom.

– Questo, signore – disse – farà senz'altro al caso vostro. È tratto da un settimanale e riassume tutti i particolari finora conosciuti della vicenda. Forse vorrete dargli uno sguardo mentre preparo il tè. Io so dove tenete l'occorrente.

Tom lo ringraziò e si sedette a esaminare l'articolo mentre Polton, dopo aver dato un'occhiata alla teiera, aprì l'armadio e cominciò a predisporre il servizio da tè sul tavolo senza far rumore. L'articolo, intitolato "Misterioso crimine nel bosco", recitava:

Nel nuovo sobborgo di Linton Green, nei pressi di Hendon, esiste ancora un boschetto, ridotto ora a poco più di una dozzina di acri, conosciuto come Gravel-pit Wood. Qui, verso le cinque del pomeriggio di martedì scorso, un operaio che stava lavorando nei nuovi edifici ha fatto una scoperta terribile. L'uomo, tale Albert Whiffin, stava portando un messaggio del caposquadra al sovrintendente ai lavori, che si trovava nel suo ufficio provvisorio nella strada in costruzione dall'altra parte del bosco e, nelle vicinanze del sentiero che si inoltra nel bosco, ha notato un oggetto bianco tra l'erba, all'angolo di un capannone abbandonato, ed è andato a vedere di che cosa si trattava. Quando ha visto che era il manico d'avorio di un ombrello, ovviamente si è avvicinato per raccoglierlo, ma raggiunto l'angolo del capannone, proprio mentre si chinava per prenderlo, si è accorto con orrore che il corpo di un uomo giaceva tra l'ortica e i rifiuti. Un solo sguardo gli è stato sufficiente per rendersi conto che l'uomo era morto e quindi, senza indugiare, si è allontanato in tutta fretta con l'ombrello in mano, ha attraversato il bosco e ha informato della sua scoperta il sovrintendente ai lavori. Quest'ultimo ha spedito un messaggero in bicicletta alla stazione di polizia e, nel giro di pochi minuti, sono arrivati un sergente e un ispettore che sono stati accompagnati da Whiffin sul luogo in cui giaceva il corpo. Si trattava di un uomo ben vestito di circa sessant'anni, e la sua identità è stata subito accertata dai biglietti da visita nelle sue tasche e confermata dalle iniziali incise sul nastro d'argento dell'ombrello. Il defunto era il signor Charles Montagu, The Birches, Hall Road, Linton Green.

Qual è stata la causa della morte? Le circostanze lasciavano supporre un omicidio, e ciò era confermato dagli evidenti segni di lotta riscontrati sull'ortica e sull'erba alta. Però, stranamente, non c'erano ferite di alcun tipo. I vestiti erano alquanto in disordine, il bavero era sgualcito e il collo mostrava piccoli lividi, ma niente che potesse giustificare un decesso. Il medico arrivato per esaminare il cadavere è giunto comunque alla conclusione provvisoria che la morte è dovuta ad avvelenamento, causato da acido prussico o forse da un cianuro. Di conseguenza gli agenti hanno cominciato a cercare qualche contenitore e hanno trovato una bottiglietta contenente tracce di un liquido che sapeva di mandorle amare.

Riguardo all'ora della morte, poiché il medico ha esaminato il cadavere alle 17.35 e ha affermato che l'uomo era morto da non più di due ore, il decesso deve aver avuto luogo intorno alle quattro. L'ora è importante in relazione all'unica pista in mano agli investigatori. Verso le quattro e mezzo un carrettiere che trasportava dei mattoni nel bosco ha incontrato un uomo che proveniva dalla direzione del capannone. Lo stesso uomo è stato visto anche da un muratore uscire dal bosco e proseguire per la strada in costruzione, nonché da una giovane guardia che lo ricorda molto bene e che ha fornito una descrizione che combacia perfettamente con quella degli altri due testimoni, divulgata dalla polizia che esorta l'uomo in questione a farsi vivo.

Ecco la descrizione: altezza circa un metro e settanta, corporatura robusta, età tra i quarantacinque e i cinquanta, occhi grigi, capelli marroni e baffi corti e marroni, vestito con calzoni alla zuava di tweed color cuoio, con calzettoni color cuoio e scarpe marroni e un cappello di feltro con tesa abbastanza grande color cuoio; una borsa a tracolla di tela marrone sulla spalla sinistra, un seggiolino pieghevole e una specie di supporto o cavalletto tenuti insieme con una cinghia e portati per mezzo di un manico nella mano sinistra e un paio di telai, probabilmente dei dipinti, in una cartella nella mano destra.

La guardia, che ha incontrato l'uomo mentre attendeva alla fermata dell'autobus in Linton Green Road il mezzo che era diretto a oriente, riferisce che gli sembrava piuttosto impaziente di prendere l'autobus poiché gli ha chiesto a che ora passava il prossimo ed è sembrato molto seccato nell'apprendere che l'ultimo era appena transitato. Parlava con una voce forte e profonda un buon inglese. Anche il conducente dell'autobus ha notato l'uomo e ricorda di averlo visto scendere a Marylebone Church ma non sa dire quale direzione abbia preso.

L'inchiesta, che ha avuto luogo venerdì, non ha gettato molta luce sul mistero. Il referto medico ha provato che il decesso è stato causato da avvelenamento, da una forte dose di cianuro di potassio, ingerito volontariamente oppure somministrato con la forza da qualcun altro. C'erano piccoli lividi sul collo ma niente che indicasse una colluttazione violenta e, da un punto di vista medico, niente provava che il veleno non era stato preso spontaneamente dallo stesso defunto. La scientifica, comunque, è stata più precisa. Sulla bottiglietta di veleno c'erano diverse impronte digitali e, sebbene fossero molto confuse, gli esperti sono stati in grado di stabilire che non appartenevano né al defunto né ad altre persone note alla polizia. Questo fatto, come ha sottolineato il coroner nella sua testimonianza, insieme ai segni di una lotta, prova in maniera quasi certa che il veleno è stato somministrato con la forza al defunto. Il coroner si è anche soffermato sulla professione della vittima. Il signor Montagu era un finanziere, per essere più precisi prestava denaro, e chi presta denaro potrebbe farsi dei nemici che tramano la sua morte. Nel caso in questione non sono note simili figure. Quanto al misterioso artista, la sua identità non è stata ancora accertata in quanto costui non è stato rintracciato e non si è fatto vivo, né è stato possibile stabilire una sua diretta relazione con la tragedia.

Dopo la ricapitolazione la giuria ha prontamente emesso il suo verdetto: omicidio volontario per mano di sconosciuti. Questo è tutto. Forse potremo saperne di più se la polizia riuscirà a individuare l'inafferrabile artista.

Quando ebbe finito di leggere, Tom restituì l'articolo a Polton, che lo rimise con cura nel portafoglio e, dopo aver messo la teiera sul tavolo, restò in silenzio in attesa di commenti.

– Ebbene – disse Tom – come ho già osservato prima è davvero un bel pasticcio. Io sono il misterioso e inafferrabile artista, papabile al titolo di omicida. Comunque, posso rimediare alla mia inafferrabilità facendo domani mattina un salto alla stazione di polizia e dicendo loro chi sono.

– Giusto, signore – approvò Polton seriamente. – È indispensabile. Però perché aspettare fino a domani? Perché non andarci stasera? La polizia potrebbe rintracciarvi da un momento all'altro, e sarebbe molto meglio se foste voi a presentarvi spontaneamente piuttosto che lasciare che siano loro a trovarvi. Non dimenticate che hanno validi motivi per sospettarvi. In città non si è fatto altro che parlare di questo omicidio in settimana. Ne erano piene le pagine dei giornali, con tanto di accurata descrizione. Forse siete l'unica persona a Londra che non ne sa niente.

Tom rise imbronciato. – Per Giove, Polton – disse – parlate come un pubblico ministero. Ma avete ragione. Io sono un sospetto, e non deporrà a mio favore questa apparente latitanza. Andrò dalla polizia questa sera stessa.

La saggia decisione di Tom però arrivò troppo tardi. Meno di mezz'ora dopo, finito di bere il tè, mentre Polton, che aveva voluto mettere in ordine, si accingeva a riporre il servizio da tè nel grande armadio, si udì lo squillo del campanello dello studio. Tom andò ad aprire il cancello e si trovò di fronte un uomo alto e con la faccia da funzionario, che lo salutò con un inchino riverente e un sorriso affabile.

– Ho il piacere – chiese lo sconosciuto – di parlare con il signor Thomas Pedley?

– Sì – rispose Tom con un debole ghigno. – Infatti io sono Thomas Pedley.

– Come pensavo – replicò l'altro, guardando la targa d'ottone. – Sono lieto di fare la vostra conoscenza, poiché credo che possiate essermi d'aiuto in certe indagini che sto conducendo. Forse è il caso che vi dica che sono un poliziotto e se volete controllare la mia identità ...

– Non è necessario – rispose Tom. – Penso di sapere perché siete qui e, in effetti, avevo proprio intenzione di recarmi alla stazione di polizia questa sera. Comunque, è meglio così. Entrate.

Fece strada all'agente nel cortile e lo introdusse nello studio, dove Polton, in piedi su una sedia, stava rimettendo il suo orologio.

– Perbacco! – esclamò il poliziotto. – Questa sì che è una bella sorpresa. Il mio vecchio e stimato amico, il signor Polton! Che coincidenza singolare. Conoscete da molto tempo il signor Pedley?

– Da un pezzo – rispose Polton. – Ci siamo incontrati per la prima volta in un negozio di antiquariato di Soho, Parrott's. Voi ricorderete Parrott, il suo vero nome era Pettigrew, il mascalzone che uccise il signor Penrose.

– Ricordo il caso – disse il poliziotto – sebbene non mi riguardasse. Ma c'è un'altra coincidenza; infatti, casualmente, è un caso di omicidio il motivo di questa mia visita.

Tom non afferrò del tutto l'allusione alla coincidenza ma non fece commenti, aspettando che il poliziotto iniziasse a esporre i fatti. Intanto Polton fece per prendere il cappello e disse: – Forse preferite rimanere soli.

– Per me potete restare – rispose l'agente. – Non ci sono segreti. – Visto che anche Tom era dello stesso parere, un Polton molto soddisfatto mollò il cappello e si mise a sedere preparandosi a seguire con evidente piacere la conversazione.

– Bene, signor Pedley – cominciò il poliziotto – vi farò alcune domande, ed è mio dovere aggiungere che non siete tenuto a rispondere se la risposta potrebbe, come dice l'assurda formula ufficiale, essere usata contro di voi.

– Lo terrò a mente – disse Tom ghignando.

– Bene – rispose sorridendo il poliziotto. – Espressione ridicola, ma dobbiamo osservare le formalità. Per cominciare: ricordate dove eravate e cosa facevate martedì diciotto maggio?

– Martedì scorso. Sì. Nel pomeriggio ero nel Gravel-pit Wood, Linton Green. Ci sono andato verso le due e ne sono venuto via verso le quattro e mezzo, forse un po' prima. Vi ho dipinto un quadro del bosco, che vi mostrerò se vi interessa.

– Grazie – disse il poliziotto. – Ci terrei molto a vederlo. Però prima ho un'altra domanda. Da quanto mi dite dovevate essere nel bosco quando è stato commesso l'omicidio eppure, malgrado un pressante appello radiofonico e altre richieste di informazioni apparse sulla stampa, non vi siete mai fatto vivo, neanche quando gli appelli sono stati accompagnati dalla vostra descrizione e quindi erano rivolti direttamente a voi. Ora, come mai non vi siete messo in contatto con la polizia?

– La spiegazione è semplicissima – rispose Tom. – Fino a un paio d'ore fa, quando me ne ha parlato il signor Polton, non sapevo che fosse stato commesso un omicidio.

Il poliziotto accolse questa affermazione con un sorrisetto benevolo.

– Una spiegazione davvero semplice – ribadì. – Eppure, se volessi essere pignolo, tanto per fare un'ipotesi, ripensando alle trasmissioni radiofoniche e ai titoloni sui quotidiani avrei, volendo, di che essere perplesso.

– Ammetto – disse Tom – che si tratta di una cosa insolita. Però non ho la radio e a malapena leggo i giornali. Sta di fatto che non sapevo niente del crimine fino a quando me ne ha parlato il signor Polton, che mi ha mostrato un articolo su di esso ritagliato da un giornale.

A questo punto Polton intervenne con deferenza. – Se mi consentite questa libertà, signore, vorrei dire che il signor Pedley mi ha mostrato il quadro e mi ha detto dove e quando lo aveva dipinto, ed è sembrato molto colpito e sorpreso quando gli ho raccontato dell'omicidio.

Il poliziotto guardò l'interlocutore con un sorriso pieno di benevolenza.

– Grazie, signor Polton – disse. – La vostra affermazione elimina in modo definitivo ogni dubbio. Ora, forse, potrei avere l'onore di vedere il dipinto.

Tom si alzò per andare a prendere un telaio rozzo da una catasta vicino al muro, vi inserì la tela e lo sistemò sul cavalletto. – Eccolo – disse. – Non è ancora finito ma forse è meglio così per farsi un'idea.

– Sì – approvò il poliziotto – dato che il mio interesse per questo dipinto è puramente topografico, sebbene mi pare che si tratti di un'eccellente opera d'arte. – Stava davanti al cavalletto, in atteggiamento di estatica contemplazione, scrutandolo però minuziosamente. Poi tirò fuori da una spaziosa tasca interna una cartellina dalla quale trasse una sezione della carta topografica ufficiale da quindici centimetri incollata su un cartone sottile. – Questa, signor Pedley – disse – è una carta topografica in grande scala del bosco. Sapreste indicarmi la posizione del luogo raffigurato su questo quadro?

Tom prese la carta e la studiò per alcuni secondi mentre cercava una matita nella sua tasca.

– Penso – disse indicando qualcosa con la punta della matita – che sia questo il posto. Mi baso sulla curva del sentiero, visto che i singoli alberi non sono evidenziati. Volete che lo segni?

– Ve ne prego – rispose il poliziotto. Tom fece una piccola croce e restituì la carta topografica al suo proprietario, che estrasse un righello in legno di bosso e un compasso tascabile, con i quali misurò la distanza tra la croce e il tratto di sentiero più vicino.

– Centodieci metri, direi – disse. – Voi che ne pensate?

– Sì – rispose Tom – mi pare un calcolo preciso.

– Benissimo. Voi eravate a un centinaio di metri dal sentiero. Da quella posizione potevate vedere chi transitava sul sentiero?

– Potevo e l'ho fatto. Non molto chiaramente, perché ero seduto su uno sgabello basso e potevo solamente intravedere qualcosa attraverso il fogliame. Ma mentre lavoravo lì ho visto tre persone discendere il sentiero, e due di loro sono tornate.

– Ritenete che queste persone vi abbiano visto?

– Sono quasi certo di no. Non potevano, sapete. Seduto così in basso tra i cespugli devo essere stato quasi invisibile dal sentiero.

– D'accordo – assentì il poliziotto – però voi potevate vederli. Che cosa potete dirmi in proposito?

– Tutto quello che posso dirvi è che si comportavano in modo abbastanza strano. Perlomeno una di loro. – Quindi Tom raccontò in modo particolareggiato ciò che aveva visto.

– Ma, mio caro signor Pedley – esclamò il poliziotto, contemplando il narratore – ciò è molto importante e significativo. La donna è un elemento nuovo nel caso. A ogni modo, è passato qualcun altro?

– No. Queste sono state le uniche persone che ho visto fino a quando, proprio mentre stavo andando via, ho incontrato un uomo che stava portando un carro pieno di mattoni attraverso il bosco.

– Non possono esserci dubbi, quindi, sull'identità di queste persone. Una era il signor Montagu, l'altra l'assassino, e la donna deve avere una qualche relazione con uno o con ambedue gli uomini. Che ora era quando sono discesi?

– All'incirca le quattro o forse alcuni minuti prima. Dopo circa dieci minuti o un quarto d'ora l'uomo è tornato indietro.

– Sì – disse il poliziotto – tutto quadra a, quanto pare. Veniamo ora al punto più importante: siete in grado di descriverle e pensate di riconoscerle se doveste vederle nuovamente?

– Quanto a riconoscerle ho i miei dubbi. Certamente non potrei giurarlo. E non credo di poter dare una vera e propria descrizione. Erano abbastanza lontane e potevo intravederle solamente attraverso le fessure tra i cespugli, e poi non ci ho badato molto. Comunque cercherò di ricordare.

Detto questo iniziò a descrivere le tre persone, in modo piuttosto vago e generico, malgrado l'aiuto fornito con le sue domande dal poliziotto, che prendeva nota delle risposte sul suo taccuino. – Bene – osservò quest'ultimo quando Tom ebbe finito – niente male. Eppure, signor Pedley, credo che voi abbiate visto qualcosa di più. Voi non siete un osservatore comune, ma un pittore. Ora l'occhio di un pittore scruta e memorizza. Se provaste a ritrarre la scena richiamando alla memoria ...

– Per Giove! – lo interruppe Tom – per fortuna ne avete parlato voi, infatti si dà il caso che è proprio ciò che ho fatto, e quello stesso giorno, quando la mia memoria era ancora fresca. Pensavo che l'episodio potesse essere il soggetto di un dipinto, "Qualcuno origlia", e quella sera ho fatto uno schizzo di prova. Ve lo mostrerò.

Da una serie di lavori non finiti su uno scaffale tirò fuori lo schizzo e lo mise sul cavalletto accanto al quadro più grande dal quale era stato copiato lo sfondo.

– Ah! – disse il poliziotto. – Allora come vedete avevo ragione. Il pennello è più potente della parola. Questo ci dice molto di più della vostra descrizione. Ci mostra il vero aspetto dei personaggi. Questa figura a quanto pare è il signor Montagu, il cappello e il soprabito sono ben resi, e avete descritto persino il manico d'avorio dell'ombrello. E le altre due non sono mere figure, ma rappresentano persone ben definite.

– Esatto – assentì Polton, che era rimasto a osservare lo schizzo con vivo interesse – il signor Blandy ha proprio ragione. È davvero straordinario. Quei due uomini li vediamo di spalle e il volto della donna praticamente è privo di lineamenti, eppure sento che si tratta di persone in carne e ossa e che le riconoscerei se le incontrassi. Come è possibile, signor Pedley?

– Ebbene – replicò Tom – posso solamente dire che questa è l'impressione della scena in un dato momento, con l'aspetto di queste persone in quel momento. Un persona si identifica non solo in base al volto ma anche alla corporatura, alla forma, alle proporzioni e al suo particolare portamento. Spesso un uomo si riconosce dalla sua andatura prima ancora di scorgerne i lineamenti.

– Esatto – disse Blandy – infatti i nostri esperti in materia esaminano a lungo i detenuti nel cortile e spesso riescono a identificare un uomo travestito grazie al suo modo di guardare, di camminare o di stare in piedi, e io sono del parere che questo schizzo possa tornare utile a un simile specialista. Potrebbe prestarmelo per farlo fotografare come completamento della vostra descrizione?

Prima che Tom potesse rispondere, Polton si intromise pieno di entusiasmo.

– Posso essere io a fare la fotografia, ispettore? Potrei portare la mia macchina fotografica qui e vi risparmierei la fatica di prenderlo in prestito. Lo farei volentieri.

L'ispettore Blandy lo guardò con ineffabile amabilità.

– Davvero molto gentile da parte vostra, signor Polton – disse. – Sempre così disponibile. Sarà una buona fotografia e voi avrete una copia da aggiungere alla vostra piccola collezione. Io accetterei con piacere se anche il signor Pedley è d'accordo.

Il signor Pedley acconsentì senza muovere obiezioni, al che l'ispettore, dopo essersi accordato con Polton, si accinse ad andarsene.

– A ogni modo – disse, prendendo il cappello e rimettendolo subito dopo a posto – ci sono ancora due piccoli particolari che dovremmo chiarire. In primo luogo la statura dell'uomo e della donna sconosciuti. L'uomo sembra più basso del signor Montagu, che era alto circa un metro e settanta. Voi che ne dite?

– Sì – rispose Tom. – Io direi che è alto circa un metro e sessantacinque. La donna sembrava più alta, ma è normale. Secondo me è alta quanto lui.

L'ispettore prese nota e poi chiese:

– Quando avete incontrato il carrettiere a quanto pare venivate dal fondo del bosco.

– Infatti. Poiché uno degli uomini non era tornato indietro ho capito che il sentiero, che pensavo terminasse nel fondo del bosco, evidentemente proseguiva e sono andato a vedere fin dove arrivava. Quando ho visto che attraversava il podere, sono tornato indietro e mi sono avviato verso casa.

– Allora dovete aver superato il capannone. Non è singolare il fatto che non abbiate notato né il corpo né l'ombrello?

– Niente affatto. C'è un mucchio di fieno tra il sentiero e il capannone. Ho sempre visto solamente un angolo del capannone, e per di più l'angolo sbagliato. Whiffin, ricorderete, veniva dal podere.

– Già – disse l'ispettore. – Mi ero dimenticato del mucchio, ma suppongo che la signora l'abbia trovato utile per i suoi appostamenti. Bene – aggiunse, prendendo per l'ennesima volta il cappello – penso che sia tutto. Non mi rimane che ringraziarvi umilmente e di cuore per il vostro prezioso aiuto. È stato un grande onore per me aver ascoltato le vostre intelligenti osservazioni e aver beneficiato della vostra notevole conoscenza e abilità tecnica.

Dopo questo complimento finale si avviò verso l'uscita accompagnato da Tom, che gli fece strada fino al cancello che dava sul mondo esterno.

– Un tipo un po' troppo untuoso per essere un poliziotto – osservò Tom quando fu di ritorno nello studio, dove Polton ancora rimirava lo schizzo. – Non trovate?

– Il signor Blandy è un gentiluomo estremamente cortese. Però è un investigatore veramente in gamba, perspicace e sfuggente come un'anguilla. Vi consiglio di prestare la massima attenzione al signor Blandy. Spero, signore, che non abbiate disapprovato la mia offerta di fare la fotografia. Vedete, ho pensato che un oggetto di valore come quello non doveva esservi tolto.

– Molto gentile da parte vostra, Polton. Ma, santo cielo, non è un oggetto di valore. Praticamente è uno scarto.

– Non dite così, signore. L'ho ammirato e penso che si tratti di un quadretto molto carino e assai interessante. Quando potrei venire a fare la fotografia?

– Non è necessario che portiate qui la vostra apparecchiatura. Prendete la tela e fate il lavoro da voi; inoltre, visto che vi piace così tanto potete tenerlo e farmi avere una fotografia, nel caso decida di dipingere il soggetto. La fotografia sarà più che sufficiente per me.

Polton stava per protestare quando Tom flemmaticamente incartò la tela e gliela consegnò. Pochi minuti dopo Polton, soddisfatto e grato, se ne andò con il pacchetto sotto il braccio.

3. La signora Schiller

In quella frenetica città ben poche persone potevano avere una vita tranquilla come quella di Thomas Pedley. Di fatto costui non aveva nessun motivo di preoccupazione al mondo. Il suo lavoro gli procurava entrate modeste che però erano sufficienti a soddisfare le sue esigenze modeste, e quel lavoro costituiva una inesauribile fonte di diletto. Non si stancava mai di dipingere. Se fosse entrato in possesso di una fortuna avrebbe continuato comunque a dipingere, per il semplice piacere di quella occupazione, e forse non avrebbe avuto quell'ulteriore gratificazione di guadagnarsi da vivere con la sua attività. Ad ogni modo non aveva bisogno di alcuna fortuna e non invidiava nessuno, tranne forse quegli artisti che a suo avviso erano migliori di lui.

Così, anno dopo anno, Tom trascorreva "un'esistenza tranquilla" di suo totale gradimento, fino al periodo in cui si svolge questa storia, quando dobbiamo registrare la comparsa di una nuvola a turbare il suo sereno orizzonte. Si trattava di una nuvoletta, ma la sua piccola ombra fu sufficiente a sconvolgere la sua mente spensierata.

Il problema non era costituito dalla faccenda del Gravel-pit Wood, che non lo aveva mai preoccupato più di tanto, sebbene fosse consapevole, e la cosa in un certo senso lo incuriosiva, del fatto che la polizia non si fosse certo dimenticata della sua esistenza. Infatti, con il passare delle settimane, il "mistero insoluto" scomparve a poco a poco dalle pagine dei giornali e anche dalla sua mente.

La nuvola, in realtà, era femminile. I suoi problemi, come quelli di Milton Perkins, erano legati all'altro sesso. Infatti Tom, come il lettore avrà probabilmente capito, era scapolo, ed era fermamente intenzionato a rimanerlo. Quindi, sebbene le donne gli piacessero, evitava amicizie femminili ed era molto diffidente nei confronti delle signorine prive di legami che incontrava, per non parlare delle vedove che lo allarmavano seriamente.

Ora accadde che, un certo pomeriggio, Tom stava lavorando di buona lena a un soggetto che gli era stato commissionato dal suo gallerista quando lo squillo del campanello dello studio annunciò visite. Con un'aria seccata depose tavolozza e pennelli e andò ad accogliere l'importuno. Sulla soglia dell'ingresso si trovò di fronte una donna alta, vestita e imbellettata all'ultima moda, che lo guardò mentre apriva e lo salutò con un sorriso che gli fece venire la pelle d'oca.

– Voi siete il signor Pedley, penso – disse.

Tom confermò la sua supposizione.

– Spero che non mi consideriate una seccatrice – disse lei in tono adulatorio – ma vi sarei molto grata se poteste prestarmi un foglio Whatman. Devo fare un lavoro e vorrei cominciare subito, ma sono rimasta senza carta.

Ora, se il sorriso aveva fatto venire la pelle d'oca a Tom, la richiesta gliela fece accapponare. Infatti lui sapeva, come avrebbe dovuto sapere anche lei se era una pittrice, che c'era un eccellente negozio di articoli per belle arti a neanche cinque minuti di cammino dal posto in cui si trovavano, dove Tom di solito si riforniva. Quello aveva tutta l'aria di essere un pretesto per fare la sua conoscenza.

– Permettete che mi presenti – continuò. – Io sono la vostra vicina, la signora Schiller, e abito qui a fianco.

Tom fece un inchino. Aveva notato, di recente, la comparsa di una targa d'ottone che recava questo nome, e ora si sentiva un po' rassicurato. In fin dei conti era una donna sposata, se non era una vedova! A ogni modo non poteva farla restare lì in attesa sulla soglia.

– Vi darò volentieri un foglio – disse lui. – Volete entrare?

Lei non se lo fece ripetere due volte. Tom, facendole strada, chiese: – Che genere di superficie preferisce? Io generalmente uso la 140.

– Andrà benissimo, se voi potete darmi un foglio. Ve lo farò riavere; perlomeno, non lo stesso foglio, certo, ma uno simile.

– Non ce n'è bisogno – disse Tom, con lo scopo di evitare un'altra visita. – Ho una buona scorta. Mi sono appena procurato una mazzetta di ventiquattro fogli, e non li uso spesso, visto che lavoro per di più a olio. Ecco la mia collezione.

Indicò la porta aperta e la visitatrice, entrando nello studio, si guardò intorno e manifestò tutta la sua sorpresa.

– Ma è enorme! – esclamò. – È splendido! Vi invidio. Il mio studio non è un vero e proprio studio, ma un semplice soggiorno, sebbene si tratti di una bella stanza con un'ampia finestra. Mi piacerebbe mostrarvelo, prima o poi.

Tom si stava spazientendo. Ecco qui una giovane davvero invadente. Cominciò a sospettare che si trattasse di una vedova, e decise che doveva "stare in guardia".

– Bene – rispose lui – in realtà non è necessario un posto come questo per dipingere sebbene, ovviamente, sia utile avere a disposizione tanto spazio.

Raggiunse una pila di ampi fogli e, tirando fuori la sua cartella formato imperiale nella quale teneva la sua riserva di carta, la aprì sul tavolo e scelse un foglio, che arrotolò con cura e legò con un giro di corda. Nel frattempo la visitatrice si era sistemata davanti al cavalletto e stava esaminando il dipinto appena finito; una di quelle semplici scene all'aperto predilette da Tom, che rappresentava un gruppo di zingari, su un pascolo comune coperto di erica, che sorvegliava il fuoco, con un paio di carrozzoni sullo sfondo.

– Ma è bellissimo! – esclamò lei. – E poi è così singolare e interessante.

Tom restò perplesso e assunse un'aria sospettosa.

– Perché singolare? – chiese.

– Mi riferisco – spiegò lei – allo straordinario figurativismo. Sembra quasi una fotografia. Dipingete sempre in questo modo?

Ora Tom era intimamente convinto che paragonare un quadro realistico a una fotografia fosse il tratto distintivo del perfetto ignorante. Ma non lo disse e si limitò a rispondere alla domanda.

– La mia è una riproduzione il più possibile fedele della natura ma risulta, ovviamente, molto lacunosa.

– Esattamente – disse lei. – La pittura figurativa deve essere molto difficile e, in fin dei conti, voi non potete competere con un fotografo. Questo è il vantaggio dell'arte astratta. Non si tenta di imitare niente in modo particolare ma semplicemente di esprimere la propria personalità in termini di forma astratta e colore. Avete mai sperimentato le nuove tendenze dell'arte?

– No – replicò Tom. – Questo è il mio modo di dipingere e mi sembra quello giusto; suppongo che anche i miei galleristi e i miei clienti la pensino alla stessa maniera, visto che sono pronti ad acquistare i miei quadri a un prezzo onesto. A ogni modo non vedo perché dovrei cambiare.

Per sottrarsi in modo deciso a quella conversazione Tom le consegnò il rotolo di carta guardando con un sospiro la sua tavolozza.

– Sì – approvò lei, prendendo la carta con un sorriso affascinante. – Non voglio farvi perdere tempo adesso, però mi piacerebbe parlare con voi di questo argomento uno di questi giorni. Ma ora tolgo il disturbo e vi ringrazio per avermi prestato il foglio. Vi prometto di rimborsarvelo.

Per l'ennesima volta Tom le ripeté che non era il caso, sebbene si rendesse conto, rassegnato, che la promessa sarebbe stata sicuramente mantenuta. Nondimeno, quando si accomiatò da lei sulla soglia e la vide entrare nella sua abitazione, si ripropose nuovamente di "stare in guardia" e di evitare una frequentazione più assidua; proposito lodevole che però, dato che Tom Pedley era un gentiluomo molto cortese, presentava alcune difficoltà pratiche. Infatti, come era prevedibile, il prestito della carta fu prontamente rimborsato, già il giorno dopo; e gli sforzi di Tom, quando ricevette il foglio arrotolato, di "chiudere l'incidente" fallirono in modo ignominioso. In quella occasione non invitò la visitatrice a entrare ma, anche se lo scambio ebbe luogo sulla soglia della porta, la chiusura dell'incidente non era che il preludio all'apertura di un nuovo incidente.

– Non vi tratterrò oltre – disse lei con un sorriso che rivelò, tra le labbra scarlatte, una splendida dentatura – ma voglio che vediate il mio studio, e ci terrei molto a sapere che cosa ne pensate del mio lavoro. Un giudizio critico da parte di un artista provetto come voi sarebbe importante. Bene, voi verrete, non è vero? Quando vi fa comodo. Pure questo pomeriggio, se volete, diciamo verso le quattro. Vi sta bene?

Purtroppo non c'era scampo. Tom la guardò rassegnato, borbottando dei ringraziamenti e riflettendo. Che cosa poteva dire? Ovviamente non poteva rifiutare e, ben conscio di ciò, decise di effettuare subito la visita e di fare in modo che la cosa non si ripetesse.

– Benissimo – disse lei – allora diciamo alle quattro. Se sarete carino e non stroncherete i miei dipinti vi offrirò una buona tazza di tè.

Dopo un cenno amichevole e un nuovo smagliante sorriso lei si avviò con un'andatura svelta in direzione di Hampstead Road e Tom, borbottando seccato, rientrò per riporre il foglio nella cartella.

È superfluo aggiungere che quella visita pomeridiana non contribuì affatto a "chiudere l'incidente". Quando lei aprì la porta che dava sulla strada, dopo che Tom ebbe suonato il campanello, si tolse la sigaretta per accoglierlo con un sorriso di benvenuto, trattandolo come se fosse "il compagno di giochi dell'infanzia". Gli strinse calorosamente la mano e, continuando a stringerla, lo condusse in un ampio salotto dove, vicino alla finestra, stava un cavalletto nuovo di zecca affiancato da un tavolino. Tom dette un'occhiata al tutto e si fece rapidamente un'idea dell'inquilina da un punto di vista professionale. A parte il cavalletto, la cassetta dei colori, i pennelli e il recipiente per l'acqua si trattava del tipico soggiorno abitato da una donna, in cui il tavolino da tè con annessi e connessi era più appropriato del cavalletto.

– Questo è il mio umile laboratorio – disse la sua ospite. – Poca cosa in confronto al vostro maestoso studio, però ...

– Probabilmente sarebbe stato sufficiente per Turner o De Wint – disse Tom. – È il pittore che conta, non lo studio. Vogliamo dare un'occhiata a qualche vostro lavoro?

– Sì, certo – rispose l'altra prontamente, accompagnandolo verso il cavalletto. – Questo è l'ultimo. Non mi soddisfa appieno, ma non penso di ritoccarlo, per paura di rovinarlo. Che ne pensate? – Tom fissò l'oggetto sul cavalletto e farfugliò qualcosa di incomprensibile. Un mezzo foglio Whatman era stato attaccato alla rinfusa sul cartone e ricoperto di strisce di colori accesi dati, evidentemente, molto liquidi su carta inumidita, che ricordavano molto i campioni di colori che si trovano nei negozi di articoli per belle arti.

– Bene – balbettò, riprendendosi a stento – non vedo che cosa possiate aggiungere ancora. Forse il, ehm, il soggetto, ehm, è un po' oscuro. Non del tutto ovvio, sapete. Chissà, ehm ...

– Oh, non c'è alcun soggetto – spiegò lei. – Non in senso figurativo, comunque. È solo una sperimentazione di colori astratti. Propongo di chiamarla *Sinfonia in Verde e Blu*. Pensate che il titolo sia troppo pretenzioso?

– Non direi pretenzioso – rispose lui – ma a me non piace molto chiamare le cose con il nome sbagliato. Sapete, non è una sinfonia. Una sinfonia è una combinazione di suoni, mentre questo lavoro è... è, ebbene, è un quadro.

La signora Schiller rise sommessamente. – Stavate per dire: "È una pittura" e poi vi siete corretto. Non è così?

– Ebbene – ammise Tom con un largo sorriso elogiativo – non è proprio ciò che chiamerei una pittura, ma in realtà non so nulla di questa nuova forma d'arte. Suppongo si tratti di una pittura astratta.

– Precisamente; un'astrazione cromatica interamente non figurativa. Un esempio troppo radicale, forse, così ora proporrei qualcosa di più figurativo.

Tirò fuori una cartella da sotto un divano e ne trasse un piccolo disegno incorniciato che sistemò sul cavalletto.

– Il primo – spiegò – è uno studio di colori astratti. Invece questa è una sperimentazione di forme astratte. Ma ha un soggetto. L'ho chiamata *Adamo ed Eva*. Che ve ne pare?

Tom valutò questo nuovo capolavoro con le ciglia aggrottate e sempre più perplesso. Rappresentava due figure umane come quelle che poteva disegnare un qualsiasi bambino di nove o dieci anni privo di talento artistico e i tratti di matita, marcati e maldestri, erano imbrattati di colore. Come prodotto consapevole di un adulto sano era sconcertante.

– C'è una certa somiglianza – osservò Tom, tanto per dire qualcosa.

– Sì – assentì lei – ma è ovvia, visto che loro non indossano vestiti, poverini. Il più grande naturalmente sarebbe Adamo, sebbene ciò conti fino a un certo punto. Il titolo è una mera convenzione. Il quadro è in realtà uno studio di forme essenziali.

– Capisco – disse Tom, sebbene non fosse così; continuava a fissare l'opera con gli occhi che gli uscivano dalle orbite mentre il sorriso della signora al di sopra delle sue spalle, singolare ed enigmatico, svanì non appena si voltò verso di lei. Dopo un lungo esame, privo di commenti, gettò uno sguardo furtivo alla cartella, al che la sua ospite tolse il soggetto con le figure e lo sostituì con un altro dipinto, che apparentemente raffigurava testa e spalle umane, simile a quei "ritratti" con i quali scolari privi di talento abbelliscono i loro quaderni. Questa, perlomeno, fu la prima impressione di Tom, che fu subito corretto dall'artista.

– Oh, no – disse quest'ultima. – Non è figurativo. L'ho chiamato *Madonna*, ma è solo una composizione essenziale, basata sulla struttura architettonica della testa umana, in cui vengono eliminati tutti i dettagli irrilevanti.

– Infatti – commentò Tom – ho notato che parecchie cose sono state eliminate. Queste macchie marroni, suppongo, rappresentano i capelli.

– Non rappresentano i capelli – rispose lei – ma semplicemente riconoscono e suggeriscono l'idea della loro esistenza. Forse, in un lavoro non figurativo, sono superflue, però aiutano a chiarire la composizione.

Tale spiegazione, come quelle relative ad altri lavori nella cartella, lasciò Tom senza parole. Erano tutti dello stesso genere: o strisce di colore prive di significato oppure disegni infantili di uomini e di animali. Alcuni gli sembravano dei paesaggi, a giudicare dalle macchie verdi a forma di zazzera che avrebbero potuto "suggerire" l'idea degli alberi, e in uno il paesaggio essenziale era abitato da animali astratti che facevano pensare ai prodotti più rozzi di un negozio di giocattoli.

– Bene – disse la signora Schiller quando rimise l'ultimo lavoro nella cartella – questo è il mio repertorio, e ora che avete visto tutto voglio che mi diciate francamente che cosa ne pensate. Non abbiate paura di essere troppo espliciti. Un giudizio sincero è ciò che desidero da voi.

– Ma mia cara signora Schiller – esclamò Tom rassegnato – non sono certo la persona più qualificata per giudicare il vostro lavoro. Non so niente di quest'arte modernista tranne che è completamente diversa dall'arte che ho sempre conosciuto e praticato. Non possiamo discuterne in quanto non parliamo la stessa lingua. Quando dipingo un quadro aspiro alla bellezza e visto che non c'è niente di più bello della natura cerco quanto più possibile di riprodurla fedelmente. E siccome un quadro è un'opera creativa e non una mera rappresentazione, come l'illustrazione di un testo scientifico, cerco di comporre i miei soggetti in modo tale che comunichino sensazioni gradevoli e interessanti. Però, a quanto pare, l'arte modernista rifugge dalla fedeltà alla natura e da ogni sorta di interesse intellettuale o emotivo. Non la comprendo affatto.

– Ma – obiettò lei – non trovate della bellezza in una forma astratta?

– Sono convinto – replicò Tom – che le forme astratte siano pertinenti alle scienze esatte, mentre la pittura e la scultura si occupano di cose visibili e tangibili. Però, signora Schiller, ribadisco che non ha senso per me discutere la questione. Parliamo e pensiamo in modo troppo differente.

– Suppongo che sia davvero così – assentì lei – ma è piuttosto deludente. Avevo sperato di imparare qualcosa da voi, ma mi accorgo ora che la vostra esperienza non ha nessuna attinenza con l'arte moderna. Non importa, annegheremo le nostre divergenze nella teiera. Volete sedervi su questa sedia mentre io preparo il tè oppure preferite una sedia più morbida?

– Mi piacciono le sedie dure – rispose Tom.

– Anche a me. Strano che le donne sembrino prediligere sedie imbottite come un letto di piume e ricoperte di cuscini, non trovate? Non riesco a capire perché, visto che sono più leggere degli uomini, di regola, e meglio coperte.

– Forse – suggerì Tom, quando si accomodò sulla sedia dal sedile di legno – è perché indossano meno vestiti e gradiscono il caldo dei cuscini.

– Bene, a ogni modo – disse lei, accendendo il fornello sotto un crogiolo che sosteneva una bella teiera di rame – ci troviamo d'accordo in materia di sedie, ed è un buon inizio.

Poi prese una poltroncina di mogano e si sedette, continuando a badare alla teiera che si stava riscaldando mentre proseguiva la discussione con una bizzarra serietà simulata che Tom reputò assai gradevole. In effetti il fascino della personalità della signora Schiller era innegabile se uno riusciva a dimenticare le atrocità della sua pittura. Tom, al quale piacevano solo le donne che non avevano mire matrimoniali, si accorse con un certo stupore che quella incombenza un po' informale tutto sommato era abbastanza piacevole (sebbene fosse ancora risoluto a "chiudere l'incidente" con quella visita). L'eccellente tè cinese era stato preparato con maestria, il tavolo era stato apparecchiato, compresa la teiera, in modo gradevole e le spiritosaggini della sua ospite lo mettevano di buonumore.

La conversazione tornò sulla pittura e Tom si lanciò alla ricerca della soluzione di quel mistero che lo sconcertava.

– Avete sempre dipinto alla maniera dei modernisti? – chiese.

– Sempre! – ripeté lei con un sorriso. – Sempre nel senso di mai. Per me è un'avventura del tutto nuova, e l'ho intrapresa per caso. Un caso davvero singolare, a ripensarci ora. Una mia amica mi chiese di andare con lei a una mostra in una galleria a Leicester Square, un'esposizione di opere di maestri moderni. Non volevo andare, perché la pittura non mi era mai piaciuta e non ne sapevo niente, però lei insistette che dovevo andare perché tutti parlavano di questi quadri e i critici d'arte avevano affermato che si trattava delle ultime novità nel campo dell'arte.

Così ci andai e, con mia sorpresa, ne rimasi profondamente colpita. I quadri erano così diversi da tutto ciò che avevo visto in precedenza, così originali e bizzarri. Sembravano fatti da bambini. Ne rimasi incantata, a tal punto che decisi di provare anch'io a fare qualcosa del genere. E scoprii che ne ero capace. Non è strano? Non avevo mai disegnato o dipinto prima, eppure ci riuscivo con una certa facilità. Non pensa che tutto questo sia davvero singolare?

– Decisamente – assentì Tom con convinzione, benché non intendesse proprio la stessa cosa. Lui aveva fatto piena luce sul mistero, sebbene ci fossero alcuni aspetti che ancora lo incuriosivano. – Li inviate a delle mostre? – chiese. – È una mossa obbligata se volete guadagnarvi da vivere con questo lavoro.

– Non li ho mai esposti finora – rispose lei – ma sto preparando una collezione da esporre, e frequento le mostre dei modernisti per vedere quali prezzi fruttano le opere del mio genere o, perlomeno, le quotazioni. A me sembrano abbastanza alte, però noto che pochissimi quadri vengono venduti.

– Sì – disse Tom – ci sono pochi acquirenti di quadri al giorno d'oggi, e i pochi appassionati che comprano di solito preferiscono opere tradizionali. Vi consiglio di visitare galleristi specializzati in opere moderniste. Loro sapranno valutare i vostri quadri e potrebbero darvi anche qualche suggerimento utile. Potrebbero pure acquistare qualcuno dei vostri lavori, al loro prezzo naturalmente.

– Questa è un'ottima idea – disse lei. – Ci andrò sicuramente. Forse potreste darmi i nomi di qualche gallerista.

Tom scosse la testa. – I miei galleristi non sono adatti a voi. Sono persone all'antica che trattano opere tradizionali e non accetterebbero roba modernista, per paura di perdere i loro clienti abituali.

– Non è molto incoraggiante – osservò lei con un sorriso ironico.

– Infatti – ammise Tom che, nella pausa che seguì, arrivò a un tratto alla conclusione che simili, cameratesche confidenze non favorivano certo una "chiusura dell'incidente". Poi, per usare un'espressione banale ma calzante, "ci dette un taglio".

– A quanto pare – disse lui – voi lavorate esclusivamente ad acquerello. Ritenete ciò più adatto dei colori a olio?

– La verità è – rispose lei – che non ho mai provato a dipingere a olio perché non conosco la tecnica; voglio dire che non so mescolare i colori e usare quei pennelli strani dai peli rigidi. Però mi piacerebbe dipingere a olio, o perlomeno provarci. – Fece una breve pausa, poi riprese in tono insinuante: – Mi chiedo se il mio gentile e disponibile vicino non possa darmi una mano.

Tom la guardò preoccupato. – Suppongo di essere il vicino – disse – ma non riesco proprio a capire che cosa vogliate che faccia.

– È solo un'umile richiesta – incalzò lei – ma vi sarei così grata se qualche volta, mentre state lavorando, mi permetteste di venire a dare un'occhiata.

– Ma a che scopo? – chiese lui. – La mia pittura e la vostra pittura non hanno niente in comune.

– Lo so – assentì lei. – Però, dopo tutto, i pittori modernisti usano gli stessi materiali e strumenti degli artisti più tradizionali. Ora, voi sapete tutto sulla tecnica della pittura a olio e, se potessi osservarvi mentre siete al lavoro, potrei imparare molto e poi con un po' di pratica riuscirci anch'io. Mi permetterete di venire un paio di volte? Prometto di non farvi perdere tempo e di non disturbarvi con le mie chiacchiere.

Tom guardò quel volto sorridente e lusingatore e si rese conto di essere in trappola. Sarebbe stato scortese rifiutare e poi non era da lui esimersi dall'aiutare un collega, per quanto mediocre potesse essere. Però non poteva "abbassare la guardia". Non doveva in alcun modo consentire a questa giovane intraprendente il libero accesso al suo studio.

– Quando sono al lavoro – disse lui infine – mi piace essere solo e concentrarmi su ciò che sto facendo, ma sarò lieto di darvi una dimostrazione della tecnica della pittura a olio. Potreste portare uno dei vostri dipinti in modo che io possa farne una copia a olio davanti a voi. Potrete farmi tutte le domande che vorrete e io vi darò quei consigli che riterrò necessari riguardo a come usare questo mezzo espressivo. Che ne pensate?

– Ma è proprio ciò che vi avrei chiesto se ne avessi avuto il coraggio. Sono entusiasta e non so come ringraziarvi. Mi farete sapere quando posso venire per la dimostrazione?

– Sì – rispose lui. – Non nei prossimi giorni, ma quando avrò finito il quadro al quale sto lavorando lascerò un biglietto nella vostra cassetta delle lettere con un paio di possibili date. Spero – continuò quando si alzò per andarsene – che il mezzo espressivo vi piacerà e che vi consentirà di realizzare grandi cose.

Quando fu di ritorno nel suo studio, pulendo tavolozza e pennelli e facendo qualche lavoretto occasionale, rifletté a lungo su ciò che era accaduto quel pomeriggio. Una cosa era ormai palese: l'incidente non poteva più essere "chiuso". La donna lo aveva in pugno. Si era stabilmente insediata nella sua vita come una conoscente e lui si rendeva conto che il prossimo colloquio l'avrebbe promossa al rango di amica. L'affare stava prendendo una brutta piega ma lui doveva fare buon viso a cattivo gioco e continuare, per modo di dire, a "stare in guardia".

Quanto alla donna in sé lei restava indecifrabile. Tom non riusciva a inquadrarla. Era una semplice imbrogliona oppure le era venuta una strana fissazione? Era chiaro che lei non era assolutamente in grado di disegnare, che dipingeva ad acquerello come un bambino privo di talento e che sembrava incapace di avere idee artistiche o creative. Si chiedeva se per caso non gli fosse sfuggito qualche dono artistico, però questo dubbio era dissipato dalla stessa ammissione della donna che affermava di non aver mai provato interesse per la pittura. Infatti il vero talento si manifesta in tenera età. Pope "farfugliava versi molto prima di comporli"; Mozart e Haendel erano abili musicisti, nonché compositori, fin da bambini; John Millais era un magistrale disegnatore all'età di cinque anni; Bonington morì giovane a ventisei anni ma era già conosciuto in tutta Europa, così come Fred Walker, Chantrey e parecchi altri. No, chi raggiunge la mezza età senza aver mai manifestato inclinazioni artistiche non è di certo un artista nato. A questo punto restavano due sole possibilità: o la signora Schiller era una vera e propria imbrogliona oppure soffriva di strane fissazioni. Tom non andò oltre questa conclusione. Dopo tutto non erano affari suoi. Lui si preoccupava unicamente di non restare invischiato in pericolosi tranelli, e in tal senso l'abilità della donna era più che sufficiente a tenerlo impegnato a fondo senza bisogno di dover rimuginare sul suo talento artistico.

4. Il signor Vanderpuye

Ci sono persone, purtroppo numerose, che sembrano incapaci di combinare qualcosa di buono. L'ansia di finire il lavoro e la mancanza di una giusta concentrazione generano lavori trasandati e imperfetti. Per contro ce ne sono altre, di tempra migliore, destinate a essere impeccabili. Tom Pedley era un rappresentante di questa seconda categoria. Si dedicava con la massima concentrazione pure al lavoro più semplice finché non lo portava a termine, anche se si trattava solo di lavare una tazza da tè o di lucidare un cucchiaio. Quindi Tom, benché la considerasse una perdita di tempo, eseguì la dimostrazione della tecnica a olio con grande impegno, come se la signora Schiller fosse stata un'allieva molto promettente.

– Ho portato due dei miei dipinti – spiegò la donna quando fece la sua comparsa il giorno stabilito. – *La Sinfonia in Verde e in Blu* e *Adamo ed Eva*. Quale ritiene il più adatto?

– Potrebbero andare bene entrambi – rispose Tom – visto che in uno c'è una sorta di struttura e nell'altro invece no. Inizieremo con la *Sinfonia*. A quanto pare avete dato pennellate molto vigorose su una carta insolitamente umida.

– Oh, ma io non ho usato affatto pennelli. Ho solo imbevuto la carta d'acqua, mescolato un po' di ossido smeraldo e blu oltremare francese in bacinelle separate e quindi versato il miscuglio sulla carta formando lunghe strisce. Quando ho inclinato il cartone le strisce, naturalmente, si sono mescolate producendo quelle sottili gradazioni di colore che ho cercato di esprimere con la parola *Sinfonia*.

– Capisco – disse Tom con un largo sorriso compiaciuto. – Un metodo terribilmente buono. E anche sbrigativo. Bene, non potete fare niente di simile a olio.

Bisogna preparare la miscela con il pennello, a meno che non lavoriate con il mestichino. Vi faccio vedere.

Mise la *Sinfonia* sul cavalletto vicino a una tela di quattordici per dodici. Poi, su una tavolozza pulita, impastò tre macchie di colore, ossido smeraldo, oltremare francese e biacca olandese e, con il mestichino, provò un paio di gradazioni per riprodurre quelle della *Sinfonia*.

– Seguiremo il vostro metodo finché potremo anche a olio – disse lui. – Cominciamo con strisce di colore molto intenso, aggiungiamo tinte più chiare agli orli e poi mescoliamole per ottenere sottili gradazioni. Così.

Si mise al lavoro con un paio di pennelli larghi, basandosi sulla *Sinfonia* e dando di tanto tanto spiegazioni sul maneggio del pennello e la miscela delle tinte. Nel giro di un quarto d'ora aveva eseguito una copia del quadro che, a parte la tecnica usata, era perfetta. La sua allieva lo guardò e ascoltò le varie spiegazioni senza dira une parola. Terminata la dimostrazione, quando Tom indietreggiò e depose la tavolozza, lei esclamò:

– Ma è straordinario! Avete fatto una copia perfetta, e così rapidamente! È davvero fantastico, e pare così facile.

– Facile! – ripeté Tom. – Certo che è facile. Anche un... anche un dilettante (stava per dire "anche uno scemo") può stendere strisce di colore su una tela e mescolarle. Ma, naturalmente – si affrettò ad aggiungere – bisogna indovinare le strisce. Passiamo ora ad *Adamo ed Eva*.

La seconda opera presentava maggiori difficoltà. Malgrado i ripetuti tentativi Tom non riusciva a ottenere l'effetto infantile dell'originale. Le sue figure continuavano ad avere un'aria umana e persino una certa particolare fisionomia.

– Ecco – disse quando indietreggiò osservando la sua esecuzione con una smorfia – credo che possa andar bene, sebbene non sia una copia fedele. Non sono sempre riuscito a riprodurre la "forma essenziale", ma non importa. Voi avete seguito la tecnica. E adesso, in conclusione, vi mostrerò come lavorare con il mestichino, forse più adatto a voi del pennello.

Poi mise sul cavalletto un foglio di cartone doppio pressato e, con un paio di spatolette sottili eseguì rapidamente un'altra riproduzione della *Sinfonia*, mentre la sua allieva lo seguiva incantata. Infine le mostrò come pulire la tavolozza e lavare i pennelli, ricordandole che è buona norma prendersi cura dei propri strumenti di lavoro e non sciupare i materiali.

– È questo – concluse lui – è tutto. L'abilità migliorerà con la pratica e le idee non vi mancano, così tutto quello che vi resta da fare è procurarvi i materiali e lanciarvi.

– Ed è quello che farò – disse lei. – Non so esprimervi la mia gratitudine. – Gli si avvicinò, lo guardò seriamente negli occhi e, poggiando le mani sulle sue braccia (per un lungo, terribile momento lui pensò che stesse per baciarlo), esclamò: – È stato così gentile da parte vostra prendervi tutto questo incomodo per un'estranea. Siete così carino. Ma in fin de conti noi non siamo proprio due estranei, vero?

– Ebbene – ammise Tom guardingo – siamo dei conoscenti.

– Adesso non fate l'orso – protestò lei sorridendo. – Conoscenti, ma guarda! Non importa. Voi non vi siete ancora liberato di me. Voglio che mi accompagniate dal negoziante di articoli per belle arti e mi indichiate l'occorrente per cominciare. Voi farete questo per me, non è vero? Dite di sì, come un micio.

– Mi riesce alquanto difficile – obiettò Tom – giacché non ho mai sentito un micio dire di sì. Però vi accompagnerò al negozio per impedire che sprechiate il vostro denaro comprando cose inutili. Potremmo farci un salto adesso e toglierci il pensiero. Il negozio è qui vicino. Ci vogliono cinque minuti. Che ne dite?

Lei disse di sì con un sorriso malizioso e comprensivo e Tom si rese conto troppo tardi che il suo riserbo, invece di tenerla lontana, l'aveva incoraggiata. Così si avviarono insieme e Tom, dopo aver controllato che lei acquistasse il necessario per iniziare, afferrò il voluminoso pacco e l'accompagnò fino a casa; quando le consegnò il pacco, salutandola sulla soglia dell'ingresso, la donna lo ringraziò in modo talmente affettuoso che lui fu felice di trovarsi in una strada pubblica.

Tom si allontanò preoccupato e avvilito. Non si faceva più alcuna illusione. Il suo proposito di "stare in guardia" era miseramente fallito e ormai era stato definitivamente adottato, volente o nolente, da questa singolare giovane come amico e camerata. Non si intravedevano vie d'uscita. Un uomo più grossolano e meno cordiale avrebbe opposto un secco rifiuto; ma Tom era un'anima gentile, cortese e premurosa per natura e inclinazione e nutriva una grande deferenza da vecchio scapolo nei confronti delle donne. Con riluttanza dovette accettare quell'amicizia non voluta come un dato di fatto che avrebbe influenzato il suo modo di vivere semplice e indipendente.

La sua nuova amica non era poi tanto invadente, perché rispettava il suo desiderio di stare solo e lavorare in santa pace. Però praticamente ogni giorno, in un modo o nell'altro, lei trovava il modo di farsi viva. Naturalmente lui dovette assistere alle sue prime esperienze con la nuova tecnica (che stavolta lo lasciarono impassibile) e darle consigli professionali. Ogni tanto poi lei faceva un salto nel suo studio per fare qualche domanda, chiedere se occorreva qualcosa e portare piccoli doni, e la probabilità di incontrarla nel quartiere era talmente alta da mettere in crisi tutte le leggi statistiche conosciute. Perciò, a poco a poco, il rapporto divenne sempre più amichevole e importante.

Tom, che all'inizio aveva seguito tutta la faccenda con un brutto presentimento e maledetto la sorte che l'aveva messa sulla sua strada, cominciò a un certo punto a rendersi conto che il diavolo non era poi tanto brutto come lo si dipingeva. In primo luogo non era una vedova. Da qualche parte, presumibilmente in Germania, doveva esserci un marito: una figura nebulosa che però impediva un nuovo matrimonio. Poi si manifestarono altri particolari rassicuranti. Sulle prime le sue eccessive familiarità l'avevano spaventato, e certe tenere espressioni lo avevano allarmato, ma poi ci aveva fatto l'abitudine a essere chiamato "Tom" oppure "Tommy" e, quanto alle tenerezze, esse sembravano essere un semplice vezzo giocoso. Si rese conto di questo riflettendo sulla sua ineccepile condotta morale. Mai lei gli aveva fatto pensare che potesse esserci qualcosa in più di un'amicizia tra loro. Quando lo chiamava "tesoro" oppure "amore" o anche "Tommy, caro" queste parole, benché fuori luogo, sembravano innocue alla luce del suo comportamento fondamentalmente corretto. Tom, che ora si sentiva rassicurato e non più minacciato, si rassegnò a sorbirsi quello che considerava un "vezzo futile e piuttosto discutibile".

La personalità della donna, in sé, non era poi tanto sgradevole. Brillante, allegra e divertente, sarebbe stata una compagna tutto sommato più che degna se ne avesse cercata una, cosa che non aveva affatto intenzione di fare, e se lei avesse mostrato un minimo di sensibilità nei confronti dell'arte come la intendeva lui. Però, malgrado avesse assimilato rapidamente il gergo del critico d'arte e cercasse di capire il suo lavoro, lei non era assolutamente in grado di apprezzare l'arte tradizionale e quindi, in mancanza di tale interesse, non avevano niente in comune.

D'altro canto giudicava il suo aspetto abbastanza interessante e, con l'occhio di un occasionale ritrattista, degno di attenzione. L'avrebbe descritta come una donna terribilmente pittoresca: bionda, appariscente, tutta imbellettata, labbra vermiglie, guance incipriate e truccate, sopracciglia disegnate con la matita e una considerevole massa di capelli ricci, che a quanto pare un tempo erano stati tagliati corti e ora stavano ricrescendo. Era assai colpito da quei capelli. Non aveva mai visto niente di simile. Erano di un marrone molto chiaro, quasi di stoppa, ma c'era qualcosa di inusuale nella loro struttura, qualcosa che li faceva luccicare in modo molto particolare e rendeva il loro colore cangiante. In vista di un possibile ritratto Tom studiò tale mutevolezza tenendo conto degli occhi nocciola tendenti al verde e del colore della carnagione che riusciva a distinguere, arrivando alla conclusione che doveva esserci una qualche contraffazione che ancora gli sfuggiva.

Per il resto era una donna abbastanza alta, forse un metro e settantacinque senza i tacchi alti, di bell'aspetto, dai lineamenti delicati ma con un mento sporgente e una mandibola pronunciata. Il suo pezzo forte era indubbiamente il profilo e Tom, esaminandolo da un punto di vista professionale, decise che sarebbe stato adatto a un medaglione. Fece pure un paio di schizzi di prova a memoria nel suo taccuino con una mezza intenzione di offrirsi di dipingere un ritratto per un medaglione, ma poi rinunciò all'idea consapevole che le necessarie sedute avrebbero cementato ulteriormente un'amicizia che era già sin troppo stretta.

Tom, quindi, era ancora per così dire molto guardingo e cercava di circoscrivere questa amicizia. Sebbene ora sapesse che lei non poteva avere mire matrimoniali verso di lui e non temesse più l'inizio di una discutibile relazione, non gli piaceva quella frequentazione. Non aveva mai voluto amicizie femminili e non gli andava a genio il modo in cui lei si era intrufolata nella sua vita. Era un uomo amante della propria indipendenza e piuttosto solitario, che non desiderava altro che di essere lasciato in pace a vivere la propria vita, e con il passare del tempo crebbe la sua irritazione per l'invadenza di un'altra persona, tra l'altro così lontana da lui. Però non c'era scampo, a meno di troncare bruscamente il rapporto, cosa di cui non era capace; alla fine si dette per vinto, rimpiangendo la pace e la libertà perdute per sempre e rassegnandosi a fare buon viso a cattivo gioco.

Però l'ora della sua liberazione era imminente, del tutto imprevista e a opera di un personaggio assolutamente sconosciuto e insospettabile. E poiché l'ora più buia è quella che precede l'alba, l'inizio del suo affrancamento coincise con una sensazione di insopportabile fastidio nei confronti di questa forzata intimità.

Erano circa le quattro del pomeriggio e la signora si era appena introdotta nello studio con un invito a prendere un tè che lui aveva declinato con fermezza.

– Oh, storie – protestò lei. – Avete sempre troppo da fare per venire a prendere il tè da me, perlomeno a quanto dite, ma io non vi credo. È solo una scusa. È il mio tè o la mia compagnia che non gradite?

– Mia cara signora Schiller ... – cominciò Tom, ma fu subito interrotto.

– Oh, non signora Schiller! Non vi detto mille volte di non chiamarmi con quell'orribile nome? Chiamatemi Lotta. È un nome così carino.

– È un nome incantevole. Bene, ehm, Lotta...

– Bene, mio caro, se non volete venire a prendere il tè da me, allora resterò qui e lo preparerò io per voi, dopo di che toglierò il disturbo e lascerò il mio caro, vecchio orso al pacifico godimento della sua tana. Voi mi permetterete di restare, Tom caro, vero?

Fu in quel momento che nel cortile si fece sentire, imperiosa, la voce del campanello dello studio, che troncò la conversazione.

– Vado a vedere chi è? – chiese Lotta.

– No. È meglio che vada io. Forse riesco a sbrigarmi subito.

Attraversò a grandi passi il corridoio sperando in effetti di far presto. Però quando, sulla soglia, vide la figura del suo vecchio amico, il signor Polton, accompagnato da un estraneo, si rese conto che non c'era via d'uscita. Avrebbe dovuto farli entrare.

– Buon pomeriggio – disse Polton, salutandolo con un sorriso allegro. – Mi sono preso la libertà di portarvi un cliente che vorrebbe un ritratto. È corretta la parola "cliente"?

– Ebbene, noi di solito li chiamiamo modelli ma non importa. Volete entrare?

Entrarono e, mentre attraversavano lentamente il corridoio, Polton completò le presentazioni. Il futuro modello, un gentiluomo di colore africano di bell'aspetto, era il signor William Vanderpuye, nativo di Elmina in Costa d'Oro, impegnato in una serie di lezioni sulla Medicina Legale al St. Margaret's Hospital.

– Sta facendo anche pratica nel nostro laboratorio – spiegò inoltre Polton – sotto la guida del dottor Thorndyke. Ecco come ho avuto il piacere di fare la sua conoscenza.

Raggiunsero lo studio e Tom, aprendo la porta, li invitò a entrare. Una volta dentro, quando si accorsero della presenza dell'altra persona, entrambi si fermarono e, per un attimo, tre paia di occhi indagatori eseguirono una rapida ispezione. Molto imbarazzato e imprecando fra sé e sé, Tom si affrettò a fare le presentazioni e poi, per consentire alla signora di accomiatarsi, spiegò:

– Il signor Vanderpuye mi farà l'onore di posare per me per un ritratto.

– Oh, molto interessante! – esclamò lei. – Ora suppongo che vogliate accordarvi sulle sedute e credo sia il caso di lasciarvi soli.

Parlando rivolse uno sguardo sottilmente supplichevole al signor Vanderpuye, che rispose pronto e deciso:

– Niente affatto, signora Schiller. Non voglio che andiate via per causa mia. Non dobbiamo discutere di cose segrete ma solo del ritratto. Inoltre – aggiunse un po' ambiguamente – a quanto pare dipingete anche voi e forse potrete darci dei consigli.

– È molto gentile da parte vostra – disse lei – e se davvero volete che resti, sarò ben lieta di assistere alla vostra conversazione sul ritratto. Per ringraziarvi dell'invito farò una bella tazza di tè.

Lei iniziò, quindi, a preparare il servizio da tè e Polton riempì il bollitore e lo mise sul fuoco, mentre Tom guardava la scena con sentimenti quanto mai mutevoli. Avrebbe fatto volentieri a meno della compagnia di Lotta, ma quando notò il modo in cui gli occhi del suo nuovo mecenate seguivano i movimenti della donna, cominciò a pensare che forse le cose si stavano mettendo per il verso giusto. Riteneva di essere l'unico amico maschile di Lotta e avrebbe tirato un bel sospiro di sollievo se lei ne avesse trovato un altro.

Alla luce di questa considerazione osservò lo sviluppo degli eventi (al pari del signor Polton, per il quale la donna costituiva un mistero sbalorditivo) mentre veniva consumato il tè, e lo trovò incoraggiante. Lotta sembrava intenzionata a mantener viva la conversazione soprattutto con il signor Vanderpuye, al quale si rivolgeva con un rispetto che evidentemente lo lusingava. In effetti il gentiluomo africano era, ovviamente, rimasto colpito dalla bella Lotta e lo dimostrava in maniera palese, il che non era poi tanto strano, poiché si trattava di una donna attraente (se si tralasciava il "colore astratto") che sapeva essere assai gradevole. E questo naturalmente era uno di quei momenti.

– Arrivo quasi a invidiare il signor Pedley – disse lei. – Siete un soggetto davvero degno di un ritratto.

– Lo pensate davvero? – esclamò lui entusiasta. – Io invece temevo che la carnagione, e i capelli, sapete ...

– Ma è proprio questo che mi rende invidiosa. La vostra carnagione olivastra, così diversa dal volto pallido e relativamente privo di colore degli europei, consente numerosissime variazioni cromatiche. Forse – continuò in modo riflessivo – questo potrebbe spiegare il fatto che i popoli africani sembrano essere coloristi nati. Non trova?

– Può darsi – assentì Vanderpuye. – Di certo amano i colori, e si vede. Il mio maggiordomo, a casa, indossava spesso un vestito di flanella scarlatto con pantofole da camera verdi.

– Ma che combinazione simpatica! – esclamò Lotta. – Un contrasto così delicato e sottile! Non ne convenite con me?

Il signor Vanderpuye in realtà sembrava convenire con lei su ogni cosa e manifestava ciò con un sorriso gioviale, che rivelava una dentatura da fare invidia agli europei moderni.

– Ma naturalmente – aggiunse lui – non conosco bene la materia, e so solamente che mi piacciono i colori brillanti, mentre voi siete un'artista e avrete senz'altro studiato a fondo l'argomento. – Infatti – ammise lei. – Il colore è la passione della mia vita. Lo amo a tal punto che spesso mi metto a dipingere quadri di solo colore senza altri motivi. Sinfonie e concerti di colore, sapete.

– Devono essere molto belli, ne sono sicuro – disse Vanderpuye – sebbene non riesca a capire come possiate dipingere un quadro di solo colore. Spero, un giorno, di avere l'onore di vedere i vostri lavori.

– Vi piacerebbe? Se volete, sarò lieta e fiera di mostrarveli. Sono una vicina del signor Pedley, abito qui accanto, così, volendo, potreste fare un salto da me dopo una delle vostre sedute.

– Sarebbe meglio prendere un appuntamento – propose Vanderpuye. – A che ora volete che venga per la seduta, signor Pedley?

– Preferirei la luce del mattino – rispose Tom. – Diciamo dalle nove alle dodici. Potrebbe andare, signor Vanderpuye?

– Ottimo – fu la risposta. – E in quanto alla data? Quando avete intenzione di cominciare?

– Al più presto, per quel che mi riguarda. Andrebbe bene domani?

– Per me va benissimo. Allora diciamo domani mattina alle nove. Quanto a voi, signora Schiller, potrei dare un'occhiata al vostro studio poco dopo le dodici?

– Sicuro – rispose lei. – Avrò appena terminato il mio lavoro mattutino. Ora – aggiunse – visto che abbiamo vuotato la teiera e che presumibilmente dovrete sistemare altre questioni, taglio la corda.

Si alzò e, dopo aver stretto le mani dei due visitatori e comunicato che avrebbe raggiunto da sola l'uscita, concesse un ultimo sorriso al signor Vanderpuye e scomparve.

Il suono della porta esterna che si chiudeva riportò la conversazione alle "altre questioni", sulle quali non ci soffermeremo. Infine fu deciso che il ritratto sarebbe stato di tre quarti e avrebbe presentato il soggetto nella sua toga e parrucca da avvocato, nell'atto di rivolgersi alla corte. Avendo definito ciò e i costi i due visitatori si alzarono per andarsene.

– *Au revoir*, allora – disse il signor Vanderpuye – oppure, come dicono gli Hausa nel mio paese, *Sei Gobe*, "a domani". Alle nove in punto mi vedrete sulla vostra soglia.

– E alle dodici in punto su quella della signora Schiller – aggiunse Tom con un sorriso malizioso.

Il signor Vanderpuye rispose con un sorriso e non fu possibile giudicare se nel contempo arrossì.

5. Un capitolo banale, ma non irrilevante

Le vaghe speranze che Tom Pedley aveva concepito che un'amicizia tra il suo nuovo mecenate e Lotta Schiller avrebbe potuto far diradare in qualche modo le visite della donna si realizzarono appieno. Infatti ben presto divenne chiaro che il signor Vanderpuye non si limitava a condividere con lui il fardello di quell'intimità, ma lo stava addirittura sostituendo come unico amico maschile di Lotta. Non che lei lo avesse completamente abbandonato, dato che ogni tanto si faceva viva nello studio, però guarda caso quelle apparizioni coincidevano sempre con la presenza lì del signor Vanderpuye.

La situazione era chiara e del resto tutto veniva fatto alla luce del sole. L'impulsivo e sensibile gentiluomo africano non faceva mistero della sua ammirazione per la bella e brillante Lotta o del fatto che passassero parecchio tempo insieme e la donna, dal canto suo, non faceva nulla per celare la nuova amicizia. Così Tom, sulla scorta della propria esperienza, osservò divertito e disincantato lo sviluppo di sintomi a lui familiari; notò che il signor William Vanderpuye era stato elevato al rango di "Billy", con o senza gli usuali abbellimenti, e che la signora Lotta Schiller aveva rinunciato al cognome.

Il ritratto stava venendo bene ma, trattandosi di una figura quasi a grandezza naturale con alcuni accessori, la sua esecuzione richiedeva numerose sedute, sebbene Tom guadagnasse tempo lavorando ai dettagli nelle pause, ed esso a poco a poco rivelava le sue qualità. Non vi era idealizzazione. La somiglianza era notevole, ma tendeva soprattutto a valorizzare in modo appropriato la figura del modello, e questa inclinazione di Tom Pedley ad accentuare gli aspetti più gradevoli non faceva che riflettere il suo atteggiamento nei confronti dei propri simili.

Di tanto in tanto Lotta faceva un salto nello studio (di solito verso le dodici) a fare le sue osservazioni critiche e Tom la ascoltava con vero piacere. Scomparsi gli sproloqui sull'arte figurativa lei ormai aveva assunto una mentalità filistea. Diversamente dai critici d'arte, dai quali aveva mutuato il suo "cerebralismo", che accantonavano la "mera rassomiglianza" in un ritratto come dettaglio irrilevante, lei era interessata alla somiglianza e a nient'altro che la somiglianza. Quando il ritratto fu quasi pronto anche lei ne fu soddisfatta.

– Pensate che mi somigli, Lotta? – chiese Vanderpuye impaziente quando furono davanti alla tela. – Spero di sì, anche se mi sembra un po' idealizzato.

– Voi siete proprio uno sciocco che si sottovaluta, Billy – fece lei (Billy era alto poco più di un metro e ottanta senza scarpe). – Non vi rendete conto di come siate attraente.

– Bene, mia cara – replicò lui, guardandola con un sorriso affettuoso – sono sempre disposto a imparare, soprattutto da voi.

– Allora sappiate che quell'uomo di legge così carino del quadro rappresenta fedelmente il mio amico Bill e non lo idealizza affatto. Non è così, Tom?

– Credo di sì – rispose lui. – L'ho dipinto come lo vedo e come i suoi amici lo vedono, e spero di avergli reso giustizia.

Il punto di vista di Tom fu confermato da un altro degli amici di Bill, vale a dire il signor Polton, che ogni tanto veniva a fare una visita per seguire i progressi dell'opera con estremo interesse, come se fosse direttamente coinvolto; in effetti trapelò che era stato lui a far commissionare il ritratto, una volta che le fotografie si erano rivelate inadeguate (le fotografie di uomini di colore tendono a essere troppo realistiche). La conferma arrivò un giorno che le quattro parti interessate, riunite intorno al ritratto praticamente finito, lo stavano valutando.

– L'arte della pittura – filosofava il signor Polton – secondo me ha un potere quasi soprannaturale. Ovviamente anch'io posso fare disegni in scala sui quali lavorare, però si tratta solo di diagrammi. Non hanno l'aspetto di oggetti reali, mentre se io mi allontano un po' da questo quadro e lo guardo con un occhio chiuso mi sembra di guardare veramente il signor Vanderpuye.

– Sì – assentì Lotta – è una rappresentazione perfetta, perfetta quasi quanto una fotografia.

– Perdonatemi, signora – obiettò Polton – ma è ben più perfetta. Non si possono ottenere certi risultati con la fotografia.

– Non il colore, naturalmente, ma io mi riferivo alla rappresentazione della forma.

– Ma, signora – insisté Polton – c'è qualcosa in più della forma in questo ritratto, qualcosa che la fotografia non può dare. Ho scattato un paio di foto del signor Vanderpuye quando gli stavo insegnando la tecnica, ma sono state quasi un fallimento. La forma era assolutamente perfetta e sarebbero state eccellenti per un'identificazione, però mancava qualcosa, e quel qualcosa era ciò che potremmo chiamare la personalità. Ed è proprio ciò che ha il ritratto. In esso c'è il signor Vanderpuye, mentre le fotografie sono mere rappresentazioni di una forma esteriore.

Tom fece un cenno di approvazione. – Il signor Polton ha ragione – disse. – La fotografia può rappresentare perfettamente un oggetto, come una statua o un edificio, che è sempre lo stesso. Ma un essere umano muta di continuo. Una fotografia può solo mostrare il suo aspetto in un dato momento, laddove il ritrattista deve tralasciare i dettagli effimeri e concentrarsi sul carattere saliente e permanente.

Questo concetto sembrò colpire Lotta, che esclamò:

– È vero! Non mi era mai venuto in mente, e io che avevo intenzione di chiedere al signor Polton di fare una fotografia di Bill proprio mentre posava per il dipinto. Ma se manca la vera somiglianza non mi interessa più. Però, che delusione.

– La delusione può essere evitata, signora – intervenne Polton. – Se il signor Pedley mi darà il permesso di fare una fotografia del quadro voi potrete avere un ritratto con tutte le caratteristiche dell'originale tranne il colore. Sarebbe una copia conforme.

Lotta era entusiasta e si profuse in ringraziamenti. Inoltre il signor Polton venne a sapere da lei, con sua sorpresa, di essere un "Tesoro".

– Quale formato – chiese lui, ottenuto il permesso – preferite, signora, per la fotografia?

– Oh, uno molto piccolo – rispose lei – in modo da poterlo montare in un piccolo astuccio che potrei portare con me, o forse in una spilla o un pendente da indossare. È possibile, signor Polton?

– Oh, certamente signora; però, se mi consentite, una spilla o un pendente non sarebbero così adatti al vostro scopo, in quanto indossandoli il ritratto sarebbe visibile a tutti tranne che a voi.

Lotta rise. – Ma certo – disse – che stupida che sono; e mostrare il sacro ritratto a degli estranei è proprio quello che non voglio. Che proponete allora?

– Penso – continuò lui – che il buon vecchio medaglione faccia al caso nostro.

– Un medaglione – intervenne Vanderpuye. – Che cos'è un medaglione? Perdonatemi, ma sono solo un povero africano ignorante.

– Un medaglione, signore – spiegò Polton – è una specie di pendente, di solito d'oro, formato da un piccolo astuccio piatto che si apre per mezzo di una cerniera e contiene due cornici. Talvolta esse racchiudono due ritratti, uno in ogni cornice, ma più comunemente il medaglione racchiude un ritratto e una ciocca di capelli della, ehm, persona scelta, intrecciati in una piccola crocchia oppure sistemati come una spirale piatta.

Vanderpuye rise allegramente sotto i baffi. – Mi piace l'idea del medaglione – disse – ma temo che avrete delle difficoltà con i miei capelli.

– Niente affatto, signore – rispose Polton. – Ognuno dei vostri capelli forma una spirale naturale simile a una piccola molla di orologio. È una delle caratteristiche della razza africana. Volete una dimostrazione?

Tirò fuori dalla tasca un paio di pinzette da orologiaio e un paio di forbici pieghevoli e, dopo aver sollevato uno dei capelli folti e crespi di Vanderpuye, lo tagliò con cura e lo depose su un biglietto bianco, per farlo esaminare dagli altri.

– Ma è davvero simpatico! – esclamò Lotta. – È, proprio come dite voi, del tutto simile a una minuscola molla di orologio. Sì, un medaglione fa proprio al caso mio.

– E se poi – suggerì Polton – volete estendere la spirale, in modo da riempire la cornice, basta usare due o tre capelli.

– Oh, ma questo rovinerebbe tutto – protestò lei – ed è così carino. No, giusto una piccola, perfetta molla di orologio al centro dello spazio. Siete d'accordo, Bill?

– Certamente, mia cara – rispose lui con un bel sorriso – specialmente perché valorizzerebbe una caratteristica razziale. Ma come ci procuriamo il medaglione? Si trovano ancora nei negozi?

– Suppongo di sì. Ma io non voglio un medaglione comune. Sarebbe qualcosa di freddo, di dozzinale, indegno del mio amato Bill e della sua molla di orologio piccola e affascinante. Che cosa suggerite, signor Polton? Non è che per caso sareste in grado di costruire un medaglione per me?

– Per quanto riguarda la costruzione pura e semplice, naturalmente potrei farne uno. Però io non sono un orafo. Dovrebbe essere disegnato da un artista. Se il signor Pedley fosse disposto a disegnarlo io lo realizzerei per voi molto volentieri.

– Oh, siete veramente gentile, signor Polton! Siete un vero angelo! Credo di avervi già fatto notare che siete un tesoro.

– Mi pare di sì, signora – rispose lui con una smorfia – e devo ringraziarvi per il, ehm, complimento.

– Non c'è di che, signor Polton. E ora, Tom, riguardo a questo medaglione, potete disegnarlo?

– Sì – rispose lui. – Ho già disegnato qualcosa nel campo dell'oreficeria e un semplice medaglione non presenterà alcuna difficoltà, grazie soprattutto alla collaborazione del signor Polton. Se volete faccio un paio di schizzi di prova e poi possiamo discutere insieme della decorazione.

– Sì, sarebbe molto carino da parte vostra, Tom; e dovete farmi sapere quanto costerà.

– Non ve ne preoccupate, Lotta – disse Vanderpuye. – Sarà un mio regalo.

– Siete molto generoso, Bill. Naturalmente ciò lo renderà ancora più prezioso, e io accetto con gratitudine a una condizione: che anche voi abbiate un medaglione e lo riceviate in dono da me.

– Ma gli uomini non indossano medaglioni, oppure sì? – chiese.

– Lo facevano – disse Tom – prima dell'arrivo dell'orologio da polso. Il medaglione di solito era appeso alla catena dell'orologio.

– Bene – disse Vanderpuye – come vedete io porto un orologio da tasca con una catena, visto che un orologio da polso non è molto adatto ai tropici, così un medaglione fa per me, e mi piacerebbe molto averne uno con un ritratto di Lotta e una ciocca dei suoi bei capelli d'oro. I miei due gentiluomini vogliono accettare la commissione?

I due gentiluomini assentirono, al che Lotta obiettò:

– Ma non spetta a voi commissionarlo. È affar mio, visto che il medaglione sarà un mio regalo.

Vanderpuye abbozzò un sorriso. – L'incarico – disse – è stato affidato e accettato, per usare un termine legale, senza pregiudizio. L'altra questione qui non è pertinente. Ora dobbiamo sistemare i dettagli. Il medaglione conterrà un ritratto e una ciocca di capelli d'oro. I capelli non presentano difficoltà, visto che sono facilmente reperibili. Ma per il ritratto che si fa? Chiediamo al signor Polton di scattarci una piccola fotografia?

– Non fatelo – esclamò Lotta. – Mi meraviglio di voi, Bill, proprio ora che abbiamo appena sentito che cosa ne pensano due esperti dei ritratti fotografici. No, sarà un vero ritratto dipinto e lo dipingerò personalmente; poi chiederò al caro signor Polton di fare una piccola fotografia del quadro e sono sicura che non si rifiuterà.

– Certamente no, signora – disse Polton. – Per me sarà un vero piacere e credo che sia un'ottima idea. Sarà un duplice ricordo: un ritratto della donatrice e una prova della sua abilità.

Vanderpuye, dal canto suo, era meno entusiasta, dato che aveva visto, al contrario di Polton, "l'abilità della donatrice". – Perché non commissionare al signor Pedley un ritratto? – propose.

– Neanche per sogno – replicò lei. – Il medaglione sarà un mio regalo e io voglio eseguire personalmente il ritratto.

Non c'era altro da dire. Vanderpuye era un po' sconsolato e Tom, d'indole troppo gentile per divertirsi, era rincresciuto. Il ricordo ancora vivo della *Madonna* gli faceva intravedere grosse delusioni per il signor Vanderpuye, ma non fece commenti. Il tempo avrebbe detto l'ultima parola.

Qualche giorno dopo, nel corso dell'ultima seduta, furono apportati i ritocchi finali e Tom, finito il ritratto, accompagnò il modello dal corniciaio per consigliarlo sull'acquisto di una cornice adatta. Sbrigata la faccenda, Tom tirò fuori due schizzi, ai quali aveva lavorato nelle pause, relativi ai due medaglioni. Il primo, per la figura eretta, era una lunga ellissi, mentre l'altro, da applicare alla catenella dell'orologio, era notevolmente più piccolo e aveva una forma circolare. Ambedue erano accompagnati da diverse proposte di decorazioni, in semplice metallo sbalzato, in smalto colorato, e con delle pietre.

– Se voi vedete la signora Schiller potreste mostrarle gli schizzi – disse Tom – e parlarne con lei; se vi sta bene la forma circolare per il più piccolo, sarebbe bene ricordarle di concepire il suo ritratto per riempire lo spazio circolare in modo che la testa non risulti troppo piccola.

– La vedrò tra circa mezz'ora – disse Vanderpuye. – Ceneremo in un posto che ha scoperto a Soho e così avremo occasione di discutere dei disegni. Ma credo che seguiremo volentieri il vostro consiglio in materia.

– Bene – assentì Tom – una piccola spiegazione potrebbe rivelarsi utile, visto che gli schizzi sono piuttosto vaghi. Forse, quando la signora Schiller avrà finito il suo ritratto, potremmo incontrarci tutti e quattro nello studio per gli accordi finali.

– Glielo proporrò – disse Vanderpuye – e quando il ritratto sarà pronto informerò voi e il signor Polton. Peccato – aggiunse in tono confidenziale – che lei non abbia accettato di farlo dipingere a voi. Il suo stile non mi sembra molto adatto a un ritratto, ma naturalmente io non sono un critico. Che ne pensate?

L'opinione di Tom al riguardo era estremamente chiara, ma la sua risposta fu diplomatica.

– Non ho mai visto un ritratto eseguito da lei, quindi mi riesce difficile giudicare, ma spero che vada tutto bene.

Detto questo, per evitare un argomento scabroso, strinse cordialmente la mano a Vanderpuye e i due uomini si lasciarono.

L'incontro ebbe luogo circa una settimana dopo, il giorno e all'ora fissati da Polton e, un po' in anticipo rispetto all'appuntamento preso, quell'abile artigiano fece la sua comparsa e si mise al lavoro. Trasse da una delle sue numerose e capienti tasche una piccola macchina fotografica a soffietto che, una volta aperta, si rivelò dotata di livello e di mirino a riquadro.

– Non ho portato un cavalletto – disse – perché pensavo che uno dei vostri da pittore fosse più adatto e più stabile. Potete prestarmene uno?

– Sì – rispose Tom. – Ne ho uno libero, robusto e regolabile, che andrà benissimo per voi. È solido come una roccia.

Lo prelevò da un angolo e lo piazzò di fronte al ritratto, dopo di che Polton collocò la sua macchina fotografica sul ripiano e, con l'aiuto del mirino a riquadro, regolò le diverse posizioni della macchina fotografica e del ritratto fino a ottenere l'inquadratura desiderata. Poi fece la foto e, mentre era sul punto di avvolgere la pellicola impressionata, il suono del campanello dello studio annunciò l'arrivo degli altri due partecipanti al convegno. Polton, al loro ingresso, fece un inchino ed ebbe l'impressione che Vanderpuye non fosse del suo solito umore gioviale; in effetti il gentiluomo africano era decisamente imbronciato. Invece la bella e briosa Lotta era su di giri e pareva compiaciuta.

– Ecco qui – esclamò lei precipitandosi nello studio – il mio caro signor Polton, sollecito come un vero tesoro e già pronto a iniziare il lavoro. – Dopo avergli stretto la mano proseguì: – E che deliziosa macchinetta fotografica. Non è un po' troppo piccola per un ritratto così grande?

– Ne verrà fuori una fotografia piuttosto piccola, se ricordate bene signora; al massimo tre o quattro centimetri di altezza.

– Già è vero, che sciocca che sono. State per scattarla adesso?

– L'ho già scattata, signora, e sarà un vero piacere per me farne un'altra al vostro quando sarà disponibile.

– È disponibile adesso – disse Lotta, aprendo la borsetta e tirandone fuori una busta di circa venti centimetri per quindici. – Ho fatto un ritratto molto piccolo, come vedete, ma direi che è grande abbastanza.

– Come formato è più che sufficiente – rispose Polton – visto che dobbiamo ridurlo di parecchio.

Prese la busta che lei gli porse e, aprendo la linguetta, tirò fuori con delicatezza un piccolo acquerello incorniciato, che osservò con un sorriso reverenziale. Spuntò prima il retro, ma quando lui lo girò rapidamente il suo sorriso svanì per far posto a un'espressione sconcertata e sbigottita. Per alcuni momenti restò senza parole, fissando immobile e incredulo la cosa che teneva in mano. Poi lanciò uno sguardo furtivo all'artista e il sorriso malizioso di lei lo rassicurò. Doveva trattarsi di uno scherzo, pensò, ma era troppo discreto per fare commenti. Sarebbe stato al gioco.

– Bene, signor Polton – disse Lotta – allora vi piace?

– Visto che me lo chiedete – rispose lui accennando una smorfia – non credo che abbiate reso giustizia alla vostra persona.

– Non vorrete mica lusingarmi? – domandò lei.

– Oh, no – rispose l'altro. – Non è necessario. Se solo raffiguraste fedelmente l'originale otterreste un magnifico ritratto.

Lotta rise allegramente. – Grazie, signor Polton, per questo sottile complimento.

– Non è affatto un complimento – si intromise Vanderpuye. – Il signor Polton ha perfettamente ragione. Ciò che desideravo era la somiglianza, ma questo ritratto non vi somiglia per niente. Non vi avrei mai riconosciuto. Voi che ne dite, signor Pedley?

Però Tom, che stava guardando il ritratto sopra le spalle di Polton, seguì la stessa prudente tattica di quest'ultimo.

– Certo – disse – non è una rappresentazione fedele. Ma non era questa l'intenzione.

– Esattamente – assentì Lotta. – La mera somiglianza fisica non mi interessava. Questo ritratto non è un'opera figurativa, ma creativa.

La discussione tra Lotta e Vanderpuye si fece accesa, per non dire accanita. Ma si rivelò inutile. Lotta era irremovibile, e Vanderpuye alla fine fu costretto a cedere. Nel frattempo Polton, essendosi reso conto con gran stupore che quel ridicolo oggetto andava preso sul serio, lo prese sul serio e, senza alcun commento, lo sistemò sul cavalletto accanto all'altro ritratto e si accinse con la massima serietà a fotografarlo. Quando ebbe finito riconsegnò il ritratto alla sua autrice e seguì l'esame degli schizzi per i medaglioni, che si protrasse per un po' e portò alla conclusione che entrambi sarebbero stati decorati con un motivo semplice smaltato a rilievo e che i dettagli sarebbero stati lasciati all'ideatore e all'esecutore.

– Mi pare che sia tutto – disse Lotta, riponendo "l'autoritratto" nella sua borsetta.

– Tranne i capelli, signora – puntualizzò Polton. – Se mi consentite di prenderne un campione per ogni medaglione, potrò continuare tranquillamente il mio lavoro senza dovervi più disturbare.

Dalle sue inesauribili tasche tirò fuori un paio di buste, un paio di pinzette e un paio di forbici pieghevoli, deponendo il tutto sul tavolo. Poi cominciò con Vanderpuye, al quale tagliò un ricciolo vicino alla radice, che poi mise subito in una delle buste sulla quale, dopo averla sigillata, scrisse: *Egregio signor W. Vanderpuye*.

Lotta lo accolse con un sorriso raccomandandogli prudenza.

– Sarebbe un peccato ritrovarsi con due buste senza etichetta e non saperle più distinguere. Ora quanti dei miei ne volete? Andateci piano, non vorrei che mi lasciaste delle macchie calve.

– Non vi preoccupate, signora – la rassicurò Polton. – Una dozzina di capelli saranno sufficienti, e neanche ve ne accorgerete.

Come per provarglielo li contò uno per uno e quindi, dopo averli raccolti in una piccola ciocca, li tagliò vicino alla radice. Poi avvolse con cura i capelli sciolti e li infilò nella busta, che sigillò e classificò come: *Signora Lotta Schiller*.

Ciò significò la fine delle operazioni e, quando Polton ebbe messo le due preziose buste in un portafoglio di pelle e risposto quest'ultimo in una capiente tasca interna, Lotta e il signor Vanderpuye si alzarono insieme per accomiatarsi e, dopo aver stretto la mano a Polton, uscirono accompagnati dal padrone di casa.

Quando questi fu di ritorno nello studio trovò il suo collaboratore seduto di fronte all'orologio, apparentemente concentrato su di esso. Si voltò quando entrò Tom e, con le sopracciglia aggrottate, esclamò solennemente:

– È una cosa davvero straordinaria, signore.

– Che cosa? – chiese Tom, guardando l'orologio e non notando niente di insolito in esso.

– Mi riferisco al ritratto della signora Schiller. Sono sconcertato. Sulle prime ero convinto che si trattasse di uno scherzo.

– Al contrario di Vanderpuye – osservò Tom con un ghigno.

– Infatti. Ma ci capite qualcosa? A me sembrava uno di quei ritratti che io e i miei amichetti facevamo a dieci anni. Ma evidentemente devo essermi sbagliato. Non è così?

– No – rispose Tom – avete perfettamente ragione.

– Ma – obiettò Polton – la signora Schiller è una professionista, mi pare di capire. Sa davvero dipingere o disegnare?

– Visto che me lo chiedete, Polton, direi di no. Lei disegna in questo modo perché non sa fare di meglio.

– Ma è davvero sorprendente, signore. Se non sa disegnare o dipingere allora come può esercitare la professione di artista?

– Non so – rispose Tom – se sia corretto descriverla come un'artista. Non ha mai venduto neanche una sola opera né le ha mai esposte. L'espressione "esercitare la professione di artista" indica di solito un artista che si procura da vivere con il suo lavoro. Comunque ci sono dei pittori che non dipingono certo meglio di lei e che tuttavia espongono e riescono perfino a vendere. La loro roba ogni tanto fa la sua comparsa a Londra in qualche stramba mostra. È in questo modo che alla signora Schiller è venuto in mente di dipingere. Visitò una di queste mostre pubblicizzate dai critici d'arte e quella roba le sembrò così facile da realizzare che decise di provarci anche lei. Così ci provò e ci riuscì, ovviamente. Tutti saprebbero farlo, anche un bambino, anzi alcuni bambini sono molto più bravi.

– Ma c'è qualcuno che prende questi lavori sul serio?

– Sul serio! – esclamò Tom. – Mio caro Polton, dovreste leggere le recensioni dei critici e poi vedere tutti quei babbei che fanno gli "intellettuali" e affollano le gallerie fissando, a bocca aperta, ciò che credono essere l'ultimo grido in fatto di arte moderna. Ma, a dire il vero, non è che poi comprino tante opere.

– E in quanto ai pittori che li realizzano: credete che siano degli impostori oppure dei semplici stravaganti?

– È difficile da dire – rispose Tom. – I primi modernisti erano, a mio avviso, veramente bizzarri. Alcuni di loro erano dichiaratamente folli. Però al giorno d'oggi è impossibile giudicare. Perché il problema, Polton, è che nel momento i cui accettiamo prodotti rozzi e infantili come opere d'arte lasciamo campo libero agli imbroglioni.

– E per quello che riguarda la signora Schiller?

– Ebbene, Polton, voi l'avete vista. Di certo non è matta, ed è altrettanto certo che non sa dipingere; ho l'impressione che lo sappia bene quanto noi due. Ma il motivo che la spinge a continuare questa recita lo conosce solamente lei.

Polton rifletté su questa risposta e poi pose un'altra domanda. – Non riesco a inquadrare, signore, la sua relazione con il signor Vanderpuye. Lei, da quanto ho capito, è una donna sposata, così queste relazioni non mi sembrano molto opportune. Trovo che siano alquanto fuori luogo. Dal loro comportamento si deduce che si tratta di due amici affezionati, se non veri e propri innamorati, come credo che sia il caso del signor Vanderpuye. Ma la signora mi sfugge, e un'imbrogliona è un'imbrogliona. Però la penso come voi e non riesco a immaginare che cosa possa spingerla all'imbroglio. Certo, il signor Vanderpuye è un uomo ricco, ma non credo che lei miri ai suoi soldi. Eppure non riesco a trovare un altro movente. In effetti non mi ci raccapezzo proprio.

– Ma è proprio necessario? – chiese Tom. – La cosa non ci riguarda.

– Tranne il fatto che il signor Vanderpuye è un mio amico, ed è un gentiluomo rispettabile e affabile. Mi dispiacerebbe vederlo coinvolto in faccende sgradevoli.

– Più che giusto, Polton – assentì Tom – ma non vedo cos'altro possiate fare oltre a tenere gli occhi bene aperti, come state già facendo a quanto pare.

Dopo aver chiuso, con questa osservazione, l'argomento i due spostarono la loro attenzione sugli schizzi e sui dettagli tecnici connessi all'arte orafa.

6. La foresta di Essex

Un certo pomeriggio, ai primi di novembre, Tom Pedley, dopo aver messo giù la sua cartella per avere una mano libera, infilò la chiave nella serratura a scatto e aprì il cancello. Poi, secondo una sua inveterata abitudine, tolse la chiave e se la mise in tasca prima di entrare; mentre lo faceva, guardando distrattamente la strada, notò Lotta Schiller e il suo amico Billy proprio mentre si avvicinavano dopo aver voltato l'angolo. Non vedeva i due da più di quindici giorni, in effetti da quando il corniciaio aveva portato via il ritratto e i due medaglioni erano stati consegnati ai rispettivi proprietari. Così gli sembrò opportuno sostare davanti al cancello aperto per scambiare qualche saluto, anche perché loro lo avevano già visto.

– Dove siete stato tutto questo tempo, Tom? – esclamò Lotta quando si incontrarono sulla soglia. – Sono secoli che non vi vedo.

– Bene, sono rimasto nello stesso posto tutto il tempo – rispose Tom. – Oggi sono stato nella foresta di Epping. Un po' di paesaggio tanto per cambiare, dopo il ritratto.

– Foresta di Epping – ripeté Lotta. – Che carino. Non sono mai stata nella foresta di Epping. Possiamo entrare a dare un'occhiata a quello che avete dipinto?

– Sicuro – rispose cordialmente Tom. – Il dipinto non è finito, ma potrete farvi un'idea del luogo.

Entrarono insieme e Tom, slacciata la cartella, mise la tela sul cavalletto ad angolo con la finestra grande.

– La luce non è molto buona – disse lui – ma potete rendervi conto dell'aspetto della foresta.

– Infatti, è vero – esclamò lei entusiasta – ed è deliziosa. Pare una vera foresta.

– È una vera foresta – disse Tom. – È ciò che resta della primordiale foresta di Britannia. E c'è rimasto ancora molto.

– Eccitante! Una foresta primordiale! Avete mai visto una foresta primordiale, Bill?

– Sì – disse Vanderpuye. – Ho visto la grande foresta che ricopre Ashanti, che somiglia un po' a questo quadro. Gli alberi delle foreste africane sono probabilmente parecchio più alti di questi, ma è difficile giudicare da un quadro.

– È quasi impossibile, – disse Tom – senza figure o animali, farsi un'idea della scala. Penso che ci metterò un paio di cervi.

– Ma in realtà non ci sono cervi lì, vero? – chiese Lotta.

– Altroché! – rispose lui. – Cervi, volpi, tassi e ogni sorta di bestie feroci. È un'autentica foresta, non un semplice parco. E ci sono due antichi accampamenti britannici. Oltrepasso uno di loro per raggiungere la mia postazione.

– Sembra un vero paradiso – disse Lotta. – E pensare che non l'abbiamo mai vista, malgrado sia così vicina a Londra. Sarebbe bello trascorrervi una giornata. Non credete, Bill?

Bill, come al solito, trovò la proposta di Lotta entusiasmante.

– Allora è deciso. Faremo una gita con picnic nella foresta, e Tom ci mostrerà la via. Oh, non fate quella faccia. Non vi saremo di peso.

– Non ho fatto alcuna faccia – protestò Tom. – Sarò ben lieto di mostrarvi la via e di mettermi in cammino con voi. Il mio quadro sarà pronto per la seconda seduta fra tre o quattro giorni, diciamo martedì prossimo. Va bene per voi?

– Per me va benissimo – rispose lei e, dopo che Bill manifestò il proprio assenso, aggiunse: – Suppongo che dovremo portare del cibo con noi. Voi come vi organizzate, Tom?

– Io pranzo al sacco, ma voi potete scegliere. C'è un'eccellente locanda vicino High Beach, chiamata King's Oak, dove troverete ogni genere di leccornie.

– Vedremo – disse Lotta. – Adesso mettiamoci d'accordo. Propongo di incontrarci e di partire da qui, visto che io sono già sul posto e che Bill non è un londinese. Scegliete l'ora e ce ne andremo lasciandovi in pace.

Tom suggerì le nove di mattina di martedì e, dopo aver assentito, i suoi amici si accomiatarono; quindi Tom, puliti la tavolozza e i pennelli e datosi una rinfrescata, apparecchiò la tavola, sulla quale faceva bella mostra anche il boccale di Polton, aprì la piccola dispensa e si accinse, molto soddisfatto, a divorare il suo pasto serale.

Puntuali, il martedì mattina, i due gitanti si presentarono all'appuntamento, e pochi minuti dopo il gruppo si avviò verso Fenchurch Street, con Vanderpuye che portava il seggiolino fissato con una cinghia e il cavalletto. Si installarono in uno scompartimento di prima classe, non difficile da trovare data l'ora, e, dopo aver sistemato i bagagli di Tom sulla rastrelliera per i cappelli, accesero pipe e sigarette per cominciare nel migliore dei modi quel bel viaggio. In effetti il viaggio si rivelò piacevole, tranne che per la fermata a Stratford, dove le esalazioni pestilenziali di qualche stabilimento chimico inondarono lo scompartimento e li costrinsero a chiudere precipitosamente i finestrini. Lotta era di buon umore e chiacchierava allegramente avvolta dal fumo della sua sigaretta, mentre i due uomini fumavano la pipa e si accingevano a godersi la compagnia.

– Per essere un pittore, Tom – osservò lei, quando il treno uscì dalla stazione di Woodford – siete assai distratto. Non avete nemmeno notato il mio bel medaglione nuovo.

In effetti lui lo aveva notato, ritenendolo non molto adatto all'occasione.

– Vi sbagliate, Lotta – disse. – Da quando siamo partiti i miei occhi non riescono più a staccarsi da esso, e mi chiedevo quale genio l'avesse creato.

– Avete sentito, Bill – disse lei, prendendo un'altra sigaretta dall'astuccio – che razza di vanitoso abbiamo qui? Uno che va in cerca di complimenti in modo così sfacciato, ma non li avrà.

– Lo sapevo – ribatté Tom – così me li sono fatti da solo. Però, a parte gli scherzi, è davvero fine, grazie alla brillante opera di Polton.

Lotta rise sdegnosamente – Ora fa il modesto. Ma è inutile, Tom. Vi conosciamo bene. Comunque concordo con voi sull'ottimo lavoro svolto dall'ometto, e sono grata a entrambi, per non parlare del generoso donatore.

A questo punto lei rivolse un sorriso affettuoso a un compiaciuto Vanderpuye, che rispose con un sorriso degno di una così magnifica dentatura. Seguì una pausa nelle chiacchiere di Lotta, che si accese e fumò la nuova sigaretta. Qualche minuto dopo il treno rallentò e Tom, tirando giù la sua roba dalla rastrelliera e mettendosi la borsa a tracolla, annunciò: – Questa è la nostra stazione – e si accinse ad aprire la porta.

Quando il treno si arrestò Vanderpuye si offrì ancora una volta di portare il cavalletto pieghevole di Tom e i tre scesero alla stazione, che lasciarono risalendo una stradina piuttosto noiosa fin quando raggiunsero uno stagno abbastanza grande ai limiti della foresta. Qui Tom prese un sentiero che fiancheggiava lo stagno e si allargava salendo dolcemente a sinistra e poi riscendeva sfociando in una piccola vallata paludosa, ricoperta di giunchi.

– Questa valletta – spiegò Tom – si chiama Debden Slade. Tenete bene a mente questo nome nel caso dobbiate domandare la strada. Questo sentiero, che nella foresta viene chiamato pista, porta come vedete su fino alla collina e direttamente all'estremità dell'antica fortificazione britannica, chiamata Loughton Camp, costeggiando due lati di essa.

– Ma voi ci dovevate mostrare la strada – gli ricordò Lotta.

– Sì, vi accompagno fino all'accampamento e, quando l'avrete visto, vi condurrò sul vostro percorso prima di separarci.

– Suppongo – disse Vanderpuye – che conosciate la foresta abbastanza bene.

– Sì – rispose Tom. – Ho fatto parecchi schizzi e dipinti qui negli ultimi anni. Tutto sommato non ci vuole molto per orientarsi nella foresta, ma all'inizio portavo sempre con me una carta in grande scala e una bussola. Questo è il campo al quale ci stiamo avvicinando; il lato sud. Costeggeremo il lato nord-ovest e qui le nostre strade si divideranno.

– Ma io non vedo alcun campo – disse Lotta dando una vaga occhiata al fitto bosco che sembrava nascondere il sentiero che avevano risalito. – Riesco solamente a distinguere un alto pendio con un mucchio di curiosi alberelli che pare quasi che vogliano farsi tagliare i capelli.

– Non è molto chiaro – ammise Tom – tranne che sulla carta. Ma non dimenticate che fu costruito due o tremila anni fa o ancora prima, e che forse non è stato più utilizzato dopo l'invasione dei romani. In tutti questi secoli la foresta crescendo lo ha più o meno ricoperto del tutto. Però potete individuarlo se salite lungo il pendio attraverso gli alberi e vi calate nel recinto. Allora potrete notare uno spazio grosso modo quadrato delimitato da muri di terra o terrapieni. Però, poiché è tutto coperto da una fitta macchia di alberelli, potete scorgerne solo un pezzo alla volta.

– Ma perché gli alberi sono così piccoli? – chiese Lotta. – Neanche uno di essi sembra aver completato lo sviluppo sebbene, a quel che dite, di tempo per crescere ne avessero in abbondanza.

– Non sono alberi giovani – disse Tom. – Si tratta di piante nane vecchie. La gente di questo feudo aveva i diritti di potatura. Quindi gli alberi, quando crescevano, venivano svettati e ogni anno tutti i nuovi rami che spuntavano dalla corona venivano cimati per farne legna da ardere, con il risultato che gli alberi divennero nodosi e rachitici. Hanno un aspetto misterioso, ma non sono certo belli.

– No – assentì Lotta – misteriosi è la parola giusta. Sembrano piccole streghe con quei capelli tutti ritti. E poi tutto il posto ha un che di arcano e solenne, specialmente se si pensa ai Britanni deceduti e ai secoli di abbandono e di desolazione dell'accampamento. Quelle buche nel terreno, suppongo, sono opera di vari tipi di animali.

– Sì. Quelle piccole di solito sono tane di conigli, le più grandi invece covi di volpi.

Parlando percorsero lentamente il sentiero immerso nell'ombra gettata dai faggi senza cima che gremivano l'alta parete del vecchio terrapieno. Quindi voltarono l'angolo del campo e costeggiarono il lato a nord-ovest fino a quando raggiunsero uno spazio più aperto dove la pista si allargava e voltava bruscamente a sinistra, mentre un sentiero più angusto proseguiva dritto. Nel punto dove i due sentieri si separavano Tom si fermò e tese la mano per prendere il cavalletto che Vanderpuye aveva portato fino a quel momento.

– Qui ci separiamo – disse. – Io percorro il piccolo sentiero fino a Great Monk Wood, a circa tre quarti di miglio da qui. Voi invece la pista lungo la cresta della collina; una passeggiata piacevole con un delizioso panorama lungo tutto il percorso.

– Sì – disse Lotta, abbracciando con lo sguardo la foresta aperta che si estendeva ai piedi della collina – è davvero incantevole, e che sollievo essere di nuovo all'aperto, lontano da quel vecchio accampamento tenebroso e da quegli alberi enigmatici e irreali. Eppure, in un modo o nell'altro, sono come affascinata da quell'antica fortezza. Mi piacerebbe entrare nei suoi muri e vedere che aspetto aveva un accampamento britannico. Non vi va di esplorarlo, Bill?

L'amabile e accondiscendente Bill espresse il suo più vivo desiderio di esplorare il campo e il suo enorme interesse per gli antichi inglesi e le loro opere.

– Ebbene – disse Tom – non potete esplorarlo oggi, perché avete bisogno di una carta e di una bussola e dovreste avere una copia della cartina realizzata quando l'Essex Field Club fece dei rilievi topografici. Ne ho una stipata da qualche parte che, se avete intenzione di fare un serio sopralluogo, posso prestarvi insieme a una carta della foresta e a una bussola. Ora però vi consiglio di riprendere la gita per High Beach e di cercare di orientarvi.

– D'accordo – assentì Vanderpuye – è la cosa migliore da fare, soprattutto perché non abbiamo portato niente con noi e voi avete detto che c'è una locanda ad High Beach dove possiamo ristorarci. Potete indicarci la direzione giusta?

– È una traversata semplicissima – rispose Tom. – Vedete quel gruppo di olmi in lontananza?

– Io vedo un gruppo di alberi, e prendo per buona la vostra affermazione che si tratta di olmi.

– Ebbene, si trovano ad High Beach così, se li tenete d'occhio, non potete sbagliarvi. Basta che seguiate questo sentiero lungo la cresta della collina. A circa mezzo miglio da qui attraverserete Epping Road e mezzo miglio più in là giungerete a un sentiero ad angolo retto con questo. Girate a sinistra percorretelo e raggiungerete la locanda King's Oak, dove volendo potete rimpinzarvi. High Beach è solo a pochi minuti di marcia dal locale seguendo lo stesso percorso. Questo è tutto.

Tom poggiò cavalletto e cartella sul tappeto erboso e strinse la mano ai due gitanti, salutandoli e augurando loro una piacevole gita. Lotta sorrise con furbizia stringendogli la mano e fece osservare al suo amico: – Questo significa che ne ha abbastanza della nostra compagnia, così è arrivato il momento di togliere il disturbo. Andiamo, Bill.

La coppia si voltò per mettersi in marcia, ma Tom non riprese subito il cammino. Avendo le mani libere, ne approfittò per riempire la sua pipa con tutta tranquillità. Ma dopo averla riempita non la accese e, sempre al bivio, continuò a seguire con uno sguardo pensieroso il cammino dei due esploratori che percorrevano di buona lena l'ampio sentiero. Ancora una volta gli tornò alla memoria la domanda di Polton. Che tipo di rapporto c'era tra i due? Si comportavano come due fidanzati pur non essendolo: erano amanti o semplici amici? Nel suo caso il comportamento di Lotta, a parte i vezzeggiativi, era stato irreprensibile. È vero che lui non l'aveva mai incoraggiata, però restava il fatto che lei non aveva mai dato l'impressione di avere altre mire. Il suo rapporto con Vanderpuye era altrettanto platonico? Qualche dubbio c'era, in quanto la situazione era diversa. Vanderpuye non era stato costretto suo malgrado a frequentarla. Sin dal primo istante era stato un fervente ammiratore di Lotta, e dall'ammirazione alla passione il passo è breve, e la passione poteva avere conseguenze disastrose per entrambi.

Su questo rifletteva Tom guardando le due figure che si allontanavano. Molte volte, nei mesi che seguirono, questa scena gli tornò in mente: il sentiero lungo, diritto ed erboso con le figure dell'uomo e della donna che marciavano gaiamente e rimpicciolivano in lontananza. I suoi occhi continuarono a seguirle con un interesse che non sapeva spiegarsi, fino a quando esse raggiunsero un punto in cui il sentiero descriveva una curva: qui Lotta, voltandosi indietro e vedendolo ancora lì in piedi gli fece un cenno con la mano mentre Vanderpuye, si tolse il cappello. Tom rispose al loro saluto e pochi istanti dopo i due imboccarono la curva e svanirono dietro i cespugli, al che lui si accese la pipa, raccolse le sue cose e proseguì lungo il piccolo sentiero alla volta della sua postazione nel Great Monk Wood.

Aveva detto a sé stesso, e anche a Polton, che la natura della relazione tra Lotta e il suo amico africano non era affar suo. E difatti non lo era. Nondimeno, quando percorse a grandi passi lo stretto sentiero che si inoltrava nella foresta solitaria e silenziosa, era ancora tutto preso dalla questione, soprattutto dai suoi possibili sviluppi. Non voleva essere in rapporti troppo personali con nessuno dei due, di sicuro non con Lotta, però era un uomo gentile e lo irritava il pensiero che loro potessero, come temeva, trovarsi in difficoltà. Era preoccupato, in modo particolare, per Vanderpuye; questo africano, forse appassionato e impulsivo, e spaesato in Europa, poteva cacciarsi in guai molto seri. Infatti era un avvocato, con una posizione da mantenere e un futuro da considerare, che non poteva rimanere coinvolto in uno scandalo all'inizio della carriera.

Stava riflettendo su questo quando arrivò allo spiazzo che aveva scelto come soggetto del suo quadro. Depose le sue cose, si tolse la borsa a tracolla e, dopo aver ritrovato le buche che aveva fatto nel terreno durante la sua ultima seduta ai piedi del seggiolino e del cavalletto, spacchettò quest'ultimo e lo piazzò nella stessa posizione dell'altra volta. Poi fissò la tela, prese la tavolozza, esaminò attentamente e criticamente il suo soggetto e lo confrontò con il dipinto incompleto, e il pensiero di Lotta Schiller e del suo amico africano svanì all'istante mentre si accingeva con tranquillità a proseguire il suo lavoro.

Era una bella giornata malgrado la stagione avanzata e la scena era gradevole. I nobili olmi avevano ancora molte foglie, anche se esse avevano mutato il verde delicato dell'estate nelle tinte appariscenti, ed effimere, dell'autunno. Per quattro piacevoli ore Tom lavorò di buona lena, dipingendo con bravura e piacere. Nessuna creatura umana gli si avvicinò per tutto quel tempo, mentre ricevette visite occasionali da parte degli altri abitanti della foresta, come accade di solito al paesaggista. Uno scoiattolo curioso giocò a nascondino con lui intorno a un albero e poi si mise a danzare a pochissima distanza dal cavalletto. Due amichevoli merli neri sostarono lì vicino e un paio di volte una coppia di cervi dal pelo scuro fece capolino nello spiazzo, evidentemente ignara della sua presenza.

Alla fine della seconda ora fece quello che si chiama uno "spuntino", ossia un modesto panino al formaggio (di cui beneficiò anche lo scoiattolo sotto forma di qualche briciola di pane e un pezzo di crosta di formaggio) con un sorso di birra (che aveva messo in una bella fiaschetta). Quindi riprese tavolozza e pennelli e lavorò senza soste fino a quando la luce sempre più debole gli disse che era ora di andare. Poi mise a posto con cura, si accese la pipa, raccolse il suo equipaggiamento e tornò indietro per la strada dalla quale era venuto. Giunto al bivio si fermò a guardare l'altro sentiero, sebbene fosse ancora giorno e i suoi amici difficilmente sarebbero ritornati così presto. Tuttavia, costeggiando l'accampamento e lo stagno, continuò quasi inconsciamente a cercarli con lo sguardo e anche alla stazione, quando passeggiò su e giù per il marciapiede, pensò a loro fino a quando arrivò il treno che lo portò via da solo.

Nei giorni che seguirono i suoi pensieri riandarono occasionalmente ai due amici, accompagnati da vaghe congetture sul loro cammino nella foresta. Si sarebbe aspettato una visita da parte di Lotta e, di conseguenza, preparò la carta, la bussola e la cartina del campo da consegnare a lei quando fosse venuta. Rimase sorpreso, quasi deluso, quando lei non si fece viva. Poi pensò che avesse rinunciato all'idea di esplorare l'accampamento e, dopo aver rimesso a posto ogni cosa, dimenticò la faccenda.

Però i giorni passavano senza l'attesa visita, senza neanche i soliti incontri occasionali per strada, e la sua improvvisa e totale scomparsa lo colpì molto. Era in un certo senso contrariato e questa reazione lo sconcertò alquanto. Infatti solamente poche settimane prima, quando suo malgrado era diventato un *chér ami*, desiderava ardentemente liberarsi di lei, mentre adesso, sebbene non fosse davvero in ansia, gli avrebbe fatto molto piacere incontrarla di nuovo sulla soglia. Aveva persino pensato di fare delle indagini, ma poi la discrezione aveva avuto la meglio. Non voleva rivivere quella complicata amicizia.

Probabilmente, se non fosse accaduto niente di nuovo, l'uscita dalla sua vita di Lotta sarebbe stata accettata come un fatto naturale. Però una nuova circostanza ravvivò la sua curiosità. Tornando a casa un giorno, passando da Cumberland Market, e quindi davanti a casa sua, notò che la targa d'ottone non era al solito posto. Non era una targa fissa assicurata permanentemente al muro, ma era tenuta da fissaggi rimovibili, e Lotta aveva l'abitudine di toglierla la sera e di rimetterla al suo posto il mattino dopo. Così, quando notò la sua assenza, pensò che lei avesse dimenticato di fissarla e non se ne preoccupò più di tanto. Però, quando il giorno dopo lo sguardo gli tornò sulla sua porta e notò nuovamente l'assenza della targa, la faccenda lo incuriosì, con il risultato che, dopo diversi giorni di osservazione, giunse alla conclusione che la targa era definitivamente scomparsa. Per l'ennesima volta pensò di farsi vivo, ma stavolta si astenne per un altro motivo. Forse qualcuna delle sue vaghe congetture si era concretata, e allora non era il caso di immischiarsi negli affari di Lotta. D'altro canto era decisamente preoccupato, soprattutto per la sorte di Vanderpuye, e ritenne che qualche indagine discreta condotta da un terzo avrebbe potuto far luce sui fatti senza comprometterlo in alcun modo.

Ora il terzo era ovviamente il signor Polton. Costui era in contatto con Vanderpuye e certamente stava seguendo l'evolversi della situazione. Il problema era come avvicinare il signor Polton. Tom non si era mai azzardato ad andare a trovarlo poiché abitava nei locali di proprietà del suo datore di lavoro, il dottor Thorndyke, e andarlo a visitare lì senza essere stato invitato gli pareva una sorta di intrusione. Certo, avrebbe potuto scrivere al signor Polton, ma questo avrebbe comportato una richiesta esplicita di indagini, cosa che voleva evitare. Aveva così progettato di combinare un incontro con il suo ingegnoso amico e di procurarsi le informazioni desiderate indirizzando abilmente la conversazione su certi argomenti senza bisogno di porre direttamente alcuna domanda. Il problema, a questo punto, era trovare un pretesto che avrebbe giustificato in modo plausibile il suo ricorso alla visita piuttosto che a una lettera. La soluzione di questo problema comportò un notevole impegno da parte di Tom, che non era avvezzo a pretesti di alcun genere. Il problema, infine, si risolse da solo. Aprendo un cassetto nel quale teneva parecchie cose alla rinfusa, s'imbatté nel contapassi che era solito portare con sé nei suoi giri in cerca di soggetti per i suoi paesaggi. Per anni era stato molto utile, ma negli ultimi tempi era divenuto difettoso e così inattendibile che aveva smesso di usarlo. Così l'aveva messo da parte con l'intenzione di chiedere, prima o poi, un parere al signor Polton in merito. Però non avendolo più visto se ne era dimenticato. Adesso, comunque, esso gli forniva un pretesto più che plausibile per una visita. Così fece pervenire un biglietto a Polton, annunciandogli la sua intenzione di passare da lui per un colloquio e, se ciò non era possibile, lasciare il contapassi in modo che lui potesse esaminarlo. Polton rispose con un cordiale invito accompagnato dalle indicazioni per raggiungere la sua abitazione.

7. Un contapassi e una tragedia

Alle quattro in punto, in un luminoso pomeriggio di dicembre, Tom Pedley arrivò all'ingresso del numero 5 di King's Bench Walk, dopo una piacevole passeggiata attraverso i cortili vecchio stile del Temple. Si fermò per qualche istante a osservare con l'occhio dell'artista il fine portico di mattoni rossi (comunemente attribuito a Wren), poi entrò e, seguendo le istruzioni di Polton, salì le scale fino al pianerottolo della "Seconda Rampa". Una volta lì una porta si aprì e il padrone di casa gli venne incontro.

– È un vero piacere, signore – disse Polton, stringendogli calorosamente la mano. – Non ricevo spesso visite, essendo un lavoratore solitario come voi, così la vostra sarà una specie di piccola festa per me. Volete entrare nel laboratorio? Il tè lo berremo al piano di sopra, ma l'acqua la scaldo qui per evitare che il bollitore mandi fumo sul fuoco.

Quando entrarono nella spaziosa stanza Tom, si guardò intorno incuriosito, notando che parte dell'attrezzatura, come un banco da falegname, un tornio, e un apparecchio fotografico di riproduzione, mal si accordavano con il suo concetto di laboratorio, e quel grazioso bollitore di rame, montato su un treppiede, più un becco Bunsen e una bella teiera di argento antico sembravano essere capitati lì per sbaglio.

– Forse – suggerì Polton – potremmo dare un'occhiata al contapassi in attesa che l'acqua sia pronta.

Tom tirò fuori lo strumento di tasca e lo consegnò a Polton che, aperto il vetro posteriore, esaminò con la lente da orologiaio la parte visibile del meccanismo.

– Non sembra ridotto tanto male – comunicò, facendo andare su e giù lo strumento per provare la bocchetta. – Solo un problema di usura. Il piccolo dente d'arresto si è logorato e tende a scivolare sui denti della ruota a cricco. Si tratta di un difetto inevitabile, ma facilmente riparabile; potrei anche trovare altri inconvenienti quando lo smonto. A ogni modo pulirlo e ingrassarlo non gli farà certo male.

– Non vorrei recarvi troppo disturbo – disse Tom.

Polton lo guardò con il suo sorriso curioso e grinzoso.

– Disturbo! – esclamò. – Nessun disturbo, non è neanche un lavoro. Mi procurerà diverse ore rilassanti e vi sono grato per avermi portato lo strumento.

A mo' di conferma estrasse da una delle sue tante tasche un piccolo cacciavite portatile ed era sul punto di affrontare il contapassi quando il bollitore si intromise emettendo un flusso di vapore, al che prese il cacciavite per la punta, lo ripose nella sua tasca e si accinse in modo metodico a preparare il tè.

Facendo strada verso il piano di sopra con la teiera, mentre il suo ospite lo seguiva con il bollitore, Tom fece osservazioni sul gradevole aspetto di quest'ultimo.

– Infatti – rispose Polton – è un bel bollitore antico. Non li fanno più così al giorno d'oggi. L'ho trovato in un negozio di articoli nautici a Portugal Street. Veniva dallo studio di un vecchio avvocato, suppongo. Era ridotto molto male, ma con un po' di lavoro l'ho rimesso a nuovo. Vedete, signore, in un certo senso vi assomiglio; voglio che le cose che uso tutti i giorni abbiano un aspetto piacevole.

Questa affermazione fu pronunciata quando furono davanti alla spaziosa camera della "Terza Rampa", dove un tavolino da tè, affiancato da due comode sedie, si trovava davanti al camino. Tom, dopo aver poggiato il bollitore su di un treppiedi, fuori della portata del fumo e delle fiamme, si sedette sulla sedia assegnata a lui e osservò il locale, mentre Polton apparecchiava il tavolino da tè; notò i ripiani per i libri ben forniti, un paio di quadri alle pareti (tra i quali il suo schizzo per *Qualcuno origlia*, incorniciato con semplicità ma con buon gusto) e un quadruplice paravento che presumibilmente nascondeva un letto. Tutto era molto semplice e lineare, ma la stanza e ogni cosa che essa conteneva andavano a genio all'esigente Tom, anche il pittoresco orologio stile vecchio cottage appeso al muro che non dava fastidio con il suo semplice ticchettio.

– Questa è la mia abitazione privata – disse Polton – ma non vi trascorro molto tempo. Io sono un incorreggibile artigiano e sono felice quando sono dietro al mio banco. Il vostro contapassi per me è davvero una manna. Posso chiedervi da quanto tempo lo avete?

– Da una dozzina d'anni direi – rispose Tom.

– E lo trovate abbastanza preciso? Gli esperti di misurazione dei terreni non se ne servono più reputandolo un aggeggio inutile. Qual è il vostro parere in proposito?

– Per l'uso che ne faccio è abbastanza preciso – rispose Tom. – Io non sono un esperto. Non mi occupo di misurazioni minuziose, ma trovo che esso coincide quasi perfettamente con le cartine e le pietre miliari, e questo mi basta.

– La ragione per la quale ve l'ho chiesto è che avevo pensato di prenderne uno da dare al signor Vanderpuye affinché lo porti con sé quando tornerà nel suo paese, dove non dovrebbero esserci molte pietre miliari.

– Il signor Vanderpuye tornerà presto in Africa? – chiese Tom con un improvviso risveglio d'interesse.

– Non tanto presto – rispose Polton – perché è divenuto uno degli avvocati del Tribunale Penale e frequenta regolarmente le aule del tribunale, perlomeno lo fa da quando la signora Schiller è partita.

– Oh, lei è partita, vero? – chiese Tom sbigottito.

– Sissignore, e spero che rimanga via perché quando era qui lui trascurava in modo drammatico il suo lavoro. La sua partenza mi ha molto sollevato.

– Sapete se sia andata via per sempre?

– Temo di no. Ovviamente non ho potuto fare troppe domande, ma ho appreso dal signor Vanderpuye che lei è andata ad alloggiare da alcuni amici a Birmingham. Quanto tempo vi si trattenga non lo so, e credo che neanche lui lo sappia.

– Suppongo che non sappiate se siano in corrispondenza.

– Davvero non saprei, ma non credo. Ho l'impressione che lui non conosca neppure il suo indirizzo. Strano, non è vero? Ma è lei a essere una strana donna. Con quei modi volubili riesce sempre a tener segreti i propri piani.

Quest'ultima considerazione colpì Tom; perché adesso, riflettendoci, si rese conto all'improvviso di quanto poco sapesse di quella singolare donna. Comunque non si preoccupava di lei ora che le sue paure sul conto di Vanderpuye erano state dissipate e, avendo ottenuto le informazioni che era venuto a cercare, si chiese se non fosse il caso di andarsene. Polton aveva delle faccende da sbrigare e una visita prolungata poteva essere inopportuna. Però quando manifestò il suo proposito il suo ospite protestò:

– Spero che non andiate via per causa mia; il dottore cena fuori questa sera e io ho la serata libera. Inoltre ora che mi ha dato un assistente sono molto più libero di prima. Naturalmente non vi tratterrò se non avete tempo, ma...

In effetti Tom era ben lieto di restare e lo disse; poi si riempì la pipa, su invito di Polton, e si accinse a trascorrere una serata molto piacevole e interessante. Infatti il padrone di casa, oltre a essere un "incorreggibile artigiano", era una vera e propria miniera di informazioni sugli argomenti più svariati e

fatto, pareva sempre così frizzante e allegra. Che aspetto orribile, povera cara. Irriconoscibile.

Polton, nel frattempo, aveva esaminato con occhio clinico la stanza e ora, facendosi avanti, era curvo sul tavolo a scrutare il bicchiere e la bottiglia delle pastiglie.

– Che cosa c'è in quella bottiglia? – chiese Tom.

– Cianuro di potassio – fu la risposta.

– È un veleno potente, vero?

– Un veleno micidiale – rispose Polton – e dall'azione estremamente rapida; inoltre è facile da trovare, come potete dedurre dall'etichetta di questa bottiglia: *Tavolette fotografiche*. Facile da avere e difficile da rintracciare.

– Rintracciarlo non è poi così importante in questo caso – osservò Tom – visto che lei si è avvelenata. Il problema è capire perché diamine lo abbia fatto.

Polton spostò la sua attenzione dal veleno al cadavere. Mentre stava lì a osservare la donna morta, un'espressione di sorpresa e di perplessità si dipinse sul suo volto. In quell'istante un fascio del pallido sole autunnale filtrò attraverso la finestra e illuminò i capelli biondi rendendoli splendenti come oro lucido. Questa immagine sembrò sconcertare ulteriormente Polton che si avvicinò al cadavere e, raccogliendo delicatamente una piccola ciocca dei capelli d'oro, la tenne vicina al volto e la esaminò con attenzione. Poi, come se non fosse ancora convinto, raddrizzò dolcemente il capo e fissò a lungo quel povero viso pallido e dilatato. Tom e la padrona di casa lo osservarono perplessi fino a quando il primo domandò:

– Che succede, Polton?

Polton, tenendo ancora sollevata la testa, replicò solennemente:

– Questa donna, signore, non è la signora Schiller.

– Non è la signora Schiller! – gli fece eco la padrona di casa. – Ma deve essere lei. Chi altro potrebbe essere, chiusa qui dentro nella stanza della signora Schiller?

– Questa qui certamente non è la signora Schiller – insistette Polton. – Signore, vi chiedo di venire a vedere di persona. Voi la conoscevate meglio di me. Vedrete che i capelli non corrispondono e che i lineamenti sono diversi.

– Ho notato i capelli quando sono stati illuminati dal sole – disse Tom – e ho avuto l'impressione che qualcosa non fosse al suo posto. Però quanto ai lineamenti direi che sono decisamente irriconoscibili.

– Non del tutto – rispose Polton. – La pelle è gonfia, però il naso non è stato alterato e neppure, più o meno, il mento. E poi abbiamo le orecchie, a malapena toccate. Fareste bene a venire a darle un'occhiata dato che l'identificazione è di fondamentale importanza.

A questa esortazione Tom si fece coraggio e procedette a un'accurata ispezione; e visto che Polton teneva sollevata la testa, esaminò dapprima il profilo e poi le orecchie. Un breve esame fu sufficiente per lui perché poi, allontanandosi dal cadavere, affermò:

– È vero, Polton, avete ragione. Questa non è Lotta Schiller. La forma del naso e del mento non corrisponde, ma sono le orecchie la prova decisiva. Sono di un tipo del tutto differente da quello di Lotta e disposte in modo diverso sulla testa.

– Voi pensate davvero, signore – disse la padrona di casa – che questa povera creatura non sia la signora Schiller?

– Non nutro alcun dubbio in proposito – replicò – e provo un gran sollievo nel sapere che non è lei.

– Se è per questo anch'io – disse la signora Mitchens. – Ma perché mai si trovava qui? Si è chiusa dentro a chiave, per di più. È un vero mistero.

– Sicuro – ribadì Tom. – Ma non è un nostro mistero. Spetta alla polizia risolverlo.

– Questo è vero – disse Polton – sebbene forse questo mistero ci appartenga più di quanto pensiate. Però, naturalmente, la polizia dovrà essere avvertita immediatamente, e spetterà a loro scoprire chi è questa povera donna, e come mai si trovava qui. Però c'è una questione che vorrei stabilire adesso; ossia sapere se si è avvelenata oppure se qualcun altro le ha somministrato il veleno.

– Ma – obiettò Tom – sarà la polizia a occuparsi della faccenda. Non è affar nostro.

– Non lo è – ammise Polton. – Però mi piacerebbe saperlo, per curiosità personale. Avete per caso della carta liscia e rigida con voi?

Con un'espressione alquanto perplessa, Tom tirò fuori dalla tasca il taccuino che portava sempre con sé.

– Questo va bene? – chiese. – Se credete di sì potete staccarne un foglio, ma non prendetene uno con un disegno.

– Non staccherò il foglio – disse Polton. – È più pratico se rimane nel taccuino e non sarà una cosa lunga.

Prese il libretto rilegato con la tela e, seguito dagli sguardi curiosi di Tom e della padrona di casa, raggiunse un piccolo scrittoio sul quale si trovavano, dietro il tampone, un timbro di gomma e un cuscinetto per timbri.

Prese il secondo e lo portò fino al tavolo al quale era seduta la donna morta, dopo di che esaminò nuovamente il bicchiere, facendo attenzione a non toccarlo.

– Le impronte digitali – osservò – sembrano quelle di una mano sinistra e visto che la mano sinistra è vicino al bicchiere cominceremo con quella.

Con molta delicatezza, per non spostare il corpo, sollevò la mano e, afferrato il pollice, lo premette sul tampone, quindi poggiò il tampone, prese il taccuino e vi accostò il pollice con l'inchiostro esercitando una leggera pressione su una pagina bianca. Allo stesso modo prese le impronte di ognuna delle altre quattro dita, disponendole secondo il giusto ordine e, una volta che ebbe finito, cancellò con cura le tracce d'inchiostro dalla punta delle dita con il suo fazzoletto. Lasciando ricadere delicatamente la mano collocò il taccuino aperto al fianco del bicchiere e confrontò con cura le due serie di impronte.

– Allora – disse Tom – che cosa ne deducete?

– Le impronte sul bicchiere sono proprio le sue – rispose Polton. – Volete vederle?

Il desiderio più forte di Tom al momento era quello di uscire al più presto da quella lugubre stanza, però, visto che Polton voleva fargli vedere le impronte, si avvicinò al tavolo.

– Le mie impronte non sono che vaghe macchie d'inchiostro – disse Polton – però potete individuare la forma. Guardate l'impronta del pollice con quella spirale e confrontatela con quella sul bicchiere. Si vede chiaramente che si tratta della stessa forma.

– Sì – assentì Tom – lo distinguo chiaramente, però le forme delle dita non sembrano così nitide.

– No – ammise Polton – sono piuttosto confuse per una qualche ragione, soprattutto al centro di ogni impronta. Eppure, se le confrontate con il bicchiere, potete vedere che le forme sono identiche.

– Credo a ciò che dite – disse Tom – giacché ne sapete molto più di me. E, dopo tutto, non è affar nostro appurare se lei si sia avvelenata o meno. Ovviamente la polizia risolverà la questione, e se volete il mio parere non dite niente a proposito di queste impronte digitali. Le autorità non gradiscono molto simili interferenze esterne.

– Penso che il signor Pedley abbia ragione – disse la signora Mitchens. – Non vogliamo fare la figura di chi si immischia, né tantomeno offendere la polizia.
– No, signora – assentì Polton – senz'altro. Sarà meglio che ciò rimanga tra noi, come in effetti avevo intenzione di proporvi. Ho eseguito questa prova solamente perché ero curioso di sapere se fosse un caso di suicidio oppure di omicidio.
– Bene – disse Tom avanzando lentamente verso la porta – adesso lo sappiamo. La domanda ora è: chi informerà la polizia?
Sollevando la questione guardò in modo significativo la signora Mitchens che, mentre tornavano nell'atrio, rispose con fare rassegnato:
– Suppongo che, essendo la padrona di casa della signora Schiller, tocchi a me. Comunque io non ne so molto e credo che i poliziotti vorranno interrogare voi a proposito della signora Schiller.
– Credo di sì – disse Tom – però, nel frattempo, penso che voi siate la persona più indicata per informarli.
Polton si trovò d'accordo e, per chiudere la discussione, estrasse delicatamente la chiave dalla serratura e la consegnò alla signora. Poi Polton e Tom le fecero le condoglianze e raggiunsero lo studio.
– Puah! – esclamò Tom, respirando profondamente non appena sbucarono all'aria aperta. – Che scena orribile! Ma suppongo che voi siate abituato a questo genere di cose.
– Più o meno – rispose Polton. – Ho imparato dal dottore a far sì che la mia attenzione non venga distolta da semplici situazioni sgradevoli materiali. Però che faccenda misteriosa è questa. Non mi ci raccapezzo. Abbiamo una donna, a quanto pare una sconosciuta, chiusa nella stanza della signora Schiller con la chiave della signora Schiller. Sorgono molti quesiti a questo punto. Chi è lei? Come mai aveva quella chiave? Perché è andata proprio lì a suicidarsi, se davvero si tratta di suicidio? E dov'è la signora Schiller? La polizia vorrà delle risposte a questi interrogativi e si darà parecchio da fare, immagino.
– Già – assentì Tom rassegnato – e si rivolgerà a noi per avere qualche risposta. Sarà una vera sciagura.
Dopo che si furono lavati, cosa che Tom fece con estrema accuratezza, in una bacinella nel lavello dello studio, ripresero la discussione mentre preparavano la tavola per il tè e facevano bollire l'acqua. Questa però non rivelò altro che la singolare diversità dei loro atteggiamenti. Per Tom la tragedia era disgustosa e orribile ed era associata a sensazioni sgradevoli. Non provava alcun tipo di interesse o curiosità per essa. Polton, al contrario, lungi dall'essere scosso o disgustato, sembrava assaporarne ogni dettaglio con una sorta di piacere macabro ed era dilettato dal mistero e dall'oscurità del caso, a tal punto che i ripetuti tentativi di Tom di incanalare la discussione su binari più piacevoli fallirono miseramente e, per la prima volta, tirò quasi un sospiro di sollievo quando Polton dovette tornare alle sue occupazioni.
– Bene, signore – osservò l'ospite sul punto di andare via, mentre si rigirava nel suo soprabito – è stato un pomeriggio molto intenso. Davvero straordinario. – A questo punto a un tratto si arrestò, fissando con una buffa costernazione Tom. – Dio mio – esclamò – stavo per dimenticare il contapassi. L'ho ripulito e sistemato e ho inserito un nuovo regolatore con una vite micrometrica e relativa chiavetta girevole. Capirete all'istante il suo funzionamento, comunque ho allegato qualche istruzione.
Tirò fuori lo strumento, avvolto in carta velina, e lo poggiò sul tavolo insieme al foglietto. Poi, mentre Tom lo ringraziava, minimizzò i suoi meriti, gli strinse la mano e scappò via verso il Temple.

8. Rivelazioni

Rimasto, dopo la partenza di Polton, a godere della propria compagnia, Tom Pedley cercò di cancellare dalla sua mente il raccapricciante ricordo di quel pomeriggio e si dedicò con buona lena alle sue consuete attività. Però, per quanto si sforzasse di dimenticare, quell'orribile figura seduta al tavolo si intrometteva continuamente nei suoi pensieri e si rifiutava di sloggiare; e quando, più tardi quella sera, il campanello dello studio annunciò visite, si rassegnò all'inevitabile e si recò al cancello dove, come previsto, sulla soglia lo attendeva un poliziotto.

– Indovinerete il motivo della mia visita, signore – disse quest'ultimo, giovialmente, quando Tom lo condusse nello studio. – Solo un po' di indagini preliminari. Sono dell'ufficio del coroner ed è mio compito raccogliere delle prove ai fini dell'inchiesta.

– Bene, sergente – disse Tom – sono a vostra disposizione, anche se ho paura che non potrò esservi di grande aiuto. Comunque se volete accomodarvi e dirmi cosa volete sapere farò del mio meglio. Forse una birra sarebbe indicata.

Il sergente fu d'accordo e, dopo essersi seduto su una poltrona con un boccale di birra e un paio di bicchieri su un tavolinetto al suo fianco ed essere stato invitato a riempire e accendersi la pipa, cominciò con le domande.

Sappiamo quali erano le informazioni in possesso di Tom. Riguardo allo svolgimento dei fatti non sapeva nulla. La donna era una sconosciuta per lui e anche Lotta era a malapena qualcosa di più; infatti mentre tentava vanamente di rispondere alle domande del sergente, si sorprendeva di scoprire di essere totalmente all'oscuro dei suoi precedenti, della sua posizione nel mondo, dei suoi amici e delle sue relazioni, insomma di tutto tranne di quel poco che aveva desunto dall'osservazione diretta.

– A quanto pare una donna alquanto misteriosa – osservò il sergente quando Tom si riempì il bicchiere. – Assai discreta, pure, poco ciarliera. C'è qualcuno che ne sa più di voi?

Tom suggerì il signor Vanderpuye, ma poiché non ne conosceva il recapito, indirizzò il sergente al signor Polton.

– Si tratta del signore che ha aperto la serratura dall'esterno – commentò il sergente. – Deve essere un signore in gamba. Sì, mi piacerebbe scambiare due parole con lui se potete dirmi dove trovarlo.

– È l'assistente di laboratorio del dottor Thorndyke, al numero 5 di King's Bench Walk, e vive nello stesso edificio.

All'udire il nome del "dottore" il sergente drizzò le orecchie. – Oh, ecco chi è – disse. – Un uomo in gamba, naturale. Farò un salto da lui a sentire quel che ha da dirmi. Pensate che sia troppo tardi per andarci adesso?

Ripensando al grande interesse di Polton per il caso, Tom rispose negativamente, al che il sergente, finita la sua birra e ricaricata la pipa, si accinse ad andarsene.

– Abbiamo bisogno della sua testimonianza – disse, avviandosi verso la porta – per provare che la porta era realmente chiusa dall'interno; quanto a voi, signore, anche se non sembrate avere molto da dire, credo che sarete chiamato a comparire. Potrebbero esserci novità sulle quali potreste far luce. Comunque ci vorrà qualche giorno prima che sia aperta l'inchiesta, per consentire le analisi successive all'autopsia.

Le previsioni del sergente si rivelarono azzeccate. A tempo debito fu notificata la citazione e, nel luogo e nell'ora stabiliti, Tom si presentò per rendere la sua testimonianza. Arrivò con leggero anticipo e poté così assicurarsi una poltroncina Windsor abbastanza comoda e, seduto a suo agio, osservare l'arrivo degli altri testimoni, tra i quali c'erano la signora Mitchens, il suo amico, il dottor Oldfield, Polton e Vanderpuye, che arrivarono insieme e infine nientedimeno che una sua vecchia conoscenza, l'ispettore Blandy.

– Salve, Pedley – disse il dottore, sedendosi accanto a lui – mi spiace vedervi coinvolto in un brutto affare come questo. Una vicenda incredibile, vero? Ah, stanno arrivando il coroner e la giuria; sono andati a esaminare il corpo, suppongo, e non sembrano molto soddisfatti. Bene, come state? È da un pezzo che non vi fate vivo, da quando avete cominciato a frequentare quella pupa imbellettata che ho visto ronzarvi intorno.

Tom arrossì lievemente. In effetti aveva trascurato gli amici da quando Lotta si era impadronita di lui. Comunque non ebbe modo di replicare al rimprovero, perché il coroner, dopo aver preso posto e dato un'occhiata ai testimoni e agli stenografi, aprì l'inchiesta con una breve introduzione, nient'altro che una semplice dichiarazione: – Siamo qui per indagare sulle circostanze in cui una donna, che dovrebbe chiamarsi Emma Robey, ha trovato la morte. Non c'è bisogno – continuò – che scenda in dettagli, visto che essi traspariranno dalle deposizioni dei testimoni; per entrare in argomento ascolterò per prima la deposizione del sergente Porter.

Nel sentire il proprio nome la nuova conoscenza di Tom prese posto al tavolo e, sull'attenti, sbrigò i preliminari con rapidità e precisione professionali e fu pronto a rispondere alle domande.

– Penso, sergente – disse il coroner – che sarebbe opportuno che ci raccontaste quel che sapete riguardo a questa vicenda – al che il poliziotto iniziò la sua testimonianza parlando come se leggesse un documento scritto.

– Il giorno martedì 30 dicembre 1930 alle ore 15.46 la signora Julia Mitchens è venuta alla stazione di polizia e ha riferito di aver trovato in una stanza della sua casa il cadavere di una donna a lei sconosciuta che apparentemente si era suicidata avvelenandosi. Ha affermato che la stanza era stata affittata alla signora Schiller, che di solito la occupava, e che la suddetta inquilina da tempo non abitava più nelle sue stanze e risultava residente in altra località non conosciuta. In risposta ad alcune domande da me poste, lei ha fornito i seguenti particolari... – A questo punto il sergente espose un resoconto dettagliato dell'accaduto, compreso anche l'episodio della serratura fatta scattare dal signor Polton "con una specie di strumento", che non riportiamo perché già a conoscenza del lettore.

Il sergente poi raccontò di avere accompagnato, sentiti questi particolari, la signora Mitchens nella sua abitazione e di essere stato fatto entrare nella stanza, dove si trovava il cadavere insieme agli altri oggetti descritti dalla donna. Il sergente descrisse in modo esatto e vivido la stanza, il cadavere seduto, il bicchiere senza piede e la bottiglia del veleno, e poi continuò:

– Data l'eccezionalità delle circostanze, ho deciso di non proseguire con il mio esame senza ulteriori istruzioni e di conseguenza sono andato via, dopo aver chiuso a chiave la porta e aver preso con me la chiave, e sono tornato alla stazione, dove ho fatto rapporto al commissario, il quale udito il mio racconto ha deciso che era il caso di informare dell'accaduto le autorità alla centrale e mi ha incaricato di telefonare al Dipartimento d'Investigazione Criminale a Scotland Yard, cosa che ho fatto. Mi hanno risposto che avrebbero inviato immediatamente un funzionario. Ho anche chiamato il medico legale, mettendolo al corrente dei fatti e chiedendogli di intervenire al più presto.

Nel giro di venti minuti l'ispettore Blandy del C.I.D. è arrivato in macchina, quasi simultaneamente al medico legale, il signor Oldfield. In base alle istruzioni li ho condotti alla casa, al numero trentanove di Jacob Street, e li ho fatti entrare nella stanza. Il dottore, dopo il suo esame, è andato via mentre io sono rimasto lì una decina di minuti ad assistere l'ispettore nelle sue indagini. Poi gli ho consegnato la chiave e sono andato via lasciandolo alla sua inchiesta.

A questo punto il sergente fece una pausa ben studiata e guardò con fare interrogativo il coroner, che disse in risposta alla domanda sottintesa:

– D'accordo, sergente; poiché l'ispettore Blandy è qui per testimoniare penso che non sia necessario trattenervi ancora per ulteriori particolari, a meno che la giuria non desideri porvi altre domande.

La giuria non ne aveva e di conseguenza, dopo aver letto e firmato la deposizione, il sergente tornò al suo posto dietro il coroner e fu chiamato a deporre il dottor Oldfield.

Il dottore, come il sergente, sbrigò rapidamente i preliminari e, dopo essersi seduto, su richiesta del coroner rilasciò la sua testimonianza con altrettanta disinvoltura e precisione. Non è necessario riportare qui le sue dichiarazioni. La descrizione generale del cadavere e dell'ambiente fu una mera ripetizione di quanto affermato dal precedente testimone. Il dottore poi proseguì così:

– Ho esaminato attentamente il corpo e soprattutto la sua posizione in rapporto alla sedia. Mi è sembrato non del tutto bilanciato, in effetti pareva poggiare quasi interamente sul braccio disteso sul tavolo. Quando ho sollevato e fatto ricadere il braccio il corpo è scivolato in avanti sulla sedia e sarebbe andato a finire per terra se non l'avessi sorretto.

– Sembrate attribuire una certa importanza a questo particolare – disse il coroner. – Che cosa vi fa supporre?

– Penso che sia un fatto degno di nota – rispose prudentemente il dottore. – Per il momento non vorrei spingermi oltre, però si tratta di una posizione assai improbabile. Mi sarei aspettato piuttosto che, al momento della morte, quando tutti i muscoli improvvisamente si rilassano, il corpo fosse scivolato via dalla sedia.

Il coroner rifletté un poco su questa significativa risposta e poi chiese:

– Avete potuto accertare da quanto tempo la donna era deceduta?

– Solo approssimativamente. Direi da circa tre settimane.

– Avete scoperto dell'altro?

– Non in quell'occasione, però dopo ho esaminato accuratemente il cadavere all'obitorio e ho redatto una descrizione dettagliata, principalmente a uso della polizia. Volete che ve la riassuma?

– Non è strettamente necessario – rispose il coroner – però forse sarebbe il caso di verbalizzare la descrizione nelle deposizioni. Sì, ci fornisca i dettagli.

Così il testimone proseguì: – Il corpo era quello di una donna sui trent'anni, a quanto pare sposata, poiché portava la fede, ma non risulta che avesse partorito dei bambini. Alta un metro e settantatré, peso cinquantacinque chili e tre etti. Corporatura snella, in effetti assai magra. Carnagione chiara, capelli biondi o dorati. La loro lunghezza faceva supporre che fossero stati tagliati qualche tempo fa, ora arrivavano poco sotto la spalla. Occhi presumibilmente grigi, ma era difficile giudicare il colore esatto a causa delle condizioni del corpo. Per lo stesso motivo i lineamenti erano poco chiari, comunque si poteva vedere che il naso era abbastanza piccolo, concavo, con una leggera sporgenza sul dorso nasale. La bocca era di grandezza media e sembrava ben proporzionata. Gli orecchi erano meglio conservati, leggermente sporgenti, sottili in ogni loro parte con lobi poco pronunciati, e disposti in modo obliquo sul capo. La linea della mascella era pure piuttosto inclinata e il mento aguzzo e lievemente sfuggente.

Quanto all'identità della defunta, ero presente quando i vestiti sono stati tolti dal corpo e li ho esaminati uno per uno. Due di essi erano marcati a inchiostro con le iniziali *E.R.*; uno era marcato a inchiostro *E. Robey*, e un piccolo fazzoletto di lusso nella tasca della gonna recava il nome *Emma* ricamato in seta bianca. Questa è la descrizione completa della defunta.

– Bene – disse il coroner – una descrizione chiara e completa. Non dovrebbe essere difficile identificare il corpo. Veniamo ora alla questione della causa della morte. Siete riuscito ad accertarla?

– Sì. La morte è stata causata da avvelenamento da cianuro di potassio. La dose ingerita è stata assai elevata, sessanta grani abbondanti e la morte probabilmente è sopravvenuta istantanea, o comunque entro un paio di minuti.

– Il cianuro di potassio è un veleno molto potente?

– Sì, molto. Contiene acido prussico in forma concentrata e agisce allo stesso modo e con la stessa violenza e rapidità.

– Qual è la dose letale?

– Di solito vengono somministrati meno di cinque grani, probabilmente bastano anche due grani e mezzo, però, come per la maggior parte dei veleni, gli effetti variano da individuo a individuo. Comunque, una dose di sessanta grani è esagerata.

– Avete eseguito voi stesso le analisi?

– Sì, insieme al professor Woodfield. Quando ho eseguito l'autopsia ho rimosso gli organi e li ho mandati, in contenitori sigillati e marcati, al laboratorio del St. Margaret's Hospital, dove il professore e io abbiamo compiuto insieme l'analisi.

– Il veleno proveniva, suppongo, dalle capsule di cui abbiamo sentito parlare.

– Così sembrerebbe, e le analisi dimostrano che le capsule contenevano davvero cianuro di potassio. Però durante l'esame è emerso qualcosa di strano. La quantità di veleno ingerita era pari ad almeno sessanta grani; le capsule secondo l'etichetta sulla bottiglia contenevano ciascuna cinque grani, cosa che abbiamo verificato con l'analisi. La quantità ingerita equivaleva perciò a dodici capsule. Ma non risultavano mancanti dodici capsule dalla bottiglia. Secondo l'etichetta la bottiglia piena conteneva cinquanta capsule da cinque grani l'una, così se ne erano state consumate dodici dovevano esserne rimaste trentotto. Invece ce n'erano quarantatré, cinque in più del dovuto.

– Questo però non mi sembra un fatto decisivo – obiettò il giudice. – Potrebbe esserci stato un errore nel riempire la bottiglia. Non credete?

– No, signore – replicò deciso Oldfield. – Abbiamo escluso questa possibilità. Ho acquistato due bottiglie nuove dai fabbricanti e il professore e io abbiamo contato le capsule. Ce ne erano esattamente cinquanta in ogni bottiglia; e, particolare importante, ogni bottiglia era piena fino all'orlo e non avrebbe potuto contenere neppure un'altra capsule. Poi abbiamo provato la bottiglia trovata sul tavolo della donna deceduta e il risultato è stato identico: poteva contenere cinquanta capsule e non una di più. Una sola capsula extra impediva di tappare la bottiglia.

Il coroner sembrò molto colpito. – È una cosa davvero straordinaria – disse – e sono fatti indubitati. Le viene in mente qualche spiegazione?

– L'unica spiegazione plausibile è che il veleno ingerito non proveniva affatto dalle capsule. Perlomeno di sicuro una parte di esso, e se una parte proveniva da un'altra fonte è molto probabile che anche il resto avesse la stessa origine. Dai fatti deduco che è stata una soluzione del cianuro preparata in precedenza a essere ingerita dalla vittima. Però questa è solo una mia opinione.

– Infatti. Però se il vostro ragionamento è corretto allora perché le capsule erano lì?

– Questa – rispose Oldfield – non è una questione strettamente medica.

– No – assentì il coroner sorridendo – ma non dobbiamo essere troppo pedanti. Voi avete considerato l'intera questione e gradiremmo sentire la vostra conclusione.

– Allora vi dico che a mio avviso le capsule sono state messe lì di proposito per suffragare l'ipotesi del suicidio.

Evidentemente il coroner giudicò questa conclusione piuttosto debole, perché non approfondì l'argomento ma tornò alle analisi.

– I vostri esami chimici hanno evidenziato dell'altro?

– Sì, un altro fatto assai significativo. Su mia proposta il professor Woodfield ha sottoposto il materiale all'esame della morfina, con la mia assistenza. Il risultato è che abbiamo trovato tracce inconfondibili della droga, benché le condizioni del corpo non permettessero di stimare in modo attendibile la quantità. Però la morfina era certamente presente, e in dose considerevole, come è stato dimostrato dalla reazione positiva. Una quantità molto piccola non sarebbe stata rintracciata.

– Potete darci un'idea della quantità presa?

– Ci siamo trovati d'accordo sul fatto che la dose fosse massiccia ma non eccessiva, non più di un terzo di grano, o al massimo un mezzo grano.

– Ma mezzo grano non è una dose notevole?

– È una dose notevole se iniettata in modo ipodermico, ma non è poi così eccessiva se ingerita. Infine, di solito non si somministra più di un quarto di grano.

– Avete appena detto che il test della morfina è stato eseguito dietro vostro suggerimento. Che cosa vi ha fatto sospettare la presenza della morfina?

– Era soltanto un sospetto. L'avevo ipotizzato e mi è sembrato che valesse la pena verificare ciò.

– Come mai questa ipotesi?

– L'idea mi è venuta considerando l'eccezionalità di questo caso. Tutto lascia supporre un suicidio. Eppure è impossibile escludere l'alternativa dell'omicidio per mezzo di una somministrazione forzata di veleno. D'altra parte è difficilissimo costringere una persona a ingerire anche solo del liquido contro la sua volontà, e il tentativo comporterebbe di certo il ricorso alla violenza con conseguenti segni sul corpo. Però se alla vittima viene somministrata in precedenza della morfina, diventa così intorpidita e passiva che farle ingerire il veleno diventa uno scherzo. Perciò ho cercato accuratamente contusioni o altri segni di violenza senza trovarne alcuno, il che sembrava escludere l'ipotesi dell'omicidio, ma solo a condizione che non fosse stato preso alcun narcotico. È stato allora che ho deciso di ricorrere al test relativo al narcotico più probabile e più adatto, la morfina.

– E avendola trovata cosa ne deducete? Sembrate suggerire che la sua presenza possa implicare un omicidio per avvelenamento.

– Non la metterei in questi termini; ma se dovessero esserci altri indizi che facessero pensare a un omicidio, la presenza della morfina avvalorerebbe in modo consistente questa ipotesi.

Ciò concluse la testimonianza del dottore e, una volta che ebbe letto e firmato la sua deposizione, fu informato del fatto che la sua presenza non era più necessaria. Lui, comunque, preferì tornare alla sua sedia per ascoltare le altre testimonianze e buttar giù qualche appunto.

– Penso – disse il coroner – che se ora ascolteremo la testimonianza dell'ispettore potremo avere una quadro completo dei fatti a noi noti del caso e scendere in seguito in dettaglio con le deposizioni degli altri testimoni.

Di conseguenza l'ispettore Blandy, su invito del coroner, si sedette sulla sedia vuota, rivolse un sorriso benevolo alla giuria e sbrigò i preliminari con l'aria di chi pronuncia una benedizione. Poi, in risposta alla domanda iniziale, iniziò il suo resoconto ripetendo in sostanza quanto già detto dai precedenti testimoni. Dopo aver descritto la stanza, il cadavere, il tavolo e i diversi oggetti continuò:

– Finito l'esame del dottore io ho compiuto il mio, cominciando con il bicchiere senza piede e la brocca dell'acqua. Su questi oggetti c'erano diverse impronte digitali, per lo più molto nitide, e in apparenza appartenenti tutte alle stesse mani. Quelle sulla brocca erano di una mano destra e quelle sul bicchiere di una sinistra. Ho preso le impronte digitali della defunta e le ho confrontate con quelle sul bicchiere e sulla brocca e posso affermare con sicurezza che erano identiche. Tutte le impronte sulla brocca e sul bicchiere erano di certo quelle delle dita della defunta, e non ve ne erano altre.

– Considerereste ciò come la prova decisiva che la defunta si è avvelenata?

– No, certamente no. È possibile che qualcuno abbia impresso le impronte digitali della defunta sulla brocca e sul bicchiere. La forza probativa delle impronte digitali è subalterna ad altre prove.

– Avete sentito che la defunta era chiusa a chiave nella stanza e che la chiave si trovava all'interno.

– Sì – assentì l'ispettore, sorridendo benignamente al coroner – ma ho anche sentito che la porta è stata aperta dall'esterno dal signor Polton; con la stessa facilità avrebbe potuto chiuderla a chiave dall'esterno lasciando la chiave nella serratura. In realtà si tratta di una cosa fatta di frequente dai criminali, specialmente dai topi d'albergo, che si servono di un apposito strumento, qualcosa di simile a una pinza per estrazioni dentarie. Con esso riescono ad afferrare la chiave dall'esterno, aprono la porta, commettono il loro furto e, quando se ne vanno, richiudono la porta a chiave dall'esterno lasciando la chiave dentro.

– Avete motivo di credere che la porta della stanza della defunta sia stata chiusa a chiave dall'esterno in questo modo?

– Non con lo strumento che ho menzionato. Questo strumento, avendo mascelle ruvide, di solito lascia piccole scalfitture sulla chiave. Ho cercato delle scalfitture sulla chiave ma non ne ho trovate. Nondimeno io ritengo che la porta sia stata chiusa a chiave dall'esterno per mezzo di un qualche arnese semplice ideato sul momento. Forse sarebbe meglio spiegare il metodo per capire la mia congettura. Il procedimento, ben noto alla polizia, è il seguente: la chiave viene messa nella serratura in modo che un quarto di giro sia sufficiente a far scorrere il chiavistello; quindi un bastoncino come un fiammifero spesso, un'asticella oppure una matita, viene fatto passare attraverso l'anello o la maniglia della chiave e un passante all'estremità di un pezzo di corda viene attaccato al bastoncino. La corda va tenuta abbastanza tesa per evitare che il passante si allenti. Il nostro uomo ora esce, chiudendo la porta dietro di lui, tenendo la corda tesa nello spazio tra il bordo della porta e lo stipite, e ben al di sopra del livello della chiave; poi dà uno strattone alla corda con il risultato che l'azione della leva del bastoncino gira la chiave e fa scorrere il chiavistello della serratura. Dopo che la chiave ha fatto un quarto di giro e chiuso la porta il passante sfila il bastoncino, la corda viene tirata fuori attraverso la fessura della porta e il bastoncino o cade a terra oppure viene lanciato fuori della chiave e va a cadere a una certa distanza.

Il coroner era alquanto perplesso. – Pare molto ingegnoso – disse – ma piuttosto rischioso per una persona che ha appena commesso un omicidio. Supponiamo che il piano fallisca.

– È impossibile, signore – replicò l'ispettore. – Se non funziona la prima volta, l'unica cosa da fare è aprire la porta e riprovare. Forse una dimostrazione potrà chiarire meglio la cosa.

Aprì la borsa per documenti che aveva portato con sé ed estrasse una piastra piatta di legno alla quale era stata fissata una serratura con relativo buco. Inserendo una chiave tirò fuori un fiammifero spesso e un pezzo di corda con un passante all'estremità. Facendo passare il fiammifero attraverso l'anello della chiave lo tenne fermo mentre vi faceva scivolare sopra il passante e tese a dovere la corda.

– Ora – disse – osservate cosa succede. La chiave è verso di voi e io sono all'esterno della porta.

Tenne la piastra ben ferma sul tavolo, portò la corda tesa sul retro e diede uno strattone. La chiave girò all'istante, il chiavistello scattò in avanti, il passante sfilò il fiammifero e quest'ultimo, gettato fuori della chiave, volò sul tavolo.

L'effetto dell'esperimento fu innegabile. I giurati sorrisero e annuirono con il capo e persino il coroner si ricredette.

– E adesso, signore – disse l'ispettore raccogliendo il fiammifero e osservandolo con una lente – vi chiedo di esaminare questo fiammifero. Vicino al centro potete scorgere su un lato una piccola ammaccatura, una linea curva, e dal lato opposto, circa due centimetri più in là verso la testa, un segno più piccolo e meno chiaro. Poi, all'altra estremità del fiammifero, dove il passante della corda lo ha afferrato, vedete quattro piccole tacche, una a ogni angolo; e se mettete il fiammifero nella chiave, dov'era quando ho tirato la corda, vedete che le due tacche sul fianco corrispondono esattamente agli orli aguzzi dell'anello della chiave.

Illustrò il metodo e poi passò il fiammifero insieme alla sua magnifica lente al coroner, che lo esaminò con estremo interesse e lo passò a sua volta alla giuria.

– Bene, ispettore – disse il coroner quando il fiammifero ebbe fatto il giro – ci avete dato una dimostrazione assai convincente, e sono sicuro che siamo tutti convinti della praticabilità del metodo. La domanda ora è: avete delle prove che esso sia stato effettivamente usato?

Come risposta l'ispettore aprì di nuovo la sua borsa e ne tirò fuori una provetta di vetro tappata contenente un solo fiammifero, con una macchia di ceralacca all'estremità. Poi dalla sua tasca estrasse una chiave e prendendo il fiammifero dalla provetta lo depose insieme alla chiave sul tavolo davanti al coroner.

– Questo fiammifero – disse – che ho marcato con la ceralacca per evitare errori, è come vedete un fiammifero grande Bryant and May. L'ho trovato sul pavimento della stanza (che chiamerò la "stanza della defunta") sotto un armadietto a poco più di un metro dalla porta. Questa è la chiave con la quale è stata chiusa quella porta. Sul fiammifero ci sono sei ammaccature esattamente uguali a quelle sull'altro fiammifero che avete. Le due tacche laterali corrispondono esattamente agli orli aguzzi dell'anello della chiave. Sono sicuro che questo fiammifero è stato usato per chiudere quella porta; e ne ho avuto una conferma trovando sullo spigolo, o angolo acuto del bordo della porta, un'intaccatura proprio nel punto in cui dovrebbe passare una corda, come sperimentato con la nostra prova. Non posso produrre la porta, ma ho qui una riproduzione su carta mediante sfregamento che mostra chiaramente il segno.

Porse il foglio di carta al coroner che, dopo aver esaminato la riproduzione, lo passò al presidente della giuria, che a sua volta lo restituì al testimone.

– Ci avete dato, ispettore, una descrizione davvero completa e convincente; a questo punto sorge un'altra domanda. Questa chiave che ci avete mostrato a quanto pare è quella della porta della stanza in cui è stato rinvenuto il cadavere della defunta. Ma a chi appartiene? La logica dice che dovrebbe essere dell'inquilina della stanza, la signora Schiller. Ma è davvero sua, oppure è solo simile alla sua? Sapete dircelo?

– Solo per sentito dire. La signora Mitchens mi ha riferito che questa chiave è veramente la chiave che lei ha dato alla signora Schiller. La può identificare perché l'ha segnata. Dato che lei è uno dei testimoni può fornirvi direttamente i relativi particolari, però io credo senza alcun dubbio che questa sia proprio la chiave della signora Schiller.

– Allora la domanda a questo punto è: dove si trova la signora Schiller?

L'ispettore sorrise pensieroso. – Vorrei – rispose – poter rispondere a questa domanda. Dal momento del rinvenimento abbiamo cercato di rintracciarla, ma non ci siamo riusciti. Pare che sia a Birmingham, ma anche se fosse vero è troppo poco. Abbiamo messo degli annunci sui giornali, chiedendole di comunicare con noi, ma senza esito.

– Quindi è scomparsa?

– Sembra proprio di sì. In ogni caso è dispersa.

– Ciò allora significa – disse il coroner – che se questa è la sua chiave ci deve essere stata una qualche forma di contatto tra lei e la defunta.

– Infatti, signore – assentì Blandy. – Ecco perchè non vedo l'ora di contattarla.

Ciò pose fine al contributo dell'ispettore, che firmò la deposizione e tornò al suo posto. Poi fu chiamata a deporre la signora Mitchens, che fornì una testimonianza di scarso valore. Non aveva mai conosciuto o sentito parlare di una persona chiamata Emma Robey. Della sua inquilina, la signora Schiller, praticamente non sapeva nulla. La donna aveva affittato le stanze al piano terra, ammobiliate, ma aveva aggiunto alcuni mobili. Non aveva ricevuto referenze ma l'affitto veniva pagato mensilmente in contanti e in anticipo. L'inquilina, che era un'artista, aveva detto di non aver bisogno di nulla e di non voler essere disturbata durante il suo lavoro. La testimone non la vedeva mai tranne che al momento del pagamento dell'affitto. Era garbata ma non dava confidenza. Aveva un campanello elettrico indipendente con una targhetta sotto e una targa di rame rimovibile sul muro, che toglieva ogni sera. Aveva un proprio mazzo di chiavi, comprese quelle della camera da letto e del soggiorno. La camera da letto era sempre chiusa a chiave e chiudeva sempre il soggiorno quando usciva.

La testimone non aveva mai visto visitatori tranne il signor Pedley e un gentiluomo di colore, e comunque di rado. Conosceva di vista il signor Pedley da anni. Non sapeva se la signora Schiller stava via ogni tanto da casa. Aveva notato l'assenza della targa dal muro per circa tre settimane e poi aveva iniziato a sentire quel cattivo odore nell'atrio.

– Torniamo ora alle chiavi – disse il coroner. – Una chiave è stata trovata nella serratura della porta del soggiorno. Se l'ispettore Blandy ce la presta per un momento, sapete dirci con certezza se è proprio quella che voi avete dato alla signora Schiller?

– Certamente – fu la risposta.

A questo punto l'ispettore produsse la chiave e, avendo preso la precauzione di legare un pezzettino di corda intorno all'anello, la passò al coroner che la porse alla testimone.

– Sissignore – disse la signora Mitchens dopo la prima occhiata – è la chiave personale della signora Schiller.

– Voi sembrate molto sicura – disse il coroner. – Come fate a distinguere questa chiave dalle altre?

– Ecco, signore – rispose – quando la signora Schiller ha affittato la stanza c'era una grossa serratura antiquata nella porta del soggiorno con una grossa chiave malfatta. La signora Schiller la trovava scomoda, così ho fatto venire un fabbro per sistemare una serratura più moderna con una chiave più piccola. Lui mi ha fornito due chiavi con la serratura e ho deciso di tenerne una per riserva in caso di smarrimento dell'altra; però ho pensato che forse era meglio marcare le due chiavi per evitare sbagli, così mio marito ha inciso una tacca su quella destinata alla signora Schiller e due sull'altra, sul duplicato. Questa chiave ha una tacca, così deve essere quella della signora Schiller, ed ecco il duplicato con le due tacche.

Parlando, prese una chiave dalla sua borsetta e la depose, insieme all'altra, sul tavolo.

Il coroner prese le due chiavi e dopo aver rapidamente confrontato i loro anelli le passò alla giuria, dalla quale poi tornarono ai rispettivi proprietari.

– Questa prova – disse il coroner – è molto importante e conclusiva. Adesso sappiamo con certezza che la chiave che è stata trovata nella porta era la chiave della signora Schiller. Come è arrivata lì può spiegarlo solamente la signora Schiller. Suppongo – aggiunse, volgendosi alla testimone – che voi non possiate darci alcun suggerimento per aiutarci a ritrovarla.

– No, infatti, signore – fu la risposta. – Non sapevo che fosse andata via e quando mi sono accorta per la prima volta di, ehm, di quel fatto spiacevole, pensavo che giacesse lei morta nella sua stanza.

– A ogni modo voi avevate il duplicato. Perché non avete cercato di entrare in quella stanza?

– Abbiamo cercato, signore; ma l'altra chiave era nella serratura.

– Certo, naturalmente. Bene, signora Mitchens, ci avete fornito indizi molto importanti e adesso, se non vi viene in mente altro, penso che non abbiamo motivo di trattenervi più a lungo.

Il testimone successivo era Tom Pedley. Però Tom non sapeva niente di niente, e lo disse. Con suo sollievo non furono poste domande sul valore artistico di Lotta, e il suo unico contributo fu un breve resoconto della sua frequentazione di Lotta, una precisazione circa i suoi rapporti con lei e una descrizione appena abbozzata dell'escursione all'Epping Forest, durante la quale l'aveva vista per l'ultima volta. Fu poi il turno di Nathaniel Polton, che ribadì che la porta era indubbiamente chiusa a chiave quando aveva cercato di aprirla e che, dalla scorrevolezza con la quale la chiave girava, aveva dedotto che la porta veniva oliata. Non era stato difficile per lui aprirla con un arnese ricurvo di metallo, che purtroppo aveva dimenticato di portare con sé, e con altrettanta facilità l'aveva richiusa a chiave. Non sapeva nulla della signora Schiller che di fatto era una sconosciuta per lui.

La deposizione degli ultimi due testimoni fu ascoltata dalla giuria con interesse alquanto ridotto, ma quando fu chiamato a deporre il nuovo testimone e si levò la figura imponente del signor William Vanderpuye vi fu un palpabile risveglio di attenzione. Rendendosene conto, il testimone, dall'aspetto impeccabile, sembrò naturalmente un po' a disagio quando raggiunse il tavolo; però, dopo il giuramento, fornì le sue generalità, avvocato di due associazioni legali di Londra, con una certa padronanza di sé e poi rilasciò la sua deposizione con estrema dignità e compostezza.

Della tragedia in sé non sapeva niente e l'aveva appresa dall'ufficio del coroner. Non aveva mai visto né sentito nominare una persona chiamata Emma Robey, ed era assolutamente all'oscuro delle circostanze legate alla sua morte. Queste dichiarazioni chiusero la prima parte del suo interrogatorio e il resto della testimonianza riguardò esclusivamente Lotta Schiller. Dopo aver descritto il loro primo incontro nello studio di Tom Pedley, William rispose alle domande del coroner in modo franco ed esauriente benché senza entusiasmo.

– Vedevate spesso la signora Schiller? – chiese il coroner.

– Sì. C'è stato un periodo in cui la vedevo quasi tutti i giorni, e trascorrevamo intere giornate insieme.

– E come passavate il tempo in quelle occasioni?
– Soprattutto frequentando i posti interessanti della città: teatri, sale da concerto, cinema, musei e gallerie d'arte. Pranzavamo al ristorante.
– Di solito prendevate un appuntamento?
– No. Passavo quasi sempre a prenderla a casa e la sera la riaccompagnavo.
– Quando l'accompagnavate entravate anche in casa?
– No, mai. L'accompagnavo fino alla porta. Quando passavo a prenderla talvolta entravo per qualche minuto, ma mai di sera.
– Sto per farvi una domanda alla quale non siete tenuto a rispondere se credete opportuno non farlo. Quali erano i vostri veri rapporti con la signora Schiller? Eravate semplici amici, c'era del tenero fra voi oppure di fatto eravate amanti? Ricordate, io non esigo una risposta.
– Non ho nulla da nascondere – rispose calmo Vanderpuye. – Eravamo più che semplici amici. Direi che il nostro rapporto era molto affettuoso, perlomeno da parte mia; non posso rispondere per conto suo, sebbene sembrasse affezionata a me. Però di certo non eravamo amanti.
– Non vi scambiavate neanche, per dire, dei baci?
– No, non l'ho mai baciata. Mi ha fatto capire che i baci non erano ammessi.
– Sono stati fatti dei cenni a certi medaglioni scambiati. Non li considerate forse pegni d'amore?
– No. Sono stati realizzati su suo suggerimento a mo' di souvenir per il mio ritorno in Africa.
– Quando avete visto per l'ultima volta la signora Schiller?
– Il diciotto novembre, il giorno della nostra gita all'Epping Forest di cui ha parlato il signor Pedley.
– Potete raccontarci qualche particolare di quello che è accaduto dal momento in cui vi siete separati dal signor Pedley?
– Abbiamo raggiunto High Beach, seguendo le sue indicazioni, e abbiamo mangiato al King's Oak. Poi abbiamo girovagato nella foresta e ben presto ci siamo persi. Dopo aver vagato a lungo abbiamo incontrato uno straniero che ci ha indicato la strada per Loughton e, con qualche difficoltà, visto che si stava facendo buio, abbiamo raggiunto quella località e finalmente abbiamo preso un treno per Londra. L'ho accompagnata a casa e l'ho salutata all'ingresso della sua casa verso le nove e mezzo. È stato in treno che mi ha detto per la prima volta che si sarebbe recata da alcuni amici a Birmingham.
– Vi ha lasciato anche il suo nuovo indirizzo?
– No. Mi ha detto che sarebbe stato meglio non scriverci lettere e che forse sarebbe andata a far visita ad amici altrove, però mi ha promesso di farmi sapere quando sarebbe tornata, anche se non poteva ancora dirmi nulla in proposito. Da allora non l'ho più né vista né sentita.
Questo fu il succo della testimonianza di Vanderpuye e, dopo un altro paio di domande, che non portarono alla luce nulla di nuovo, il coroner diede un'occhiata ai suoi appunti e disse:
– Credo che il testimone ci abbia detto tutto quello che sa su questa strana vicenda e, a meno che i membri della giuria non vogliano porre altre domande, non abbiamo motivo di trattenerlo ancora.
Rivolse uno sguardo interrogativo ai giurati e, in mancanza di reazioni, la deposizione venne letta e firmata, e il coroner, dopo aver ringraziato il testimone per la franchezza e la disponibilità mostrata, lo congedò; al che quest'ultimo tornò a sedersi accanto al signor Polton.
Il testimone seguente, che si rivelò l'ultimo, era una signora anziana e piccola dall'aspetto alquanto scaltro che avanzò verso il tavolo con un sorriso compiaciuto e rilasciò la sua testimonianza prontamente e con evidente soddisfazione. Il suo nome era Jane Bigham, indirizzo Jacob Street n. 98, senza occu-

pazione fissa anche se, per arrotondare la misera entrata che le aveva lasciato il defunto marito, lavorava ai ferri calze e altri articoli che poi vendeva. Di solito sedeva davanti alla finestra, un po' per via della luce, ma in realtà il vero motivo era che essendo un'abile magliaia non aveva bisogno di seguire costantemente con gli occhi il suo lavoro e così poteva rilassarsi osservando quel che accadeva per strada. Conosceva di vista tutti i suoi vicini e anche molte delle loro abitudini, e poiché la sua casa si trovava proprio di fronte a quella della signora Mitchens, aveva visto spesso la signora Schiller. Ricordava che quella donna vi si era trasferita con alcuni mobili circa sei mesi prima, e anche quando era stata sistemata la targa d'ottone ("che sono andata a vedere quello stesso giorno per leggervi il nome").

– Sembrate molto interessata alla signora Schiller – osservò il coroner con un sorriso.

– Infatti, signore. Mi chiedevo che cosa ci facesse una donna come lei in una strada tranquilla come la nostra, tutta truccata e incipriata e con i tacchi alti; in effetti avevo il sospetto che non fosse del tutto irreprensibile.

– Pochissimi di noi lo sono, signora Bigham – disse il coroner – ma non è un crimine andare in giro truccata e incipriata e con i tacchi alti. Molte donne lo fanno al giorno d'oggi.

– Dovrebbero vergognarsene, signore. Comunque, non era arrivata neanche da una settimana che l'ho vista andare alla porta del signor Pedley e suonare il campanello, e quando lui ha aperto mi sono accorta che non la conosceva e che non sembrava troppo contento di quella visita. Però lei è entrata lo stesso e ci è rimasta mezz'ora. Dopo ha preso ad andarci spesso e un paio di volte è stato il signor Pedley a farle visita all'ora del tè. Qualche volta tornavano a casa insieme se si incontravano da qualche parte.

Poi, uno o due mesi dopo, è comparso sulla scena un gentiluomo di colore, quello che ha appena testimoniato, il signor Vanderpuye. All'inizio si recava dal signor Pedley, e lei sembrava sapere quando ci andava perché vi faceva un salto e suonava il campanello e poi lei e il signor Vanderpuye uscivano insieme. Poi lui ha cominciato a passare da lei e uscivano insieme e non rientravano prima di sera, qualche volta anche molto tardi.

A questo punto un giurato intelligente obiettò: – Questo l'abbiamo già sentito – e il coroner assentì e invitò la donna a passare oltre. – Volete gentilmente dirci – continuò – quando avete visto per l'ultima volta la signora Schiller?

La testimone lanciò uno sguardo minaccioso al giurato e rispose risentita:

– Circa tre settimane fa, più o meno. L'ho vista tornare a casa con il signor Vanderpuye verso le nove e mezzo di sera e dall'aspetto ho dedotto che aveva bevuto un bicchierino di troppo.

– Che cosa ve lo faceva credere? – domandò il coroner.

– Ebbene, signore, era un po' instabile sulle gambe e si appoggiava al suo braccio, cosa insolita per lei. E una volta giunti alla porta è stato lui a infilare la chiave nella serratura, ad aprire e ad aiutarla a entrare.

– Lui è entrato in casa?

– Sì, e c'è rimasto per un'ora e mezzo circa, perché l'ho visto uscire pochi minuti dopo le undici. Per caso ero vicino alla finestra a quell'ora (la coincidenza fece sorridere arcignamente il coroner) ed ecco che lo vedo uscire portando una borsa, potrebbe anche essere stata una valigetta, che non aveva quando è entrato; e standο molto attento a non far rumore perché, invece di sbattere la porta, ha infilato la chiave nella serratura e ha chiuso silenziosamente la porta. La cosa curiosa era che sembrava avere una propria chiave della serratura.

– Avete mai visto il signor Vanderpuye entrare in casa in altre occasioni?

– Non posso dire di averlo visto entrare. Però se aveva la chiave della serratura...

A questo punto il giurato intelligente intervenne ponendo una domanda:

– La testimone può giurare che fosse proprio il signor Vanderpuye l'uomo che ha visto?

– Allora, signora Bigham? – chiese il coroner. – Siete assolutamente certa che l'uomo era il signor Vanderpuye?

– Ebbene, signore, mi sembrava proprio lui. E poi, chi altro poteva essere?

– Vogliamo sapere se avete riconosciuto il signor Vanderpuye senza possibilità di dubbio.

– Ecco, riconoscere senza possibilità di dubbio una persona dall'altra parte della strada in una buia serata di dicembre, e senza lampioni nelle vicinanze, è praticamente impossibile. Naturalmente non potevo vedere il colore dei suoi lineamenti, però mi sembrava il signor Vanderpuye. E poi chi altro poteva...

– Non importa chi poteva essere. Potete giurare che fosse il signor Vanderpuye e non un altro uomo, il signor Pedley per esempio?

– Buon Dio! Ci mancherebbe. Certo potreste aver ragione, signore, abitando proprio lì a fianco. Ma no, non può essere, perché l'ho visto allontanarsi verso Hampstead Road.

– Non sto ipotizzando che quell'uomo fosse il signor Pedley. Era solo per fare un esempio. Il fatto è che voi non lo avete riconosciuto affatto. Voi avete pensato che fosse il signor Vanderpuye. Non è così?

La testimone lo ammise con riluttanza, quindi il coroner passò all'identificazione della donna con esito identico. Non vi era stato alcun riconoscimento. La testimone aveva creduto che fosse la signora Schiller perché "pareva proprio lei, e poi chi altro poteva essere?" ecc.

A questo punto il coroner e la giuria ne ebbero abbastanza della signora Bigham che fu, di conseguenza, detronizzata e rispedita suo malgrado al proprio posto. Poi la signora Mitchens e Vanderpuye furono richiamati e brevemente risentiti, ma nessuno dei due fu in grado di aggiungere qualcosa di nuovo. La signora Mitchens e il marito andavano a letto con le galline e alle dieci erano già nella loro camera da letto al secondo piano, mentre Vanderpuye ripeté quanto detto, ossia che non era mai entrato in quella casa di sera. Terminate le deposizioni il giudice passò immediatamente a tirare le somme, in modo rapido ma incisivo.

– Membri della giuria – cominciò – vi risparmierò il riepilogo delle testimonianze che avete appena ascoltato così attentamente, e mi limiterò a cercare di trarre delle conclusioni logiche. Il nostro compito è quello di accertare quando, dove e come è deceduta una donna di cui non sappiamo nulla tranne il nome, Emma Robey. Sappiamo dove, al numero 39 di Jacob Street; la data esatta è meno certa, però la morte risale a circa tre settimane prima del rinvenimento del corpo avvenuto il trenta dicembre, quindi all'incirca il nove dicembre. La causa della morte è stata una massiccia dose di cianuro di potassio o ingerita volontariamente dalla defunta oppure somministratale da un'altra persona. Se ha ingerito lei stessa il veleno, può averlo fatto inavvertitamente oppure con la deliberata intenzione di togliersi la vita. Se le è stato somministrato da un'altra persona allora si tratta di omicidio intenzionale.

Ci sono perciò tre possibilità: fatalità, suicidio e omicidio. Possiamo eliminare la fatalità, visto che non abbiamo nessun indizio in tal senso; le alternative rimaste sono suicidio e omicidio. Ora quali prove abbiamo a sostegno della tesi del suicidio? Ci sono due fatti che, considerati insieme, a prima vista sembrerebbero provare in modo inequivocabile questa ipotesi. In primo luogo le impronte sul bicchiere e sulla brocca erano indubbiamente quelle della defunta. In secondo luogo la defunta è stata trovata sola in una camera chiusa a chiave dall'interno con la chiave nella serratura. Questi due fatti, ripeto, sembrano confermare in modo chiaro che si tratti di suicidio. Nondimeno è degno di nota che un esperto medico della polizia e un esperto ispettore abbiano entrambi sospettato fin dall'inizio che, malgrado queste prove, non si trattasse di un caso di suicidio ma di omicidio; e durante la loro testimonianza hanno addotto argomentazioni convincenti a sostegno dei loro sospetti. Consideriamo, per cominciare, la testimonianza dell'ispettore Blandy. Costui ci dimostra che la prova delle impronte digitali di fatto è irrilevante visto che l'eventuale omicida avrebbe potuto facilmente produrle usando le dita della stessa vittima.

Veniamo adesso alla porta chiusa. Il fatto che il signor Polton abbia aperto la porta dall'esterno, così come avrebbe potuto chiuderla con facilità, annulla all'istante il valore di prova conclusiva che aveva questo particolare. Dimostra che era possibile chiudere a chiave la porta dall'esterno. Ma la testimonianza dell'ispettore è ancora più chiara e prova che la porta, in effetti, è stata chiusa a chiave dall'esterno. Non occorre che vi ricordi la sua convincente dimostrazione, ma voglio che teniate nella giusta considerazione l'enorme valore probativo del fiammifero da lui trovato. Quel fiammifero reca dei segni che corrispondono esattamente all'anello di quella specifica chiave e anche le tracce di un pezzo di corda. È stato trovato nei pressi della porta proprio nella posizione in cui doveva essere se fosse stato usato nel modo descritto durante la dimostrazione; la porta, poi, reca proprio il segno che avrebbe causato una corda tesa usata in quella maniera. Tutti questi particolari hanno un senso logico solo se considerati alla luce della teoria che la porta è stata chiusa dall'esterno con un fiammifero e una corda, altrimenti sono assolutamente inspiegabili. Ammetto che la prova di questo fiammifero è inoppugnabile. La porta non può che essere stata chiusa a chiave dall'esterno e quindi non può essere stata chiusa dalla defunta.

La testimonianza del dottore relativa alla morfina trovata nel corpo e la sua spiegazione al riguardo sono logiche, e sono state rese ancora più significative dalla testimonianza della signora Bigham. Possiamo ritenere la sua identificazione delle due persone da lei viste come mera supposizione, presumibilmente totalmente errata. Però la sua testimonianza dimostra che una certa, oscura sera circa tre settimane prima del rinvenimento della donna (morta da circa tre settimane) un uomo e una donna sono entrati in quella casa aprendo la porta con la chiave di casa.

Ora, chi erano queste due persone? Cominciamo dalla donna. La signora Bigham pensava che fosse la signora Schiller, dal che possiamo dedurre o che era davvero lei o una donna che poteva essere scambiata per lei. Però la defunta è stata scambiata per la signora Schiller dalla signora Mitchens e dal signor Pedley, ed entrambi conoscevano molto bene la seconda. È pertanto possibile che la donna vista dalla signora Bigham fosse Emma Robey, e qui diviene fondamentale la testimonianza del dottore. La signora Bigham ha avuto l'impressione che la donna avesse bevuto, e secondo il referto medico la defunta aveva ingerito una considerevole dose di morfina. Ma una persona sotto l'effetto della morfina può facilmente essere scambiata per una sotto l'effetto dell'alcool. Così è molto probabile che la donna vista dalla signora Bigham sia in effetti la defunta.

Veniamo ora all'uomo. Riguardo al suo aspetto sappiamo solamente che la signora Bigham lo ha scambiato per il signor Vanderpuye, e forse c'era una certa somiglianza riguardo all'età e alla corporatura. Comunque si tratta di una mera congettura. Però ci sono tre fatti che sembrano particolarmente significativi. Quest'uomo ha aperto la porta con la chiave, ma poiché potrebbe averla avuta dalla donna, la circostanza non è rilevante. I tre fatti significativi ai quali mi riferisco sono: in primo luogo aveva ancora la chiave in suo possesso quando è uscito, in secondo luogo è stato insolitamente attento a non fare, rumore richiudendo la porta con la chiave e, infine, quando è uscito portava una borsa o una valigia che non aveva quando è entrato.

Che cosa ci faceva con quella chiave, certamente non sua, chiunque lui fosse? È logico ritenere che l'abbia conservata con il deliberato proposito di richiudere silenziosamente la porta. Ma perché quell'uscita così strana e furtiva? Perché non voleva farsi vedere dagli inquilini della casa? Infine, di chi era la borsa che portava e che cosa conteneva? Nel porci simili domande dobbiamo tener presente che quest'uomo è stato in quella casa, a quanto pare solo con la donna, per un'ora e mezzo, e quindi il suo comportamento sembra proprio quello di chi vuol lasciare al più presto la scena di un delitto portando con sé alcuni oggetti che potrebbero incriminarlo. Questa, ripeto, sembra una conclusione plausibile, che però viene avvalorata notevolmente dalle testimonianze del dottore e dell'ispettore. Spetta a voi giudicare. Quando emetterete il vostro verdetto dovrete decidere tra due alternative: la defunta ha trovato la morte di sua mano o per mano altrui? Si è suicidata oppure è stata uccisa? Su una tale questione di fatto dovrete riflettere.

Il silenzio che seguì, nell'aula, la conclusione del discorso del coroner fu di breve durata, così breve da lasciar supporre che la giuria avesse già preso la sua decisione; infatti nel giro di un paio di minuti il presidente annunciò che il loro verdetto era pronto.

– Noi riteniamo – disse, in risposta alla domanda del coroner – che la defunta sia morta a causa dell'azione di un veleno che le è stato somministrato da ignoti.

– Bene – disse il coroner – si tratta di un verdetto di omicidio intenzionale. Lo metterò a verbale come tale e posso dire di essere pienamente d'accordo con voi.

Ciò concluse il processo. I testimoni, il pubblico e gli stenografi si alzarono e iniziarono a lasciare l'aula, il dottor Oldfield si affrettò a raggiungere l'auto che lo attendeva con l'ispettore e Tom Pedley, Polton e Vanderpuye uscirono insieme dirigendosi verso lo studio.

9. Dov'è Lotta?

L'inchiesta e gli eventi che la precedettero avevano stravolto la quieta esistenza di Tom Pedley, e poiché il giorno dopo il dibattimento non aveva voglia di svolgere il suo abituale lavoro, decise di fare un inventario del materiale a sua disposizione e un elenco di quello occorrente. Scoprì così che il libro che usava era quasi pieno e che non ne aveva alcuno di riserva. Ora i taccuini di Tom non erano prodotti di serie da poter acquistare in qualsiasi momento, bensì oggetti che lui stesso aveva disegnato accuratamente, in funzione della grandezza, della forma, dello spessore e della rilegatura a lui più congeniali e realizzati appositamente per lui con carta selezionata adatta alla penna o alla matita oppure, in caso di necessità, a sfumature ad acquerello, dal negozio di articoli di belle arti in Hampstead Road. Di solito ne ordinava una dozzina alla volta, e ciascuno di essi, una volta completato, veniva munito di una etichetta con la data e riposto su uno scaffale a formare insieme ai suoi predecessori una serie sempre più numerosa.

Era un'idea intelligente, perché non solo la serie costituiva un utile punto di riferimento, ma poiché Tom immancabilmente datava tutti i suoi schizzi, anche quelli più insignificanti, e persino le note scritte, la raccolta era diventata una sorta di diario completo di tutte le sue attività. Di conseguenza, dopo aver aggiunto al suo elenco una dozzina di indispensabili taccuini, si mise subito in cammino verso il locale del fornitore.

Quando svoltò all'angolo tra Jacob Street e Hampstead Road scorse, a poca distanza da lì, la sua vecchia conoscenza, l'ispettore Blandy, che discuteva con la signora Bigham; giacché non aveva voglia di incontrare né l'ispettore né la signora Bigham (che considerava in cuor suo una incorreggibile impicciona) aumentò l'andatura e assunse un'espressione corrucciata, ma inutilmente. Entrambi lo videro nello stesso momento e l'ispettore, congedandosi frettolosamente dalla donna, gli andò incontro stendendo la mano e sorridendo benevolo.

– Questo sì che è un colpo di fortuna – esclamò, stringendogli affettuosamente la mano. – Volevo scambiare due parole con voi ed eccovi qui.

Tom confermò cautamente questa constatazione in attesa di sviluppi.

– Il punto è questo – spiegò l'ispettore. – Abbiamo cercato di metterci in contatto con la signora Schiller ma senza riuscirci. O lei non ha visto i nostri annunci oppure si tiene alla larga; comunque stiano le cose, che lei non voglia o non possa presentarsi, noi siamo costretti a prendere misure più energiche. Per far ciò abbiamo bisogno di una descrizione completa e accurata della donna e ci siamo chiesti come procuracela. Ora, non appena ci siamo posti il quesito, ho pensato a voi. Il signor Pedley, mi sono detto, con il suo notevole spirito di osservazione e la sua straordinaria memoria visiva, potrebbe essere in grado di darci una descrizione buona quanto una fotografia o forse persino superiore.

– La signora Schiller è sospettata? – chiese Tom cautamente.

– Sospettata! – ripeté l'ispettore assai stupito. – Certamente no. Perché dovrebbe? Però lei potrebbe darci informazioni preziosissime circa la chiave, per esempio, e forse a proposito della signora Robey e degli altri sconosciuti. Confido nella vostra disponibilità. È nel suo interesse, oltre che in quello della collettività, che venga risolto questo mistero.

– Ma io non sono in grado di fornirvi una descrizione così su due piedi – disse Tom.

– Questo lo so – assentì Blandy. – La memoria visiva ha bisogno di tempo per agire, ma non troppo però, visto che si tratta di cosa urgente. Vi propongo di pensarci su e di preparare un paio di annotazioni.

– E spedirvele – propose Tom speranzoso, ma l'ispettore lo corresse:

– Consegnarmele, personalmente. Vedete, potrebbero richiedere qualche spiegazione e aggiunta. Potrei passare a prenderle stasera nel vostro studio?

Deciso a concludere subito la faccenda Tom assentì e, dopo aver fissato l'appuntamento alle sette e mezzo, strinse la mano all'ispettore e lo lasciò alla sua discussione con la signora Bigham (che nel frattempo era rimasta appostata in osservazione) rimettendosi subito in cammino verso il negozio di articoli di belle arti. Quando ebbe sbrigato la sua commissione nel negozio uscì e, dirigendosi verso nord, iniziò una bella passeggiata attraverso piazze tranquille per meditare sulla situazione. L'intera vicenda lo irritava parecchio. Non provava amore per Lotta Schiller, però in un certo senso erano stati amici, e alla sua innata lealtà ripugnava l'idea di aiutare la polizia a scovarla; perché di questo si trattava a dispetto dell'indignata reazione di Blandy. Ovviamente era sospettata, ma in quale misura e come erano domande che Tom preferiva non porsi. A ogni modo non aveva scelta. Era stato commesso un crimine e il suo dovere di buon cittadino gli imponeva di fare del suo meglio per aiutare la polizia nelle sue ricerche; giunto a questa conclusione tornò a casa per mettere in pratica il suo proposito.

Una volta iniziata la sua descrizione la portò a termine con la sua abituale accuratezza. Su una delle restanti pagine del suo taccuino annotò quanto ricordava di Lotta, punto per punto, richiamando alla memoria gli schizzi che aveva eseguito di lei per i dettagli del profilo, e cercando di visualizzarla nel modo più completo possibile. Il risultato lo sorprese; infatti, anche se l'aveva vista abbastanza spesso e osservata criticamente, non pensava che la sua memoria potesse evocare una descrizione così vivida e particolareggiata.

Quando ebbe completato le sue note, prese un foglio di carta e trasferì il tutto in bella copia, rendendo il taccuino non più necessario; aveva appena finito quando, spaccando il secondo, il campanello dello studiò suonò e Tom, richiudendo il taccuino, andò ad accogliere l'ispettore.

– Davvero molto gentile da parte vostra, signor Pedley – disse Blandy entrando e osservando sorridente i locali – dedicarmi così tanto del vostro prezioso tempo. Ma non voglio approfittarne. Sono queste le note?

Prese la copia che Tom aveva messo sul tavolo e, deponendo una cartella che Tom riconobbe immediatamente come quella di Lotta, dette una scorsa alle note, mentre Tom rimuginava preoccupato sul significato della cartella.

– Stupefacente! – esclamò Blandy finita quella prima lettura preliminare. – Sembra quasi che abbiate avuto la donna davanti a voi mentre scrivevate. Che cosa straordinaria è la memoria visiva di un artista. A quanto pare avete osservato e immagazzinato ogni cosa, perfino la differenza tra i due orecchi. A ogni modo, a che cosa somiglia esattamente un tubercolo di Darwin? Forse un piccolo schizzo sul retro di questo foglio...

Tom si fece dare il foglio e girandolo fece un rapido ma preciso schizzo a matita dell'orecchio destro, mostrando la forma in questione.

– Oh, grazie – disse Blandy, prendendo il foglio da lui. – Vedo. La piccola protuberanza è il tubercolo. Ma ditemi, questo disegno rappresenta bene anche altri particolari di questo specifico orecchio?

– Ho fatto del mio meglio.

– Per me va più che bene. E adesso veniamo ai capelli, c'è qualcosa che non capisco. Voi dite "capelli dal colore insolito, tra il castano chiaro e il biondo, però di una struttura particolare che rende quasi mutevole il colore". Potreste spiegarvi meglio?

– Ebbene – disse Tom – anche io non riesco a capire, e non ho mai visto capelli simili. Sono paragonabili a seta cangiante. Voi sapete che aspetto ha, cambia di colore a seconda di come la luce cade su di essa, in una certa posizione è verde, in un'altra viola. Ovviamente i capelli della signora Schiller non sono così cangianti, però pare davvero che mutino colore; la luce li rende talora dorati, talora castani.

– Non credete che possano essere stati tinti in qualche modo?

– È possibile. Capelli chiari tinti di nero talvolta sembrano rossi o porpora illuminati dalla luce, ma non ho mai avuto l'impressione che i suoi capelli fossero tinti. Comunque voi ne sapete certo più di me al riguardo.

L'ispettore ammise che forse era così e, dopo aver annotato la "spiegazione" sul retro del foglio, pose qualche domanda relativa agli altri punti della descrizione. Quando il quadro fu completo mise a posto con cura il documento e, dopo qualche attimo di riflessione, chiese:

– A ogni modo, signor Pedley, quando avete visto per l'ultima volta la signora Schiller?

– Il giorno della gita all'Epping Forest mi sono separato da lei e da Vanderpuye vicino all'antico campo britannico. Loro hanno preso il sentiero che conduce a High Beach e io mi sono diretto verso Great Monk Wood. Ci siamo salutati al bivio e da allora non l'ho più rivista.

– Piuttosto strano, non trovate?

– Allora pareva anche a me, ma non sapevo che sarebbe partita. In realtà pensavo che sarebbe passata da me entro un paio di giorni e avevo anche preparato una carta della foresta e una pianta in grande scala del campo britannico da mostrarle o prestarle.

– Perché? – chiese Blandy.

– Pensavo che avesse intenzione di andarci un'altra volta. Sembrava molto interessata al campo e ha anche proposto a Vanderpuye di tornare un'altra volta a esplorarlo e, visto che lui era d'accordo, l'ho considerata una cosa fatta.

– Voi non sapete per caso se ci siano davvero tornati?

– Non possono averlo fatto, visto che Vanderpuye non l'ha più rivista da quella sera. Anche voi avete sentito la sua affermazione durante l'inchiesta. Ma quello che non capisco è perché lei lo abbia proposto se aveva già deciso di recarsi a Birmingham.

– Infatti – assentì pensieroso l'ispettore – non ha molto senso. Mi chiedo...

Ma ciò che si chiedeva non trapelò mai, perché lasciò la frase a metà e Tom non approfondì l'argomento. Seguì un breve silenzio. Poi l'ispettore, prendendo la cartella, disse:

– Devo abusare ancora della vostra pazienza. Sareste così gentile da guardare questi quadri della signora Schiller e darmi un parere su di essi?

– Io, come sapete, non sono un critico, ispettore – obiettò Tom. – Il mio lavoro è quello di dipingere quadri, non di giudicare quelli degli altri.

– Lo so – disse Blandy – e apprezzo il vostro tatto. Però il punto è: la signora Schiller è davvero un'artista oppure è un'imbrogliona? Ora, guardate qui. – Tirò fuori il dipinto di Adamo ed Eva e lo mise sul tavolo. – A me pare un disegno realizzato da un bambino, e neanche tanto bravo.

Tom dovette ammetterlo. – Però – aggiunse – c'è una nuova tendenza nell'arte che accetta disegni infantili come oggetti d'arte. Io non ne sono convinto, ma certi intellettuali sì. Perché non chiedere l'opinione di un critico d'arte?

Blandy scosse la testa. – Non so che farmene, signor Pedley. Non voglio ascoltare un uomo esporre teorie prolisse. Io cerco dei fatti. Ora voi siete un autentico artista. Lo capisco anch'io. Voi sapete individuare un bravo artista e vi chiedo di dirmi, in via confidenziale, se la signora Schiller è un'artista in buona fede oppure una semplice imbrogliona. Ricordate che io sono un funzionario di polizia in cerca di informazioni, e penso che dovreste essere franco con me.

– Bene, ispettore – disse Tom – se la cosa può esservi utile vi dirò quel che so, ma senza esprimere mere opinioni. Io so che la signora Schiller non sa disegnare e non sa dipingere, e a quanto pare non è affatto portata alla pittura. Se lei sia o meno un'imbrogliona, questo non so dirvelo. Se lei crede davvero di essere un'artista, allora soffre di manie; se sa di non essere un'artista e finge di esserlo allora è un'imbrogliona. Questo è tutto.

– A me basta – disse Blandy. – All'altra domanda posso rispondere per conto mio. E ora faccio un salto a rimettere questa cartella dove l'ho trovata. Non so come ringraziarvi, signor Pedley, per la disponibilità con la quale avete messo a mia disposizione il vostro ampio bagaglio di conoscenze e la vostra davvero sorprendente memoria.

Dopo questo complimento finale strinse affettuosamente la mano a Tom e si fece accompagnare all'ingresso.

Dopo essersi congedato dal suo visitatore Tom tornò nello studio con un sospiro di sollievo sperando di non essere più coinvolto in quella spiacevole faccenda. E, nei giorni che seguirono, la sua speranza parve fondata. A poco a poco riprese la sua esistenza normale, ora lavorando nello studio a un nuovo soggetto ora recandosi all'aperto con cappotto e guanti ben caldi per fare un rapido schizzo invernale in qualche località ancora accessibile. Da uno sguardo di sfuggita gettato a un giornale apprese che la misteriosa Emma Robey non era stata ancora identificata e la ricerca dell'altrettanto misteriosa signora Schiller non aveva dato alcun esito. Però, tranne una certa curiosità per il ruolo avuto da Lotta nel crimine e la speranza che non si trovasse in qualche guaio, non era molto interessato alla vicenda. Il suo unico desiderio era quello di poter dipingere in santa pace.

Circa tre settimane dopo il caso si riaffacciò, ma di sfuggita, senza turbarlo più di tanto. Certo quando, dopo aver sentito il campanello, si recò ad aprire e si trovò davanti l'ispettore Blandy, provò un certo fastidio, ma il poliziotto minimizzò subito la causa della sua visita.

– Sono mortificato, signor Pedley, di dovervi importunare in questo modo, ma non vi tratterrò che un minuto. Siete stato così disponibile, l'ultima volta che vi ho fatto visita, da menzionare una pianta del campo britannico di Loughton che volevate mostrare o prestare alla signora Schiller. Ora vengo a chiedervi se volete essere così gentile da lasciarmela vedere.

– Ma naturalmente, ispettore – rispose Tom, accompagnandolo nello studio. – Volete guardarla qui oppure portarvela via per esaminarla con comodo?

– Questa è una proposta assai cortese – disse Blandy, che ovviamente era venuto per prendere in prestito la pianta. – Non osavo chiedervelo, ma se voleste essere così gentile...

– Si figuri – rispose Tom, aprendo un armadio e ispezionando gli scaffali. – Ah, eccola. Si tratta solo di un opuscolo, vedete, con una cartina pieghevole nel testo, così da avere tutte le informazioni a portata di mano. Spero che vi sarà utile e non occorre che vi affrettiate a riportarmela.

Consegnò il libretto all'ispettore che, dopo avergli dato un'occhiata, lo infilò in tasca e si accomiatò come promesso, profondendosi in ringraziamenti. Quindi Tom tornò nello studio e si accinse a riprendere il lavoro, ma ormai la curiosità si era impadronita di lui. La faccenda era alquanto singolare. Perché mai all'ispettore serviva la carta? E come mai quell'improvviso interesse per il campo britannico? Tom continuò a rimuginare a intervalli queste domande per il resto della serata, senza trovare delle risposte. Non ci capiva nulla, e alla fine si disse che l'unica cosa da fare era attendere sviluppi.

Non dovette attendere a lungo. Il mattino dopo quando uscì per fare un po' di spesa si trovò davanti un vistoso poster fuori dell'edicola con una scritta a caratteri cubitali:

OMICIDIO DI JACOB STREET: SVILUPPI CLAMOROSI

ed entrò subito a comprare un giornale. Una sola occhiata ai titoli a sensazione della prima pagina lo illuminò sullo scopo della visita dell'ispettore, poi ripiegò il giornale, infilandolo in tasca, per poterlo leggere con più calma e attenzione una volta terminata la spesa.

Infine, finito il suo giro, rientrò nello studio; depositò i pacchi sul tavolo, tirò fuori il giornale e, accomodandosi su una sedia confortevole, lesse l'intero articolo. Questo il succo:

Ieri mattina una guardia forestale, compiendo il suo giro in quella parte dell'Epping Forest che forma Loughton Manor, ha fatto una scoperta sbalorditiva. Seguendo il sentiero che costeggia le antiche fortificazioni britanniche conosciute come Loughton Camp, ha notato tra le radici degli alberi verso il pendio, quasi nascosta tra le foglie cadute, una borsetta da donna. Salendo sul pendio e spostando le foglie l'ha raccolta e, avendo notato le iniziali L.S. sull'esterno, l'ha aperta per vedere se conteneva qualcosa che potesse far identificare la proprietaria. All'interno vi ha trovato un portabiglietti da visita in pelle contenente diversi biglietti da visita, e tirandone fuori uno lo ha letto: "Signora L. Schiller, 39 Jacob Street, Hampstead Road, Londra".

Poiché ricordava di aver letto quel nome sui giornali si è subito reso conto dell'importanza del ritrovamento e si è recato senza indugio alla stazione di polizia di Loughton dove ha consegnato la borsetta al poliziotto di servizio descrivendo con precisione il luogo dove l'aveva trovata. Un'ispezione preliminare ha dimostrato che la borsetta conteneva, oltre ai biglietti da visita, altri due oggetti di notevole interesse. Uno era un fazzolettino blu recante il nome "Lotta" inciso in seta blu, in un angolo, molto simile al fazzoletto trovato sulla donna assassinata, Emma Robey; l'altro era un borsellino per le chiavi con un anello girevole per ogni chiave. C'erano sei anelli ma solo quattro chiavi e si poteva vedere, grazie ai segni lasciati sulla pelle, che le due chiavi mancanti erano rispettivamente la chiave di una serratura a scatto e quella di una porta interna o di un armadio grande. Dopo questa ispezione il commissario ha informato telefonicamente il quartier generale a Scotland Yard e nel frattempo ha inviato un detective ad accompagnare la guardia forestale fino al luogo in cui era stata trovata la borsetta, per delimitare l'area e sorvegliarla fino all'arrivo di rinforzi.

In risposta al suo messaggio telefonico il commissario è stato informato che un funzionario del C.I.D. *avrebbe condotto le indagini, e circa un'ora dopo è arrivata una macchina della polizia con l'ispettore Blandy e il sergente Hill, entrambi del* C.I.D. *Questi due agenti, dopo aver visto e preso in consegna la borsetta, sono stati condotti sul luogo dove li attendeva il detective locale e, insieme a lui e alla guardia forestale, hanno esaminato attentamente i dintorni. Non avendo scoperto nulla sono saliti sul pendio e poi discesi nel perimetro del campo, dove si sono separati e hanno perlustrato metodicamente il terreno, che era coperto da una vegetazione di carpini cimati e da uno spesso strato di foglie morte.*

La ricerca sembrava infruttuosa, ma alla fine è stata premiata con una nuova scoperta, ancora più significativa. Nascosto in un avvallamento tra le radici di un piccolo carpine il sergente ha scovato un medaglione d'oro, che ha subito segnalato all'ispettore facendo nel frattempo un segno di riconoscimento sull'albero. L'esame ha rivelato un gingillo bello e prezioso, smaltato e riccamente decorato, recante incise le iniziali "L.S.". Una volta aperto si è visto che un lato era occupato dal ritratto di un gentiluomo di colore in toga e parrucca e l'altro conteneva quella che a prima vista sembrava la molla del bilanciere di un orologio mentre era in realtà una crocchia di capelli del tipo africano, appartenenti presumibilmente alla testa del gentiluomo forense.

La perlustrazione non ha portato ad altre scoperte, ma questi due oggetti appartenuti alla donna scomparsa consentono di formulare numerose congetture...

A questo punto l'articolista esponeva le sue congetture sulla vicenda, che non occorre riportare, alla quali Tom prestò poca attenzione dato che non dicevano niente che lui già non sapesse. Però rifletté sui fatti venuti alla luce e certe inquietanti domande sorsero spontaneamente.

Che cosa era realmente accaduto a Lotta? Era stata trascinata in quel posto solitario e uccisa? Questa era l'ipotesi più plausibile, e a quanto pare considerata valida anche dalla polizia, a giudicare dall'improvviso interesse dell'ispettore per la cartina, dopo il ritrovamento del medaglione, che lasciava intendere un'ulteriore e più approfondita perlustrazione. Ma che cosa ci faceva lei nella foresta? Quando e perché era andata lì? Chi c'era con lei e quale legame esisteva tra la nuova tragedia e l'omicidio di Emma Robey? Che ci fosse un legame sembrava provato dalle chiavi mancanti e dalla singolare somiglianza tra i due fazzoletti; quest'ultimo particolare sembrava indicare un coinvolgimento di Lotta nella faccenda.

Però tutto era così oscuro e nebuloso. Tom non ci si raccapezzava e infine decise di attedere nuovi sviluppi e di evitare, nel frattempo, di fissarsi sulla vicenda. Più facile a dirsi che a farsi. Infatti sebbene Lotta non gli fosse mai piaciuta più di tanto, era preoccupato al pensiero che potesse esserle capitata una disgrazia e ancor di più che potesse essere coinvolta in qualche modo in un crimine così atroce.

10. Il campo rivisitato

Per l'ennesima volta Tom Pedley stette sul bivio all'altezza dell'antico campo britannico, scrutando pensieroso il sentiero che conduceva a High Beach. Sotto un grigio cielo invernale la scena mancava di quella bellezza e gaiezza che lo avevano affascinato l'ultima volta che l'aveva guardato, con uno degli ultimi soli d'autunno a illuminare il magnifico manto degli alberi di faggio inondando di riflessi dorati gli arbusti e di smeraldo il tappeto erboso. Eppure la scena gli tornò alla mente, non per la prima volta, in modo ancora vivido: due figure che si allontanavano marciando e chiacchierando allegramente, sempre più piccole a ogni passo, e che si fermavano, infine, alla curva per salutare. Non poteva certo immaginare, rispondendo al saluto di Lotta, che non l'avrebbe più rivista, che quella mano che lo salutava gli dava l'addio e che scomparendo dietro la curva sarebbe uscita per sempre dalla sua vita.

La sua presenza nella foresta non era del tutto volontaria. Non voleva venire. Però il suo amico Polton lo aveva implorato con tanta insistenza di cogliere questa occasione che lui, Polton, si era procurato, che non aveva avuto il coraggio di deluderlo. Così adesso era lì, facendo buon viso a cattivo gioco soprattutto per rispetto dei sentimenti dell'amico.

Si trattava di perlustrare a fondo i dieci o dodici acri di terreno racchiusi nei baluardi, con lo scopo di chiarire il mistero della scomparsa di Lotta Schiller. All'inizio tutti gli indizi sembravano indicare che lei era stata assassinata, e in tal caso le probabilità che fosse stata occultata in quello spazio erano altissime. Perciò la polizia, volendo dissipare ogni dubbio in proposito al più presto, decise di perlustrare con il massimo scrupolo possibile l'area sospetta.

C'era però un problema. Siccome il campo era classificato come monumento antico scavi indiscriminati erano inconcepibili. Quella difficoltà, comunque, fu superata con facilità. Un occhio esperto riconosce all'istante il terreno smosso, per quanto si cerchi di nascondere la cosa, e di certo non mancavano occhi esperti nel Dipartimento d'Investigazione Criminale. Fu anche predisposto l'invio da parte del Ministero dei Lavori Pubblici di un rappresentante, e la partecipazione, alle ricerche del C.I.D. guidate dall'ispettore Blandy, di alcuni volontari competenti in materia dell'Essex Field Club e del signor Elmhurst, l'eminente archeologo del Kent, che con la sua grande esperienza in materia di scavi archeologici era assai stimato sia dalla polizia che dal Ministero dei Lavori Pubblici. Così si era sicuri di esplorare a fondo il sito evitando danni al patrimonio archeologico.

Ora avvenne che Polton, avuto sentore di questa iniziativa, fosse ansioso di prendervi parte. Infatti quell'abile artigiano aveva seguito con grande interesse, quasi con diletto, ogni fase del crimine che lui stesso aveva contribuito a scoprire. E adesso stava per essere recitato l'atto finale della tragedia, con la possibile esumazione del cadavere come epilogo. Era troppo per lui. A tutti i costi doveva assicurarsi un posto in prima fila. E ci riuscì. Offrendo in modo abile e persuasivo alla sua vecchia conoscenza, l'ispettore Blandy, la sua assistenza in materia di fotografia e di forme riuscì a strappare un sì a quell'affabile poliziotto. Ma fece ancora di più: prospettando all'ispettore l'incalcolabile importanza di avere a disposizione un uomo come Tom Pedley per identificare oggetti o resti, e stavolta convincendolo sul serio, ottenne un altro sì, per la gioia sua più che per quella di Tom. Così ora erano lì con gli altri in perlustrazione, con Polton che seguiva ogni movimento con estremo interesse mentre Tom gironzolava nei pressi del campo facendo saltuarie ispezioni.

L'esame fu condotto con grande professionalità. Il recinto fu suddiviso in sezioni tracciando delle linee con la matita sulla pianta, e ogni sezione fu picchettata sul terreno e perlustrata a fondo prima di passare alla successiva. L'intera operazione non fu svolta da operai, ma dagli stessi abili esploratori, che rimossero con delicatezza lo spesso strato di foglie morte, quasi una per una, per non smuovere il terreno e scoprire eventuali tracce, cosa che avvenne proprio nella prima sezione; erano le tracce confuse ma riconoscibili di due paia di piedi, quelli di un uomo e di una donna.

– Non sono impronte molto buone – disse Blandy quando Polton si offrì di fare un calco e una fotografia. – Lasciate sulle foglie, a quanto pare. Le ricopriamo per il momento e vediamo se troviamo qualcosa di meglio.

Così deposero con cura un sacco vuoto sulle impronte e proseguirono. L'altra sezione rivelò più orme, anch'esse però poco profonde e indistinte, probabilmente a causa dello spesso strato di foglie che c'era tra il piede e il terreno; e la cosa si ripeté per altre due sezioni, che rivelarono anch'esse le vaghe impronte di due paia di piedi, disposte parallelamente, indicando quindi che le due persone camminavano affiancate.

A questo punto l'ispettore, che stava studiando con grande concentrazione la pianta, richiamò il sergente Hill:

– Non ci stiamo avvicinando all'albero che abbiamo segnato, sergente? Ho fatto una croce a matita sulla pianta, ma ho tirato a indovinare, lontano dal posto.

– Penso che abbiate ragione, signore – rispose il sergente. – Era qui da qualche parte. Vado un po' più avanti e vedo se riesco a trovarlo.

Si avviò calpestando delicatamente il tappeto marrone rossiccio delle foglie e scrutando tra i bizzarri faggi nani e i carpini che si spingevano l'un l'altro nel recinto, come una fantastica folla di amadriadi, estendendo le loro tortuose radici sulla superficie. Poi scomparve in quella foresta in miniatura, e solo il fruscio proveniente dal sottobosco rivelava la sua attività nascosta. All'improvviso l'ispettore udì un rumore più sordo, come quello di un corpo che cade, accompagnato da imprecazioni, e qualche momento dopo ricomparve il sergente con un'andatura lievemente barcollante.

– Inciampato su una di quelle maledette radici – spiegò, fermandosi per pulirsi il piede destro – però ho trovato l'albero, signore, e ho messo il mio fazzoletto ai piedi del tronco così che non possiamo sbagliarci.

Nel frattempo gli esploratori continuavano la loro incessante ricerca, scoprendo l'intera superficie di una sezione, esaminandone minuziosamente ogni zolla e passando quindi a picchettare la seguente, sotto la direzione del signor Elmhurst, che adoperava un nastro metrico e annotava i particolari sulla sua copia della pianta. Nel corso delle sue misurazioni si imbatté nell'albero marcato, che era racchiuso nella nuova sezione e che, essendo stato localizzato esattamente per mezzo del nastro, acquisì una propria collocazione e un nome sulla pianta.

– Ora – disse il sergente – dobbiamo capire il significato di quel medaglione. Qualcosa deve essere accaduto, e deve essere accaduto proprio qui; e io penso che sarebbe il caso di mettere giù qualche sacco per i piedi.

La proposta fu accettata e, quando i sacchi furono stesi sul terreno, l'intero gruppo di esploratori si concentrò su quell'area, sgombrando un'ampia striscia in direzione dell'albero e scrutando il terreno palmo a palmo. Ci erano ancora le impronte, vaghe e indistinte, delle due paia di piedi, che continuavano sempre parallele fin quasi a pochi centimetri all'albero. Lì si assisteva a due repentini cambiamenti. Non più confuse, le orme adesso erano chiare, nitide e ben impresse nel terreno umido e argilloso; e invece di due linee ordinate e parallele apparve un mucchio confuso di orme che andavano in ogni direzione e talora si sovrapponevano e si cancellavano a vicenda su un'area abbastanza estesa. Una di queste linee portava all'albero, ma sebbene le due paia di piedi potessero ancora essere distinte non erano più affiancate. Entrambe proseguivano diritte con le punte ben evidenziate, ma mentre le orme della donna erano state in alcuni punti calpestate, quelle dell'uomo invece erano ancora intatte.

– Sembrano raccontare per filo e per segno la loro storia, vero? – disse il sergente, osservando criticamente l'intero gruppo dal suo sacco, rivolto al signor Elmhurst.

– Pare anche a me – rispose quest'ultimo. – La mia interpretazione è che la coppia ha camminato insieme fino a questo luogo, affiancata e a quanto pare abbastanza amichevolmente; poi l'uomo improvvisamente l'ha assalita e qui c'è stata una lotta con conseguente fuga della donna e inseguimento da parte dell'uomo.

– Più o meno è andata così – assentì il sergente – e ora la domanda è: come è andata a finire? Per amor del cielo state attenti nello scoprire il resto delle tracce.

Ma l'avvertimento era superfluo, perché tutti gli esploratori adesso erano estremamente concentrati e, conoscendo la posizione delle tracce, potevano costeggiarle evitando il rischio di calpestare le impronte.

– Stavolta siamo fortunati, signore – fece notare il sergente a Blandy – perché le impronte che ci interessano sono giusto quelle più chiare. Il terreno deve essere stato scoperto in quel momento e coperto dalle foglie più tardi. Spero solo che anche il resto delle tracce sia così nitido.

– Non è molto importante – rispose l'ispettore. – Sappiamo che erano qui, e sappiamo chi era uno di loro. La domanda che conta è: che ne è stato della donna?

Questa domanda sembrò trovare una risposta qualche minuto dopo; infatti di fronte all'albero segnato si estendeva un'area con il suolo calpestato pesantemente, sul quale le impronte delle due paia di piedi erano così intrecciate e confuse che a malapena si poteva distinguere un'orma. Le speranze del sergente si realizzarono. Le impronte a quanto pare erano state lasciate su un terreno sgombro e le poche ancora intere erano profonde e assai chiare.

– Bene, signore – disse il sergente – devono essersele date di santa ragione. Lui ha dovuto faticare. Mi chiedo come...

Non completò la frase, perché l'ispettore non lo stava ascoltando. Il suo occhio acuto doveva aver notato qualcosa più in là, perché dopo uno sguardo lungo e penetrante, accompagnato dall'inevitabile sorriso, avanzò sulle foglie con un sacco in ogni mano verso un punto oltre l'albero dove si stava ancora sgombrando il terreno. Poi depose un sacco, ci si mise sopra, si curvò e scrutò il terreno ai suoi piedi. Dopo un minuto abbondante, si rialzò e guardò intensamente il sergente, che lo aveva seguito.

– Sissignore – disse il sergente – capisco cosa intendete dire. Qui c'è stato l'epilogo. C'è un solco evidente lasciato dai talloni della donna quando è scivolata, e ci sono due segni che mostrano chiaramente i tacchi delle scarpe. Questi sono i segni lasciati da qualcuno disteso sulla schiena. Mi pare di individuare un'impronta del corpo.

– Mi pare! – ripeté impaziente l'ispettore – ma se è chiaro come il sole. Lei è caduta sul quel gruppo di orme appiattendone alcune. Si può ancora vedere dove si trovavano le spalle, e più in là sul quel debole segno deve esserci stata la testa; proprio sotto di noi le orme sono leggermente appiattite in corrispondenza delle anche. Non è molto chiaro ma in compenso è logico.

Tirò fuori un metro a nastro dalla tasca e, curvandosi, misurò la distanza dalle due impronte dei tacchi fino al centro del confuso appiattimento.

– Sì – riferì con il pollice sul nastro – ottantacinque centimetri, e lei era alta circa un metro e settantacinque. Ora dobbiamo chiederci che è successo dopo. Non può essersi rialzata senza aver lasciato certe orme particolari, che qui però non ci sono. Invece ci sono una o due impronte molto nitide dei piedi dell'uomo che sembrano essere sopra le altre. Andiamo a vedere dove portano.

Raccolse i suoi sacchi, seguito dal sergente, e si avviò verso le foglie ammucchiate al lato della traccia scoperta, seguendo concentrato, con gli occhi, le impronte che erano state portate alla luce, fino a quando raggiunse il luogo dove il lavoro di sgombero era ancora in corso.

– Soltanto una linea di orme, vedete – osservò. – Neanche un segno della donna, eppure se lei fosse venuta qui dovremmo scorgere almeno le tracce dei suoi tacchi. Che ne pensate di queste impronte? Vi sembrano particolarmente profonde?

– Me lo stavo giusto chiedendo – rispose il sergente. – Dovrebbero esserlo se lui stava portando il corpo di una donna che poteva essere pesante quasi quanto lui. Però è difficile giudicare.

– Infatti – assentì Blandy – e comunque resta sempre solo un'opinione. A noi servono misure precise. Mi chiedo se il signor Polton abbia portato l'occorrente per i calchi.

– Se lui non l'ha portato ce l'abbiamo noi – disse il sergente, un po' infastidito dalla presenza di quell'intruso – e siamo sicuramente all'altezza.

– Naturalmente lo siamo – disse Blandy, usando con tatto la prima persona – però Polton non solo è all'altezza, ma è un esperto di prim'ordine. Vediamo se ha portato il suo kit.

Non fu difficile appurarlo, perché Polton eccitato dalla scoperta dei "segni di una lotta" aveva seguito con discrezione l'ispettore, guardando con avidità ogni segno rivelatore. Quando l'ispettore toccò quell'argomento i suoi occhi scintillarono.

– Sissignore – rispose con ardore. – Ho con me una buona scorta del miglior gesso per scultori e abbastanza acqua per poter iniziare. Se avete bisogno di forme per la misurazione sarà necessario includere la superficie del terreno circostante l'orma.

– Esatto – rispose Blandy – questa sarebbe l'intenzione. Dateci un bordo che possa essere misurato.

– E per un controllo, signore? Dopo che avrò fatto un calco di una di queste impronte, volete che ne faccia uno di quelle dove i due camminavano insieme?

– Certo, se volete essere così gentile. Dobbiamo poterle confrontare per accertare se queste impronte sono più profonde delle altre.

Ricevute tali istruzioni Polton raggiunse celermente l'ingresso del campo, dove aveva depositato il suo kit, e ritornò portando una pesante valigia e un recipiente per l'acqua da un litro e mezzo. L'ispettore scelse un'orma campione, il signor Elmhurst ne segnò la posizione sulla sua copia della cartina, con una lettera particolare, e Polton aprì la sua borsa e si mise al lavoro. Nel frattempo gli esploratori, che seguivano ancora le tracce, avevano scoperto altri cinquanta metri del percorso del camminatore solitario, ora confuso a causa dello spesso strato di foglie, ora più chiaro dove aveva calpestato un suolo sgombro da foglie. L'attenzione dell'ispettore però, insieme a quella del sergente e del signor Elmhurst, in quel momento era rivolta a Polton, che maneggiava con rapidità e destrezza il gesso.

– Di solito non spruzzate un po' di vernice sull'orma prima di versare il gesso? – chiese l'ispettore.

– Non con l'argilla, signore – rispose Polton. – L'argilla, l'argilla umida come questa, assorbe bene il gesso e fornisce una bella forma nitida. Inoltre ci sono le misurazioni. Sarà una faccenda delicata e anche una sottile pellicola di vernice potrebbe falsarle.

– Verissimo, signor Polton – assentì Blandy. – Dobbiamo spaccare il capello.

Così il formatore passò alla fase successiva. Dopo aver versato il gesso e calato i supporti di ferro era in attesa che la superficie solidificasse quando uno degli esploratori accorse tenendo con cura tra l'indice e il pollice un oggetto.

– Abbiamo trovato questo, ispettore, in mezzo alle foglie, proprio ai piedi del pendio – comunicò consegnando l'oggetto, un bottone in legno dipinto, a Blandy. – Ho pensato che era meglio portarvelo subito.

– Molto bene – disse Blandy, prendendo il bottone e guardandolo con blando interesse. – Quindi avete raggiunto il pendio.

– Sì, e ci sono delle orme su di esso, piuttosto indistinte ma inequivocabili e c'è anche un ramo rotto che potrebbe aver ceduto quando l'uomo l'ha afferrato per arrampicarsi.

– E le impronte? Nessuna traccia della donna?

– No, a meno che quel bottone non appartenga a lei, il che pare probabile.

– Infatti – disse Blandy – ma dobbiamo esserne sicuri. – Guardò pensieroso il bottone e poi lo porse a Polton, che lo prese e, dopo averlo esaminato minuziosamente, glielo restituì.

– Non posso identificarlo – comunicò con rammarico – ma era improbabile, avendo visto così raramente la donna. Però il signor Pedley potrebbe farlo. La vedeva abbastanza spesso e, eccolo, sta risalendo il sentiero proprio adesso.

Tom si stava avvicinando piuttosto stancamente costeggiando i margini ancora coperti del sentiero e, quando l'ispettore gli mostrò il bottone, affrettò il passo.

– Questo bottone è stato appena raccolto, signor Pedley – disse Blandy. – Sapete dirci qualcosa al riguardo?

Tom lo prese e dopo una rapida occhiata rispose:

– Sì. È un bottone della giacca della signora Schiller.

– Sembrate abbastanza sicuro – disse Blandy. – Intendete dire che lei aveva bottoni di questo tipo sulla sua giacca oppure che potete identificare questo bottone con certezza? A me sembra un comune bottone come se ne trovano tanti da Woolworth's.

– Da lì proviene, infatti – rispose Tom. – Un semplice bottone di legno rivestito di una vernice vetrosa cellulosica. Ma lei voleva decorarli con un motivo dipinto e mi ha chiesto un parere su come fare. Le ho consigliato di usare dei comuni colori a olio e vernice di copale; lei, dopo averli dipinti, non avendo vernice di copale li ha portati da me e io vi ho steso sopra uno strato di vernice. Questo è sicuramente uno di quei bottoni. L'ho riconosciuto subito dal materiale, dalla tecnica e dal motivo, che credo rappresenti una specie di fiore.

– Allora – disse Blandy – voi potreste giurare, in un'aula di tribunale, che questo bottone apparteneva alla giacca della signora Schiller?

– Certamente – rispose Tom. – Ho visto i bottoni sulla giacca che, comunque, era verde; e qui c'è un filo di seta verde ancora attaccato all'asola del bottone.

– Sì – disse l'ispettore, controllando il bottone quando Tom glielo restituì – descrizione esatta e inequivocabile. Vorrei che anche le altre prove fossero altrettanto chiare.

Infilò con cura il bottone in una busta e dopo averlo riposto in una tasca interna si rivolse al volontario che l'aveva portato. – Verrò con voi e mi mostrerete il luogo preciso dove avete trovato questo bottone. Hanno finito di ripulire il pendio?

– No, ispettore. Hanno solo cominciato, ma avremmo potuto vedere le orme sul pendio se le foglie non vi si fossero depositate così fitte.

– Allora forse nel frattempo è emerso qualcosa di nuovo – disse Blandy, dopo di che si avviò lungo il margine del sentiero, accompagnato dal suo informatore e seguito dal sergente e dal signor Elmhurst, ma non da Polton, che non osava lasciare a metà la sua impronta.

Quando il gruppetto arrivò sul pendio la fiduciosa congettura dell'ispettore si rivelò esatta. Le orme su quella ripida costa, per quanto confuse fossero, erano comunque più che decifrabili. Lo sconosciuto vi si era arrampicato più di una volta, a quanto pare con l'aiuto dei rami più bassi di un faggio cimato, uno dei quali si era spezzato sotto il suo peso. In un punto un segno allungato indicava che l'uomo era scivolato e in un altro i segni profondi dei tacchi mostravano che era sceso per il pendio fino al campo perlomeno una volta.

– Pare che sia salito fino in cima per vedere se la via era libera dall'altra parte – osservò il sergente – e poi è tornato a prendere qualcosa, e noi possiamo indovinare che cosa.

– Non c'è bisogno di indovinare – disse Blandy – guardate qui.

Stando sulle foglie spazzate ai lati indicò due piccole e vaghe impronte sul terreno ripulito, ognuna della quali mostrava un incavo aguzzo.

– Avete ragione, signore – assentì il sergente, allungando prontamente il collo in avanti. – Queste sono le orme della parte posteriore di un paio di piedi, e questi piccoli segni aguzzi mostrano che si trattava di piedi femminili. Nessun tacco maschile lascerebbe simili segni.

In quel momento arrivò in tutta fretta Polton con valigia e recipiente. Mise la valigia sulle foglie, la aprì e ne trasse un fascio di garza dal quale estrasse la forma appena realizzata e la fece esaminare.

Il sergente la guardò e rise tra sé e sé. – È davvero portentoso – disse – somiglia proprio alla suola di una scarpa bianca e per un confronto può sostituire benissimo la scarpa stessa. Che ne dite signor Polton, si può fare un calco in gesso di queste due impronte?

– Giusto quello che stavo pensando, sergente. Allora signor Polton? Avete una scorta sufficiente di gesso?

– Con un po' di attenzione ne ho abbastanza per tre o quattro impronte – rispose Polton. – Queste orme piccole e poco profonde non ne consumeranno molto e me ne resterebbe a sufficienza per eventuali altre impronte.

– Grazie – disse Blandy. – È abbastanza importante, visto che le impronte probabilmente ci diranno come erano fatti i tacchi.

Così Polton si mise al lavoro immediatamente, mentre l'ispettore riprendeva il suo esame del pendio, salendo sulla cima e scrutando accuratamente il terreno. Qui trovò tracce confuse di qualcosa che era stato trascinato fin lassù e, cosa ancora più importante, un sottile filo di seta verde rimasto impigliato all'estremità di un ramoscello spezzato. Mise quest'ultimo nella busta con il bottone e su di essa annotò alcuni appunti. Poi ridiscese il versante esterno del pendio e perlustrò il terreno. Qui però la situazione era tutt'altro che propizia, poiché si trovava su un sentiero antico e molto battuto di torba sul quale non restava impresso alcun tipo di impronta, come accertò dopo alcuni passi notando la totale assenza di orme.

– Bene – disse mestamente al signor Elmhurst che, con il sergente, lo aveva seguito fin laggiù – a quanto pare siamo arrivati alla fine della traccia. Potete vedere dove è andato?

– Niente che sia più leggero di un cavallo lascerebbe tracce su questa torba. Proveremo a rintracciarle più lontano, se ha veramente portato il corpo fuori del campo. Di questo non siamo sicuri. Non abbiamo ancora finito di ripulire la superficie e fino a quando non abbiamo perlustrato l'intero campo non possiamo essere certi che il corpo non sia nascosto lì, in fin dei conti.

L'ispettore non sembrò molto sollevato da questo piccolo incoraggiamento.

– No – ammise – però abbiamo seguito le tracce fino alla cima del pendio ed è evidente che lui ha preso quella direzione. Comunque voi avete ragione. Non dobbiamo scartare nessuna eventualità.

La ricerca fu quindi temporaneamente sospesa. Elmhurst tornò dagli esploratori e riprese l'analisi sistematica del campo; Polton, dopo aver finito i piccoli calchi, che mostrarono chiaramente il retro di una scarpa da donna con i tacchi alti, ritornò lungo il percorso e fece un calco "di controllo" delle orme dell'uomo, dove stava camminando con l'altra persona, uno di quelle della donna nello stesso punto, e uno dei due piedi della figura stesa a terra vicino all'albero; e in tutti questi casi fotografò le impronte prima di trarre i calchi.

Tutto questo, intervallato dalle necessarie soste logistiche, richiese tempo e ormai stava per scendere la sera quando il signor Elmhurst fece il suo rapporto all'ispettore.

– Bene, ispettore – disse – lei non è qui. Abbiamo esaminato ogni zolla del campo e niente indica che il terreno sia stato smosso. Alla fine di questa complessa ma evidentemente necessaria operazione possiamo affermarlo senza ombra di dubbio.

– Va bene – assentì mestamente Blandy – però si tratta di un risultato deludente.

– Temo di sì – ammise Elmhurst. – Tuttavia al di là di questa constatazione l'inchiesta non è chiusa. Se lei non è qui, deve essere altrove. E – aggiunse a mo' di incoraggiamento – abbiamo ancora tutto il resto della foresta, eventualmente con stagni e laghi.

Il sorriso di Blandy fu meno benevolo del solito. – L'idea di un uomo – disse – che se ne va in giro per la foresta, per di più di notte, portandosi dietro il corpo di una donna di taglia robusta, non mi convince. Comunque suppongo che dovremo considerare questa possibilità.

Poi, insoddisfatto, pose fine alla perlustrazione che era cominciata al mattino in maniera così promettente. I giorni successivi la polizia, aiutata dalle guardie forestali e dai membri di un club locale, setacciò radure e boschetti, coperti ora da un tappeto di foglie, cercando invano tracce della donna scomparsa. Gli stagni di Cuckoo Pits e vari altri specchi d'acqua furono dragati, i corsi d'acqua perlustrati alla ricerca di orme, ma senza esito. Quando, infine, la ricerca fu abbandonata, il verdetto dell'ispettore Blandy si rivelò esatto. I segni sulla sommità del bastione erano "la fine della traccia". In quel punto Lotta Schiller, viva o morta, era svanita nel nulla; per andare dove e in quale stato nessuno era in grado di dirlo. Era sparita, portando con sé il segreto (se le era noto) della misteriosa morte di Emma Robey e del nome del suo assassino.

Indubbiamente la polizia continuò a occuparsene e a indagare, e comunque non trapelò il benché minimo accenno a nuovi sviluppi. Per il signor Polton, con il suo dossier di ritagli di giornale ormai sistemati a dovere in uno scaffale appropriato, il fallimento costituiva una delusione che sperava fosse solo temporanea. Per Tom Pedley fu una specie di sollievo, e con il passare prima delle settimane, poi dei mesi e infine degli anni la memoria di quei tragici avvenimenti a poco a poco divenne quasi troppo labile per essere dolorosa.

Parte seconda. Il fattore sconosciuto, storia narrata dal dottor Christopher Jervis

11. Il signor Penfield apre le danze

La storia della montagna che partorì il topolino è nota a noi tutti, ma nessuno di noi, presumo, ha mai sentito parlare del topolino che partorì la montagna. Eppure visto che siamo nel campo delle cose impossibili l'una metafora vale l'altra. Tuttavia non discuterò questo problema. Ho accennato alla seconda metafora unicamente per introdurre la verità che azioni banali di persone comuni possono produrre eventi di enorme rilevanza; un'affermazione abbastanza ovvia da poter essere afferrata senza bisogno di ricorrere a metafore. Quanto alla sua applicazione riguardo alla storia strana e tragica che sto per raccontare, forse farei meglio a tornarvi a tempo debito, osservando solo per il momento che il nome del topo super prolifico era Nathaniel Polton, che si dà il caso sia il nostro assistente di laboratorio nonché il devoto maggiordomo del dottor Thorndyke.

Il nostro primo contatto con la vicenda fu casuale. L'occasione fu una visita del nostro vecchio amico, il signor Joseph Penfield, di George Yard, Lombard Street, nelle nostre stanze al 5a di King's Bench Walk. Ufficialmente si trattava di un consulto professionale, condotto però da Thorndyke con la consueta familiarità, una familiarità che imbarazzava e nel contempo rallegrava i nostri amici forensi. In quel momento il signor Penfield era seduto comodamente su una poltrona accostata al camino, con le gambe distese, la sua tabacchiera d'argento e un bicchiere di sherry su un tavolinetto al suo fianco.

– Bene – disse – con ciò tutti i miei problemi sembrano risolti. Ora so tutto quello che volevo sapere, o perlomeno credo, grazie alla vostra lucida e dotta esposizione. Suppongo che un procuratore legale con quasi quarant'anni di anzianità di servizio e di esperienza non dovrebbe averne bisogno, però talvolta quando vengo qui a discutere con voi di argomenti giuridici mi sembra di essere uno scolaretto.

– È una sensazione decisamente fuorviante – disse Thorndyke. – Il fatto è che voi di solito ci consultate su problemi che esulano dal vostro campo specifico e rientrano nel nostro. Su questioni riguardanti la proprietà e le cessioni di proprietà probabilmente voi potreste farci sentire degli scolaretti, mentre su argomenti quali i diritti dei superstiti alle quote lasciate da defunti o la presunzione di morte, in cui entrano in gioco conoscenze mediche o scientifiche, noi siamo avvantaggiati.

– Questo è vero – assentì il signor Penfield, con un'enfasi che sembrò eccessiva. – Verissimo.

Fece una pausa fissando pensieroso il fuoco. Poi, dopo essersi rifocillato con una delicata presa di tabacco e un piccolissimo sorso di sherry, continuò:

– Sono contento che abbiate menzionato l'argomento della presunzione di morte, giacché mi sto occupando proprio di un simile caso.

– Vi riferite a una sua eventuale richiesta? – chiese Thorndyke.

– No – rispose Penfield – al contrario, sto considerando l'eventualità di contestarne una. Non ho ancora preso una decisione ma, in qualità di esecutore e amministratore della persona di cui si presume la morte, ho l'obbligo di contestarne l'applicazione. È mio dovere, ovviamente, badare agli interessi del mio cliente, e poiché la presunzione di morte è diversa dalla morte effettiva, c'è sempre la possibilità che la persona che si presume morta sia invece viva. Sarebbe estremamente imbarazzante se, presunta la morte e spartito il patrimonio, il cliente dovesse farsi vivo per chiedere conto della mia gestione. Mi sentirei in colpa se accettassi passivamente questo principio.

– Suppongo – affermò Thorndyke – che ci siano motivi ben fondati per ritenere morta questa persona.

– È necessario. In questo caso ci sono buone ragioni per credere che la persona sia stata assassinata e, anche se mancano prove dirette dell'omicidio e il corpo non è mai stato trovato, la persona non è più stata vista né sentita dal momento del presunto crimine. Visto che si tratta di un episodio recente, accaduto solo due anni fa, devono esserci prove indiziarie consistenti per rendere possibile l'applicazione del principio, ma ancora non ho affrontato la questione.

– E per quello che riguarda le circostanze concomitanti suppongo che le conosciate benissimo.

– Niente affatto, e non sono molto interessato a esse, visto che difficilmente possono essere determinanti. Il problema è se possiamo davvero presumere la morte di questa donna. Su questo deve pronunciarsi il tribunale ed è questo che mi interessa.

– Così – osservai – il nostro cliente è, o era, una donna.

– Sì, una certa signora Schiller.

– Non Lotta Schiller! – esclamai.

– Ah, allora conoscete il nome. Forse anche qualcuna delle circostanze?

– Infatti. Polton conosceva la signora, e ha mostrato un interesse quasi morboso per le circostanze della sua scomparsa. Ha raccolto tutto quello che ha trovato sull'argomento e ha partecipato alla ricerca del corpo, facendo calchi e fotografie delle orme. Forse ha ancora le fotografie.

– Ah – disse il signor Penfield – molto interessante; sebbene un'orma faccia pensare piuttosto a una persona viva. Comunque ciò che mi dite pone fine ai miei dubbi. Contesterò l'istanza se potrò contare su di voi. Che cosa ne dite?

– Dico di sì, senz'altro – rispose Thorndyke. – Il caso rientra sicuramente nel nostro ambito.

– Potete ben dirlo. Voi non solo avete in generale competenza ed esperienza, ma conoscete anche i fatti di questo caso particolare, il che significa un enorme vantaggio per un esame accurato. E poi – aggiunse con il suo singolare sorriso ironico – per me è allettante sapere che sapete organizzarvi benissimo da soli.

– Questo è vero solo in parte – disse Thorndyke. – Abbiamo bisogno di voi per conoscere i retroscena del caso. La ragione, per esempio. Perché qualcuno dovrebbe presumere la morte di questa donna? Chi sono le parti? C'è anche il marito?

– No, lui no. Senza dubbio ci terrebbe a sapere se è ancora un marito oppure un vedovo, ma non è coinvolto da un punto di vista legale. Non ha niente da guadagnare e non è una parte in causa. Il motivo è una somma di circa ventimila sterline e il richiedente è l'unico beneficiario secondo il volere della signora Schiller, e riceverà quella somma di denaro se la sua richiesta verrà accettata. Questi fatti non sembrano rilevanti ai fini del nostro problema che resta quello di sapere se la donna è viva o morta; ma mi sembra giusto esporvi il caso. Forse potrei cominciare con un breve riepilogo della storia dei miei rapporti con la signora Schiller. I dettagli a dopo.

Thorndyke fu d'accordo e così il signor Penfield, dopo una presa di tabacco, iniziò il suo racconto.

– Circa cinque anni fa, non posso essere molto preciso con le date e i personaggi perché mi affido solo alla memoria, forse poco più di cinque anni fa, la signora Schiller venne nel mio ufficio a chiedermi di redigere il suo testamento e di custodirlo insieme a certi fondi in suo possesso. Io non la conoscevo, ma aveva portato con sé una lettera di presentazione scritta da uno dei miei clienti, ora deceduto, e io accettai il suo incarico, anche se non ero rimasto favorevolmente colpito da quella donna; una persona vistosa, dai capelli dorati, truccata come un clown e incipriata come un mugnaio, e poi dai modi troppo disinvolti. Comunque si trattava di una cosa di poco conto ed estremamente semplice, di circa trecento sterline, lasciate per testamento a un solo beneficiario; così redassi un breve testamento in sua presenza e dopo averglielo letto, su sua richiesta, nominai me stesso unico esecutore. Poi prendemmo un appuntamento per il giorno dopo e io sbrigai le formalità previste, anche con la banca.

Il mattino dopo arrivò portando con sé il denaro in banconote e c'erano altre formalità da adempiere. Visto che lei si muoveva parecchio e che non aveva una residenza fissa mi chiese di occuparmi dei suoi affari. Non occorre ora scendere in dettagli. Io diventavo il suo agente con facoltà di incassare e pagare a nome suo e così firmammo e legalizzammo il testamento e gli altri documenti nel mio ufficio, dopo di che lei andò subito via e non l'ho mai più rivista né ho ricevuto alcuna comunicazione da parte sua.

– Vi lasciò il suo indirizzo, suppongo – disse Thorndyke.

– Sì. Viveva in un appartamento ammobiliato in un posto chiamato Linton Green, Corby Street credo che fosse l'indirizzo esatto, e ricordo che il nome della proprietaria era Wharton. Però la cosa non è importante visto che lei aveva già lasciato quelle stanze quando condussi le mie indagini e che la proprietaria non sapeva dove fosse andata. La mia cliente mi aveva promesso di tenermi al corrente dei suoi spostamenti ma non lo ha mai fatto, il che all'inizio non costituì un ostacolo, giacché non avevo nulla da comunicarle.

Poi successe un fatto nuovo. Un signore abbastanza facoltoso, un certo Charles Montagu, morì. Purtroppo anche lui fu assassinato, il tutto è davvero sgradevole. Ebbene, quest'uomo aveva lasciato in eredità a una certa signorina Dalton una somma di circa ventimila sterline. Però c'era un certo ritardo nell'omologazione del suo testamento in quanto alcuni cospicui pagamenti, più di mille sterline, erano stati effettuati in contanti e non registrati nei libri. Un altro dettaglio sgradevole, poiché tutto lasciava supporre che si trattasse di denaro sporco, tanto più che l'uomo era stato assassinato. Comunque alla fine il testamento fu omologato, però a omologazione quasi avvenuta la signorina Dalton morì.

Quest'ultima a quanto pare aveva lasciato per testamento la maggior parte dei suoi averi alla signora Schiller, che in qualità di legatario che riceve la parte residua di un patrimonio aveva diritto alle ventimila sterline. C'era però una nuova difficoltà. Non solo nessuno sapeva dove si trovasse la signora Schiller, in realtà non sapevamo nemmeno se fosse viva o comunque se fosse viva al momento della morte della Dalton. Al riguardo ovviamente non potevo fornire alcuna informazione. Avevo cercato di mettermi in contatto con lei tramite gli abituali canali ma senza esito, e così tale questione rimase in sospeso per un certo periodo di tempo.

Poi la situazione si chiarì in modo sconcertante. Ci fu un nuovo omicidio, vi porgo le mie scuse per questi squallidi dettagli, e la signora Schiller fu sospettata di essere perlomeno una complice. La vicenda comunque non ci riguarda. La cosa importante è che ciò provava che lei era viva e quindi il lascito aveva effetto; così inoltrai la richiesta a suo favore, ignorando l'aspetto criminale. Il fatto sorprendente emerso fu che per tutto questo tempo lei era vissuta in un luogo chiamato Jacob Street, a poche fermate di autobus dal mio ufficio.

Però il dubbio appena dissipato fu subito sostituito da un altro, che è quello che ci interessa. In primo luogo la signora Schiller era sparita. Poi la polizia scoprì delle tracce che la indussero a ritenere che fosse stata uccisa. Però il cadavere non fu rinvenuto né c'erano altre prove definitive della sua morte. D'altronde nessuno l'ha più vista o sentita dal momento della scomparsa. Sembra che la polizia avesse condotto indagini approfondite ma non fosse riuscita a rintracciarla. La polizia, mi pare di capire, non intende sbilanciarsi: potrebbe essere viva come potrebbe essere morta, non c'è nessuna prova certa al riguardo.

Così stanno le cose; il nostro compito, forse dovrei dire il vostro, è quello di esaminare i fatti noti e di valutare le probabilità. Se ci sono motivi fondati per presumere la morte, forse dovremmo limitarci a seguire il caso curando gli interessi del mio cliente assente. Potremo giudicare meglio quando sapremo esattamente su quali fatti si basa il richiedente.

– Allora – disse Thorndyke – ne deduco che non abbiate ancora ricevuto copie degli affidavit.

– No. Nessuna notificazione o istanza formale, solo una comunicazione informale e direi amichevole dell'intenzione di presentare la richiesta. Per quel che mi riguarda non sarò intransigente. Non mi interessa in modo particolare che la donna sia viva o morta. Sto solo facendo quello che ritengo sia il mio dovere nei confronti di un cliente assente e di certo non mi opporrò alla richiesta se voi, dopo aver esaminato i fatti, la riterrete corretta. Non appena riceverò le copie degli affidavit ve le farò avere cosicché potrete consigliarmi sul da farsi.

Poco dopo aver terminato il suo racconto il signor Penfield si alzò e, dopo aver messo in tasca la tabacchiera e rifiutato un altro sorso, ci strinse la mano e si accomiatò.

– Un caso davvero promettente – notai quando se ne fu andato – sebbene Penfield non ne sembri entusiasta. D'altra parte non lo è mai quando c'è di mezzo un crimine. Sarà interessante vedere come presenteranno il caso gli avvocati del richiedente.

– Mi aspetto – disse Thorndyke – che seguano la stessa linea di condotta di Penfield.

– Sì – assentii – e, dopo tutto, mi sembra un punto di vista perfettamente logico, anche se ho la sensazione che non ne converrai. Ma in realtà il tribunale non ha che da decidere se la probabilità che la donna sia morta sia tale da giustificare la presunzione della sua morte. Le circostanze concomitanti sembrano essere, come asserisce Penfield, irrilevanti.

– La questione – rispose Thorndyke – è: che cosa si intende per circostanze concomitanti? Penfield ritiene che fatti e circostanze che a prima vista non hanno attinenza con la vicenda principale siano irrilevanti e possano essere ignorati. Però fino a quando questi fatti non sono stati esaminati è impossibile dire se siano o meno rilevanti. È un errore fatale classificare in anticipo dei fatti come rilevanti o irrilevanti, e prendere in considerazione esclusivamente quelli che appaiono rilevanti.

– Eppure – insistetti – ci sono dei fatti concreti lampanti, e se sono tali da determinare un'elevatissima probabilità che la donna sia stata uccisa allora gli altri fatti, come a esempio la sua personalità e il modo di vivere, sembrano davvero poco attinenti. Il punto è semplice: è viva o morta? Se è morta la faccenda è risolta. Come è morta e quali fattori hanno causato la morte sono quesiti interessanti ma non di fondamentale importanza. Comunque i fatti conosciuti potrebbero non essere abbastanza decisivi da giustificare una decisione. Saremo in grado di giudicare meglio quando avremo visto gli affidavit.

– Non mi aspetto grandi novità da essi – disse Thorndyke. – Abbiamo ascoltato l'intera storia della ricerca da Polton ed Elmhurst, e letto il resoconto degli avvenimenti all'epoca. Probabilmente conosciamo tutti i fatti sui quali si basa il richiedente, a giudicare da quanto ha detto Penfield.

– Forse tu sì, ma il mio quadro degli avvenimenti è piuttosto confuso. Mi pare che non condividessi l'entusiasmo di Polton. Dopo tutto non ci toccò più di tanto.

– Allora – disse Thorndyke – lascia che ti rinfreschi la memoria. In breve ecco come stanno le cose: una donna fu uccisa nelle stanze di Lotta Schiller al numero trentanove di Jacob Street. La persona che commise l'omicidio entrò con le chiavi di Lotta Schiller.

– O forse con qualcosa di simile, o un passe-partout – suggerii.

– No. Una chiave fu trovata nella serratura e identificata con certezza come la chiave personale di Lotta. Ai tempi della scoperta dell'omicidio Lotta era già scomparsa e la polizia non riuscì a rintracciarla e non seppe nulla di lei. Qualche tempo dopo, ho dimenticato le date, ritrovarono la sua borsetta sul pendio adiacente il campo britannico dell'Epping Forest. Conteneva un borsellino per le chiavi dal quale mancavano due chiavi. Una era la chiave della porta esterna e l'altra quella della stanza in cui apparentemente era stato commesso l'omicidio. Dentro il campo la polizia rinvenne un medaglione appartenente a Lotta e, guarda caso, realizzato da Polton, contenente un ritratto del nostro amico, Vanderpuye.

– Sì, adesso ricordo. Povero Vanderpuye! Si pentirà di non essere tornato in Africa quando capirà di dover rivivere lo scandalo.

– Probabile – assentì Thorndyke – sebbene la sua testimonianza riguardi solamente la data in cui vide per l'ultima volta Lotta. Per continuare: visto che gli oggetti ritrovati sembravano indicare che la donna era stata uccisa e il suo corpo sepolto nei dintorni, la polizia organizzò una perlustrazione a tappeto del campo per rintracciarla, viva o morta. Il risultato di quella ricerca fu la scoperta di una serie di impronte, apparentemente di un uomo e di una donna, che procedevano affiancate fino a un punto nei pressi del luogo dove era stato trovato il medaglione. Lì il terreno era stato calpestato in un modo che lasciava supporre una lotta, e c'era l'impronta piuttosto confusa del corpo di una donna disteso in posizione supina. Da quel punto le orme continuavano, però c'erano solo quelle dell'uomo. Non vi erano altre impronte della donna, e le impronte dell'uomo sembravano alquanto più profonde di quelle lasciate in precedenza.

Questa singola traccia attraversava il campo verso nord-ovest fino a raggiungere il pendio che lo delimitava, dove furono fatte nuove scoperte. Emerse che l'uomo si era arrampicato sul pendio due volte, la prima volta a quanto pare in ricognizione. Ai piedi del pendio c'era un'altra impronta indistinta del corpo disteso sul terreno di una donna. Accanto a esso fu raccolto un bottone. Si trattava di un bottone molto particolare, dipinto a mano, che fu riconosciuto senza ombra di dubbio dal signor Pedley come un bottone della giacca di Lotta. A un ramoscello spezzato, a metà del pendio, era rimasto attaccato un frammento di materiale verde, e il signor Pedley asserì con certezza che questo filamento era uguale al tessuto della giacca di lei. Infine, sulla cima del pendio, sul suolo c'erano segni che sembravano essere stati lasciati da un oggetto pesante trascinato fin lì.

Quella fu, per usare l'espressione dell'ispettore Blandy, la "fine della traccia". Sull'altro versante del pendio vi era un sentiero di torba che non avrebbe in ogni caso mostrato delle impronte; però il fatto è che non furono trovate tracce di alcun tipo fuori del campo, mentre nel recinto niente indicava che il terreno fosse stato smosso. Fu accertato così che il cadavere, se c'era un cadavere, non era stato seppellito nel campo; e nessuna traccia, né dell'uomo né della donna, fu scoperta altrove.

Questi sono i fatti che credo troveremo espressi negli affidavit, insieme alla prova che non si è saputo più nulla della donna dal momento della sua escursione nella foresta insieme con Vanderpuye. Su di essi si baserà la richiesta della presunzione della morte di Lotta Schiller al tribunale; e io ti chiedo, Jervis, come esperto medico legale, se ancora pensi che i fatti concomitanti, come la personalità e il modo di vivere della donna, non siano rilevanti.

– Ancora non ne sono convinto – dissi – anche se, visto che tu lo sei, suppongo di essere nel torto. A me pare, comunque, che i fatti che hai esposto indichino che la donna presumibilmente fu assassinata e il suo corpo seppellito da qualche parte nella foresta. Sembra esserci anche un movente logico per l'omicidio: impossessarsi delle chiavi ed eliminare una persona che forse era pericolosa. Infatti è praticamente certo che Lotta Schiller conoscesse in un modo o nell'altro chi commise l'omicidio nelle sue stanze.

La tesi dell'omicidio fino a prova contraria è decisamente valida. Se poi aggiungiamo a tutto ciò il fatto che da allora nessuno ha saputo più nulla di lei, allora la probabilità che sia morta è elevata e tale, a mio avviso, da giustificare la presunzione di morte.

– Come volevasi dimostrare – commentò Thorndyke con un sorrisetto compiaciuto. – Hai delineato la posizione del richiedente con apprezzabile lucidità. Purtroppo è proprio questa posizione che dobbiamo demolire cercando di dimostrare in modo logico e corretto ciò che crediamo sia la verità. Perciò invito il mio dotto amico a far soffermare il suo capace intelletto sull'altra possibilità. Jervis, andiamo, ecco l'opportunità di mettere alla prova la tua perspicacia ed esperienza. Hai appena esposto magistralmente le ragioni per presumere che Lotta Schiller sia morta. Ora passa sull'altra sponda e trova le ragioni per presumere che lei sia viva.

Con il solito e forte sospetto di aver tralasciato qualche dato di fatto promisi di riconsiderare il caso e, come indispensabile mossa preliminare, di rinfrescarmi la memoria su tutte le circostanze della vicenda; a tale scopo mi recai nel covo di Polton e, dopo averlo messo al corrente dell'istanza presentata, non ebbi difficoltà a farmi prestare la sua voluminosa raccolta di ritagli di giornale che portai via con me per poterli esaminare con comodo.

12. Tom Pedley riceve visite

La domanda con la quale Thorndyke aveva concluso il suo discorso mi aveva colto alla sprovvista, ma ciò che davvero mi aveva sorpreso era la sua descrizione chiara e completa del caso in tutti i suoi dettagli. Eppure non avrebbe dovuto sorprendermi, visto che non era una novità, ma mi sfuggiva sempre una fondamentale differenza tra noi: Thorndyke era un autentico criminologo mentre io non lo ero. Per me il resoconto di un caso criminale era una lettura di interesse medio e, se non ci riguardava, veniva immediatamente accantonato e dimenticato.

Per Thorndyke era diverso. Per lui ogni caso era un enigma, e se c'erano elementi misteriosi oppure oscuri li studiava, elaborando una o più possibili soluzioni, e ricordando il caso fino a quando questo veniva chiarito e, eventualmente, risolto. Era un atteggiamento utile perché, a parte l'arricchimento in termini di esperienza, c'era il vantaggio pratico legato al fatto che se venivamo consultati per un caso oscuro, come accadeva spesso, Thorndyke era sempre ben al corrente dei fatti e talvolta già arrivato a una soluzione.

Avevo la sensazione che questo fosse uno di quei casi. Leggendo attentamente i resoconti messi da parte da Polton, mi resi conto che l'intera faccenda, compreso l'omicidio di Emma Robey, era assai misteriosa. Però compresi pure il significato della domanda di Thorndyke. Lotta Schiller era sicuramente coinvolta nell'omicidio. Questo, avrebbe detto Penfield, non era rilevante per sapere se lei era viva o morta. Invece era rilevante. La scomparsa di una persona sospettata in un caso di omicidio richiede un'attenzione ben diversa rispetto a quella di una persona che apparentemente non ha alcun motivo per scomparire.

A tempo debito l'istanza fu notificata al signor Penfield e ci vennero spedite copie degli affidavit; quando li esaminai vidi che Thorndyke aveva ragione. I fatti menzionati riguardavano unicamente la prova della morte di Lotta Schiller. Si faceva riferimento solo incidentalmente all'omicidio di Emma Robey, in un affidavit della signora Bigham, in relazione all'uomo misterioso che, accompagnato da una donna, entrò nella casa al numero 39 di Jacob Street aprendo la serratura a scatto con la chiave. Evidentemente il richiedente arguiva che quest'uomo avesse già assassinato Lotta Schiller impossessandosi delle sue chiavi.

Così l'argomentazione sostenuta nella richiesta era chiara. Era evidente ciò che la controparte intendeva provare; e la deduzione tratta dai fatti appariva senz'altro logica. Il quesito a questo punto era: che cosa si proponeva di dimostrare Thorndyke, e qual era la sua linea di condotta? Presumendo, come facevo io, che avesse già considerato il caso giungendo probabilmente a qualche conclusione provvisoria, mi aspettavo come sua prima abituale mossa un approfondimento delle conoscenze in materia e poi una ricerca di fatti nuovi da aggiungere a quelli già noti; non vedevo l'ora di conoscere che piega avrebbero preso le sue indagini e fui non poco sorpreso quando mi rivelò le sue intenzioni.

– Così – osservò il giorno dopo – il mio dotto amico ha studiato gli affidavit e il dossier di Polton ed è quindi al corrente di tutti i fatti conosciuti? Li ha forse trovati lacunosi?

– Al contrario – risposi – mi pare che forniscano un resoconto abbastanza completo del caso. Che cos'altro vorresti sapere?

– Voglio sapere tutto quello che posso imparare. Prendiamo a esempio Lotta Schiller, il personaggio principale della vicenda. Che cosa sappiamo di lei? È poco più di un nome, una sorta di simbolo algebrico. Io voglio trasformarla in una persona reale, sapere come era, fisicamente, mentalmente e moralmente.

Stavo per obiettare che simili informazioni non ci avrebbero aiutato molto nei confronti dell'istanza, ma per fortuna mi fermai in tempo.

– E come pensi di procurarti queste informazioni? – chiesi.

– La fonte più affidabile è il signor Thomas Pedley. A quanto pare la conosceva abbastanza bene e dovrebbe essere in grado di dirci molto su di lei. Così gli ho scritto un paio di giorni fa e lui gentilmente mi ha fissato un appuntamento per domani pomeriggio. Posso contare sulla tua partecipazione?

Dato che, per fortuna, quel pomeriggio ero libero accettai volentieri, anzi con entusiasmo. Infatti questa visita mi incuriosiva parecchio. Che il suo scopo fosse semplicemente quello di ottenere una descrizione dell'aspetto e della personalità di Lotta Schiller mi pareva inverosimile, e speravo ascoltando attentamente le domande di Thorndyke di capire quali fossero le sue reali intenzioni.

Jacob Street, una strada grigia e decadente, si trovava non lontano da Hampstead Road. Lo studio del signor Tom Pedley era riconoscibile da un cancello in legno dipinto di verde che recava il numero 38a in caratteri d'ottone ben lucidati e da una piccola targa anch'essa d'ottone a fianco con la scritta "T. Pedley" sormontata dallo scintillante pomello d'ottone del campanello. Il pomello fu tirato e il campanello squillò, dopo di che il cancello si aprì e comparve un uomo robusto e dal volto cordiale che ci squadrò per un momento con amichevoli occhi blu e poi, riconoscendoci o essendosi accertato della nostra identità, ci invitò a entrare. Lo seguimmo lungo un corridoio di pietra e attraverso un piccolo cortile fino al suo studio, le cui dimensioni, soprattutto quelle dell'ampia finestra a nord, mi colpirono.

– È molto cortese da parte vostra, signor Pedley – disse Thorndyke – lasciarci venire qui a farvi perdere tempo con questioni che suppongo non vi interessino più di tanto.

– Guardate che mi interessano – rispose Pedley. – Solo che temo di deludervi, perché davvero non so nulla di Lotta Schiller o dei suoi affari.

– Bene – replicò Thorndyke con un sorriso. – Questo fatto è già un inizio da non trascurare. Comunque ne sapete più di me e posso imparare qualcosa.

– Temo che sarà davvero poco – disse Pedley. – Magari una tazza di tè può schiarirmi le idee. Voi probabilmente non avete bisogno di nessuno schiarimento.

Ci accompagnò al tavolino da tè già predisposto, con tre poltrone di fronte al camino e, dopo averci fatto accomodare, iniziò a preparare il tè su un fornello a gas vicino al lavandino. Intanto io mi guardavo intorno restando non poco colpito dagli eleganti oggetti di porcellana sul tavolo e dall'arredamento del locale, che denotava un gusto raffinato ed esigente, che contrastava in modo strano con il lavandino, la cucina economica e gli strumenti di lavoro.

– Penso – disse Pedley dopo aver versato il tè e preso posto sulla poltrona – che, visto che siete voi ad aver bisogno di informazioni e io a potervele fornire, potreste trattarmi come un testimone. Voi fate le domande e io vi dirò quello che so.

– Benissimo – disse Thorndyke, tirando fuori un taccuino e aprendolo. – Allora, visto che non ho mai visto la signora Schiller e non so neanche che aspetto avesse, cominceremo con una sua descrizione. Potete fornirmela?

Pedley, ovviamente sbalordito, rispose comunque prontamente:

– Bene, posso farlo senza problemi, tanto più che anche l'ispettore Blandy me lo chiese, e io buttai giù una descrizione esauriente e gliene detti una copia. Posso mostrarvi l'originale.

Andò a uno scaffale sul quale si trovava una lunga fila di libri con una rilegatura in lino, ciascuno dei quali era contrassegnato da un'etichetta con la data.

– Dunque, vediamo – disse, scorrendo con gli occhi la fila – dovrebbe essere intorno al 1930. Sì, eccolo.

Tirò fuori il libretto e lo mise sul tavolo cominciandolo a sfogliare, aggiungendo a mo' di spiegazione:

– Questo è il taccuino che usavo all'epoca. Contiene ogni sorta di appunti: schizzi, disegni e note scritte e, siccome io annoto sempre la data, funziona abbastanza bene anche come diario. Questa è la descrizione che feci per Blandy.

Porse il taccuino aperto a Thorndyke, che lo esaminò rapidamente con molta attenzione e, questa fu la mia sensazione, manifestando una certa sorpresa.

– Ma, signor Pedley – esclamò – questa è una descrizione straordinariamente completa. A quanto pare avete osservato tutto senza dimenticare nulla.

– Ebbene, vedete – rispose Pedley – questo è il lavoro dell'artista: osservare attentamente le cose e ricordare ciò che ha visto. Sono contento della vostra approvazione. Blandy era abbastanza soddisfatto, anche se mi chiese di chiarirgli un paio di punti.

– Per esempio?

– La storia degli orecchi. Mi chiese se ero in grado di disegnarglieli cosa che ovviamente feci.

– Aveva ragione – disse Thorndyke. – Un disegno è meglio della migliore descrizione. Mi chiedo se voi vogliate essere così gentile da farlo anche per me.

Continuando a manifestare una certa perplessità Pedley lo accontentò subito. Su un piccolo blocco di carta opaca da disegno schizzò con mano rapida e sicura un paio di orecchi, l'uno di fronte all'altro.

– Ecco – disse, strappando il foglio e porgendolo a Thorndyke. – Come vedete si tratta di orecchi normali e ben fatti con un piccolo tubercolo di Darwin su quello destro. Ho segnato la linea della mascella per mostrare come erano messi.

– C'è un punto che sembra richiedere qualche spiegazione. Voi dite che i capelli avevano una struttura particolare grazie alla quale sembravano mutar colore. Non capisco.

Pedley fece un largo sorriso. – Neppure Blandy – disse. – Lui non capiva e neanche io. L'unica cosa che potei dirgli fu che essi davvero sembravano mutar colore a seconda della luce. Si trattava solo di una sfumatura che ai più sarebbe sfuggita, suppongo. Però c'era e io non ho mai visto né prima né dopo capelli simili.

– Credete – suggerii – che possano essere stati tinti in qualche modo? Al giorno d'oggi le donne combinano strane cose con i loro capelli.

– Ci avevo pensato anch'io – rispose Pedley. – Però c'era una circostanza che mi portava a escluderlo. I capelli tinti, come sapete, si possono scoprire con un'esame ravvicinato, specialmente delle radici. Ma la signora Schiller non si oppose affatto a un esame ravvicinato. Quando Polton le chiese una ciocca di capelli lei non fece alcuna difficoltà a fargliene tagliare una. Lui scelse un piccolo ricciolo e lo tagliò vicino alla radice, mettendo a nudo il cuoio capelluto e, evidentemente, non notò niente di inusuale.

– Ne parlaste mai con lei? – chiese Thorndyke.

– No, e non credo che lei stessa se ne fosse accorta.

– A proposito – dissi – perché Polton voleva una ciocca dei suoi capelli?

– Stava facendo un medaglione per il signor Vanderpuye, e si era deciso di inserire in esso alcuni suoi capelli di fronte al ritratto.

– Oh, sì, ricordo il medaglione, i due medaglioni a dire il vero, però erano vuoti quando li vidi. Non avevo idea del loro contenuto.

– Quanto al ritratto nel medaglione di Vanderpuye – disse Thorndyke – era una miniatura o una fotografia?

– Era una fotografia, ma non dal vero. Lei dipinse un autoritratto ad acquerello e Polton ne fece una fotografia in formato ridotto.

– Era abbastanza somigliante?

Pedley fece un largo sorriso. – Non c'era alcuna somiglianza. Non somigliava affatto a Lotta né a nessun altro essere umano.

– Ma mi chiedo perché Vanderpuye non si oppose – dissi – considerato che desiderava qualcosa di somigliante.

– Lo fece; in effetti si arrabbiò. Voleva che io dipingessi o disegnassi un ritratto di Lotta dal quale Polton potesse poi trarre la sua fotografia in formato ridotto da inserire nel medaglione. Però lei non era d'accordo e inoltre non permise a Polton di fotografarla. Era decisa a dipingere personalmente il ritratto e fu irremovibile. Così il povero Vanderpuye dovette accettare il suo disegno, ma non dimenticherò mai la faccia di Polton quando lo vide per la prima volta. Era convinto che si trattasse di uno scherzo ma si rese conto del suo sbaglio in tempo.

– A che cosa somigliava? – chiesi alquanto sconcertato dal racconto di quell'episodio.

– Era il disegno di una testa di donna che potrebbe fare un bambino di nove o dieci anni, e non un bambino bravo, attenzione, ma un bambino normale senza talento naturale per il disegno.

– Ma – esclamai – non riesco a capire. Non era un'artista professionista?

– Affermava di esserlo ma, naturalmente, chiunque può definirsi un artista. Il fatto è che non sapeva disegnare e non sapeva dipingere.

– Intendete dire che disegnava male – chiese Thorndyke – oppure che lei non sapeva affatto disegnare?

– Disegnava – rispose Pedley – come un bambino di capacità normali. E sono convinto che non sapesse fare di meglio.

– Ciò è molto singolare – disse Thorndyke – e fa sorgere un paio di domande. La prima riguarda il suo atteggiamento. Era abbastanza stravagante da credere di saper davvero dipingere?

Pedley rise tra sé e sé. – Anche Blandy – disse – voleva saperlo e io allora tergiversai. Ma non lo farò adesso, perché ho riflettuto molto sulla vicenda e sono giunto alla conclusione che lei era un'imbrogliona bell'e buona. Non c'era alcuna stravaganza. Era una giovane donna scaltra e assennata, e sono sicuro che non si facesse illusioni circa la sua pittura. Mentiva di proposito. A quale scopo fingesse di essere un'artista questo proprio non lo so; ciò che invece ho capito è che lei sfruttò abilmente la moda delle pitture bizzarre e iniziò a realizzarne. Chiunque è in grado di farlo. Basta semplicemente dipingere qualcosa non come un quadro normale e poi aspettare che un cervellone lo spieghi alla moltitudine. Aveva architettato tutto impadronendosi abilmente del gergo di tali cervelloni.

– Questo – disse Thorndyke – in parte anticipa la risposta alla prossima domanda che è la seguente: come gestiva la cosa? Cercò mai di vendere le sue opere?

– No. Parlò della sua intenzione di inviare i suoi quadri a una mostra, ma non spedì mai nulla.

– Suppongo che li firmasse con il proprio nome.

– Lei non firmava proprio niente, per dire il vero. Usava un monogramma, una specie di fiore stilizzato con un cerchietto su ogni lato dello stelo.

– Pare piuttosto ambiguo ed elusivo – osservai.

– Sì – assentì Pedley – ma lei era sempre elusiva. Fu Polton per primo a farmi notare la sua capacità di non rivelare mai nulla. Ma il riserbo sui suoi quadri mi risulta incomprensibile. È come se si fosse finta artista solo temporaneamente per raggiungere un certo scopo e, una volta raggiunto, avesse abbandonato la finzione.

– Infatti – disse Thorndyke – eppure la targa d'ottone presso la sua porta sembra escludere il concetto di segretezza. È una comunicazione pubblica.

– Non tanto pubblica – rispose Pedley. – Era solo una targhetta, sette centimetri per cinque, con su scritto solamente il nome in corsivo. Non era molto facile da leggere dal marciapiede anche quando era nuova, poi dopo alcune settimane di lucidature gran parte del nero era stato cancellato dall'incisione che divenne quasi illeggibile. Nessun passante avrebbe potuto leggerla.

– Questo sembra rispondere alla mia obiezione – disse Thorndyke. – E ora torniamo alla descrizione. Suppongo che non possediate una fotografia di lei.

– No – rispose Pedley – e non ne ho mai vista una.

– Avete mai disegnato un suo ritratto?

– Non dal vero. Volevo suggerirle di fargliene uno ma poi cambiai idea. Comunque feci un paio di schizzi di prova a memoria per vedere come sarebbe venuto un ritratto di profilo. Si trovano nel taccuino che avete voi. Volete dargli un'occhiata?

– Molto volentieri – rispose Thorndyke, porgendogli il taccuino e attendendo con curiosità che lui sfogliasse le pagine.

– Questo è il migliore – disse Pedley ripassandogli il taccuino – e poiché gli altri erano studi preliminari possiamo trascurarli.

Thorndyke esaminò il disegno con profondo interesse, come me, sebbene io fossi interessato soprattutto alla vivacità della rappresentazione e all'effetto complessivo. Sembrava un disegno accurato eseguito da modello.

– Questo è ben più di uno schizzo, signor Pedley – disse Thorndyke. – Pare un vero ritratto sebbene, ovviamente, non possa esprimere giudizi sulla somiglianza. Voi che ne dite? Le somiglia? – Sì – rispose Pedley. – Direi che è abbastanza somigliante.

– Pensate che potrebbe essere riconosciuta da qualcuno che la conosceva?

– Ma certamente. Guardandolo ora, dopo tutto questo tempo, me la fa tornare in mente in modo vivido. Vedete, disegnando a memoria istintivamente si scelgono gli aspetti più caratteristici e facili da ricordare.

– Sì, vedo – disse Thorndyke – ma a quanto pare voi avete una memoria veramente notevole.

– Non notevole – replicò Pedley – ho una buona memoria e considero importante esercitarla. In effetti ogni disegno è un disegno a memoria. Non si può contemporaneamente guardare il modello e disegnare. Bisogna prima osservare il modello con molta attenzione cercando di memorizzare la parte che ci interessa. Poi, con un'azione distinta, passare al disegno; infine fare un confronto tra ciò che si è disegnato e la realtà, correggendo il disegno se necessario. Il disegno a memoria non è che la fase che intercorre tra il vedere e il disegnare, solo più lunga.

Thorndyke ponderò questa spiegazione con gli occhi fissi sul ritratto. Infine disse:

– Se questo è un ritratto perfettamente somigliante a Lotta Schiller potrebbe avere la sua importanza come unico documento esistente del suo aspetto esteriore. Mi chiedo se permettereste a Polton di portare una macchina fotografica qui per farne una foto.

– Lo faccio con grande piacere. Però perché complicare le cose? È più semplice se vi infilate il taccuino in tasca e me lo restituite una volta finito.

– Molto cortese da parte vostra, signor Pedley – disse Thorndyke – e certamente più pratico. Ho preferito non chiedervelo in prestito perché mi sembra di aver capito che contiene anche alcuni dati personali.

– Non vi fate troppi scrupoli – rispose Pedley con un sorriso. – Non ho segreti, e se ne avessi non li scriverei nel mio taccuino. No, dottore, sfogliatelo pure senza problemi se gli schizzi e le note possono interessarvi. Forse vi andrebbe di vedere le impronte digitali che Polton prese di quella povera donna assassinata. Sono da qualche parte nel taccuino. Volete che le cerchi?

– Non so se siano davvero importanti ora – disse Thorndyke, passandogli comunque il taccuino – tranne che per il metodo improvvisato da Polton per prenderle.

– E anche il motivo che lo spinse a farlo – aggiunsi io. – Non ha agito molto correttamente e non ho mai capito perché volle intromettersi.

– Penso che sia evidente – disse Pedley. – Voleva sapere senza indugio se era un caso di suicidio oppure di omicidio. Ah, ecco le impronte.

Restituì il taccuino a Thorndyke che, malgrado quanto appena affermato, guardò le impronte alquanto vaghe con un certo interesse, che sembrò aumentare perché ad un certo punto tirò fuori le sue lenti dalla tasca e guardò più da vicino per concludere l'esame delle impronte tenendo il taccuino alla distanza di un braccio.

– Davvero un'ottima prestazione – osservò – considerati i mezzi inadeguati. Che ne pensi Jervis?

Mi passò il libro e le sue lenti e io esaminai le impronte con una certa curiosità.

– Difatti – assentii – non c'è male; piuttosto deboli e indistinte però si riesce a intravedere abbastanza chiaramente la forma, anche nelle ultime tre dita, dove le impronte sembrano venute meno bene. Prenderò nota del metodo usato in casi analoghi di emergenza. E, a ogni modo, il metodo non ci è nuovo. Il Thumbograph originale era munito di un tampone per timbri.

Gli restituii il taccuino e, dopo che lo ebbe chiuso e infilato in tasca, attesi una nuova domanda. Che non ci fu. Apparentemente "l'interrogatorio " era finito.

Dico "apparentemente" perché con Thorndyke non si sapeva mai quando era davvero finita. Aveva un modo molto sottile di indirizzare la conversazione dove voleva lui tramite il quale l'informazione desiderata sembrava trapelare spontaneamente, e in quell'occasione avevo la vaga sensazione che Pedley venisse dolcemente guidato lungo i sentieri del ricordo nella direzione desiderata.

Eppure qualcosa non quadrava. Infatti, benché il racconto di Pedley sul suo rapporto con Lotta Schiller fosse senz'altro gradevole, descritto con molto spirito, restava comunque estremamente banale e sembrava non aver alcuna attinenza con il nostro problema. La maniera in cui lei aveva preso l'iniziativa, con un chiaro pretesto, e in seguito si era proclamata sua migliore amica, rendendo vani i suoi tentativi di fuga, era sì divertente ma di nessuna importanza per noi, perlomeno secondo me. Ero però disorientato dalla grande attenzione prestata da Thorndyke a questi ricordi insignificanti e dalle sue richieste di chiarimento.

– È un quadro curioso – osservò con un sorrisetto – la donna autoritaria e l'amante *malgré lui*.

– Non amante – protestò Pedley. – Era impensabile.

– Però a quanto pare eravate molto legati – insistette Thorndyke.

– Lei sì – disse Pedley – ma erano tutte sciocchezze. Era soltanto una posa, come la sua pittura. Però era così strano, non capivo quale fosse il suo gioco. Mi chiamò Tom sin dall'inizio, e poi passò a caro Tom, o amore, o tesoro. Ma erano solo parole, non si passava mai ai fatti. Se qualcuno in una stanza adiacente ci avesse sentito ci avrebbe preso per fidanzati, però il nostro comportamento era irreprensibile.

– Intendete dire che non c'erano effusioni? Lei, per esempio, non vi baciò mai?

– Per l'amor del cielo no! Non glielo avrei permesso. D'altra parte non tentò alcun approccio di questo tipo. Ripeto, ci limitavamo alle parole. Pensavo che fosse un suo modo bizzarro di esprimersi, visto che lo faceva anche con gli altri. Chiamò tesoro anche Polton, però il caso di Vanderpuye era diverso. Lui prese sul serio quei vezzeggiativi. Eppure neanche lui la baciava. Giurò di non averla mai baciata, io ebbi la sensazione che ci avesse provato invano.

– Molto strano – commentò Thorndyke – specialmente se si pensa che le donne moderne sembrano tutt'altro che difficili al riguardo. Questi vezzeggiativi oltre che verbali erano pure scritti? Come si rivolgeva a voi quando vi scriveva?

– Non lo fece mai e meno male: perché se scriveva come dipingeva avrei pure dovuto decifrare la sua scrittura. Non mi scrisse mai, né scrisse mai a Vanderpuye presumo. È come se avesse voluto evitare di lasciare segni della sua futilità, sebbene non vi fosse niente di riprovevole in essa.

– Niente di riprovevole – disse Thorndyke – ma, in fin dei conti, lei era una donna sposata e lettere compromettenti sono cose ben pericolose specie se c'è un marito ostile da qualche parte.

– Non credo che il marito fosse ostile. Da quello che avevo capito si erano separati di comune accordo e ognuno andava per la sua strada, semplicemente ignorando il matrimonio. In quelle rare occasioni in cui accennò a lui lo fece senza mostrare tracce di rancore.
– A quanto pare era restia a parlarne.
– No, direi piuttosto che era una figura vaga. Tutto ciò che venni a sapere da lei fu che il suo nome era Carl e che di professione era una specie di commerciante di vino viaggiante visto che, pur essendo residente da qualche parte in Germania, passava la maggior parte del tempo in giro nel continente con visite sporadiche nel suo paese e negli Stati Uniti. Questo è tutto ciò che lei si lasciò sfuggire. Io, ovviamente, non le chiesi mai niente.
Ciò apparentemente esaurì il bagaglio di ricordi di Pedley perché poi la conversazione si indirizzò verso il suo lavoro e le sue abitudini, e dopo che ci ebbe mostrato alcuni dei suoi dipinti e fatto vedere la sua abitazione, compreso il simpatico angolo letto che aveva costruito in un angolo dello studio, ritenemmo che la nostra visita fosse durata abbastanza.
– Siete stato molto gentile, signor Pedley – disse Thorndyke – a dedicarci tutto questo tempo e a fornirci il vostro prezioso aiuto nelle nostre indagini.
– Sono lieto di esservi stato utile – rispose Pedley, quando ci fece strada lungo il corridoio lastricato. – Ho avuto la sensazione di scodellarvi delle sciocchezze, ma l'ho fatto con piacere. Per un uomo solitario come me un bel pettegolezzo è un piacevole diversivo.
Dopo questo scambio di cortesie e una cordiale stretta di mano ci accomiatammo e, attraversando Hampstead Road, ci dirigemmo verso il Temple prendendo le strade meno frequentate. Camminammo in silenzio per un po', poi come mia abitudine feci un cauto sondaggio.
– La valutazione della conversazione fatta da Pedley era simile alla mia e probabilmente ci sbagliamo tutti e due, però a parte la descrizione e il ritratto, di cui non afferro il valore, non mi pare che siano emersi particolari significativi.
– Questo – rispose Thorndyke – dipende dal fatto che non avete ben chiaro il caso in mente.
– Io credo di sì. Bisogna semplicemente capire se Lotta Schiller è presumibilmente morta o meno.
– Sì, ma mettetela in un altro modo. O la donna è morta e il suo cadavere è nascosto in un luogo sconosciuto, oppure è viva e se ne sta alla larga. Le alternative sono o un cadavere nascosto oppure una persona viva nascosta.
– Certo doveva essere proprio ben nascosta per tenersi alla larga per due anni con la polizia alle calcagna per tutto questo tempo. Io direi che è praticamente impossibile, considerati i moderni mezzi e le attrezzature di cui essa dispone.
– Eppure – disse lui – è proprio la possibilità che lei sia ancora in vita che dobbiamo considerare, e il valore delle informazioni che abbiamo avuto da Pedley sta nella loro attinenza con tale quesito. Vi raccomando di fare quanto segue: una volta a casa, con tutti i particolari ancora bene impressi nella memoria, prendete un foglio di carta e scrivete un resoconto completo della nostra conversazione con Pedley. Dopo rileggetelo e traete ogni fatto, esplicitamente menzionato oppure implicito, senza badare alla sua importanza, e riscrivetelo su un altro foglio. Infine considerate questi fatti, distinti e nel loro complesso, in relazione alle due alternative di cui vi ho parlato. Penso che troverete le sciocchezze di Pedley ben più sostanziose di quanto sembrassero all'inizio.

13. Thorndyke diviene elusivo

La condotta suggerita da Thorndyke per trarre spunti dalle "sciocchezze" del signor Pedley, che applicai diligentemente, si rivelò sì efficace, ma non al punto giusto. Infatti se da un lato portò alla luce diversi fatti che potevano essere importanti in certe circostanze, dall'altro non chiarì come rapportarli al nostro problema, così, anche perché il lettore li avrà senz'altro colti prima di me, non li menzionerò.

Però se non troppo illuminante, il mio studio se non altro ebbe il merito di stimolare la mia curiosità riguardo a che cosa avesse in mente Thorndyke. Che avesse una teoria ben precisa sulla scomparsa di Lotta Schiller e che questa teoria fosse rilevante ai fini del nostro problema era sicuro, e visto che non riuscivo a comprendere la natura di quella teoria non mi restava altro da fare che osservare la sua linea di condotta cercando di dedurne l'obiettivo. Questa tattica si rivelò tuttavia fallimentare, perché più analizzavo i suoi metodi più ne restavo perplesso, senza riuscire in alcun modo a porli in relazione con il caso del signor Penfield. Perciò riporterò in modo chiaro e conciso le mie osservazioni senza fare inutili commenti.

Pochi giorni dopo la nostra visita a Pedley, Thorndyke, quando tornò per il pranzo, tirò fuori da una tasca interna un paio di documenti e li mise nell'armadietto in cui di solito erano custodite simili cose, e io notai che furono sistemati nel cassetto che conteneva il dossier del signor Penfield.

– Tornate da Somerset House – dissi, avendo riconosciuto le copie ufficiali.

– Sì – rispose. – Una visita inutile, forse, ma non si sa mai che tipo di domande possono saltar fuori durante l'udienza, così mi sono procurato copie autenticate di due dei testamenti relativi alla causa di Penfield. Abbiamo una copia del terzo, quello di Lotta Schiller.

– Di chi sono gli altri due? – chiesi.

– Uno è quello di Barbara Dalton che lasciò le ventimila sterline a Lotta. L'altro è quello di un certo signor Charles Montagu, che contiene, oltre a diversi altri lasciti, il legato di ventimila sterline a Barbara. Volete dare un'occhiata?

– No, grazie – risposi – non mi interessano, a meno che non contengano qualcosa di insolito o di curioso. È così?

– No, sono piuttosto semplici e lineari e, naturalmente, non sono stati impugnati.

– Allora penso che possiamo lasciarli a Penfield, sempre che siano pertinenti al caso.

Così la questione fu accantonata lasciando in me una vaga sensazione di sorpresa nell'apprendere che anche Thorndyke si era interessato a simili remoti precedenti. Apparentemente era l'ennesimo esempio del suo ostinato desiderio di conoscere ogni singolo fatto.

Anche la mossa seguente attrasse la mia attenzione e stavolta c'era qualche nesso con il caso di Penfield, sebbene non riuscissi a comprenderne l'importanza. Prese la forma di un accurato interrogatorio di Vanderpuye, che adesso vedevamo spesso visto che le vacanze estive lo avevano fatto tornare dalla sua trasferta sud-orientale. Non fu, ovviamente, un interrogatorio formale, che sarebbe stato in contrasto con i metodi abituali di Thorndyke. Vanderpuye comunque parlò a ruota libera del suo legame con Lotta Schiller, era stata la grande avventura della sua vita, e un'abile conduzione della conversazione fece emergere ogni dettaglio. Però di queste conversazioni, che a mio parere non sembravano aggiungere niente di nuovo, ne riporterò solo una, poiché essa influenzò le mosse successive di Thorndyke. Stavamo discutendo del ritratto di Vanderpuye eseguito da Pedley e delle situazioni che lo accompagnarono quando il mio collega impresse una svolta alla conversazione con l'osservazione:

– Un ritratto davvero ben riuscito, con una notevole somiglianza e per di più gradevole. Mi sorprendo che voi non vi siate accordato con Pedley per fargliene dipingere uno di Lotta. Pensavo che vi sarebbe piaciuto avere un suo ritratto.

– Infatti – rispose Vanderpuye con enfasi – e la implorai di lasciare che lui ne dipingesse uno di lei, però si rifiutò categoricamente. Era il periodo in cui si dovevano fare i medaglioni e io volevo che lui dipingesse il suo ritratto per poter avere l'originale da appendere e una piccola fotografia da portare con me nel mio medaglione. Ma lei era testarda e intransigente. Insistette per dipingere personalmente il proprio ritratto e non permise neanche a Polton di farle una fotografia per il medaglione. Mi sentivo davvero a disagio. Avevo visto la sua opera e sapevo che non era capace di dipingere un ritratto. Però lei fu irremovibile e dovetti accettare il suo autoritratto. Però ero molto seccato.

– Allora se ne può dedurre che non fosse molto somigliante? – suggerì Thorndyke.

– Ohibò! – esclamò Vanderpuye. – Non era affatto somigliante. Ma potete rendervene conto di persona – e, parlando, staccò il medaglione dalla catenella dell'orologio e lo consegnò a Thorndyke, il quale dopo averlo aperto facendo una leggera pressione guardò con curiosità il piccolo ritratto.

– Stavo per osservare – disse – che non avendo mai visto la signora non mi potevo esprimere sulla somiglianza. Ma vedo che mi sbagliavo. Questo disegno ricorda soltanto vagamente un essere umano e di certo non può essere associato a nessuna persona in particolare. A proposito, vi dette anche il disegno originale?

– No, non me lo propose e non avrei accettato se l'avesse fatto.

– Lo chiedo – disse Thorndyke – perché la sua opera artistica potrebbe avere qualche attinenza con la causa in corso e mi sarebbe piaciuto poter presentare un campione. Ma questo è piuttosto piccolo, specialmente se per caso il giudice avesse problemi di vista. Tu che ne dici Jervis?

Presi il medaglione dalle sue mani e fissai sbalordito il disegno incredibilmente rozzo e infantile, sebbene dopo la descrizione di Pedley fossi preparato a qualcosa di anormale, che piccolo com'era, grande all'incirca come uno scellino, dimostrava comunque a sufficienza l'incompetenza dell'artista. Però non capivo la difficoltà di Thorndyke e lo dissi.

– Io non credo che la grandezza sia un problema. Sarebbe molto semplice fare un ingrandimento fotografico, sempre che Vanderpuye conceda il suo permesso.

– Ma naturalmente – intervenne Vanderpuye – farò del mio meglio per aiutarvi. Prendetevi pure il medaglione e restituitemelo quando avete finito.

Al che, dopo aver ringraziato calorosamente il proprietario, Thorndyke infilò il gingillo in una busta che piegò con cura; ma notai che invece di chiuderla nell'armadietto come suo solito la ripose in una tasca interna. Era un particolare da poco ma mi colpì e quando, riflettendoci, mi resi conto della sagacia con la quale Thorndyke era entrato in possesso del ciondolo senza aver avuto bisogno di chiederlo in prestito, cominciai a sospettare che l'affare fosse più importante di quanto fosse sembrato a prima vista. Di conseguenza mi interessai alla sorte del medaglione in attesa di scoprire che cosa ci fosse dietro. Apparentemente nulla. Il giorno dopo Thorndyke consegnò il medaglione a Polton, che lo osservò con affetto e poi lo restituì.

– Non ho bisogno del medaglione, signore – disse. – Voi dimenticate che fui io a eseguire la miniatura. Ho il negativo originale del disegno, che è molto meglio per l'ingrandimento in quanto il suo formato va già bene.

– Naturalmente – disse Thorndyke. – Devo avere la testa fra le nuvole. Perché non me lo avete ricordato, Jervis?

Risposi che anche la mia testa probabilmente era da quelle parti visto che ero stato io a proporre di chiedere in prestito il medaglione, ma obiettai che l'errore non aveva provocato danni.

– No – assentì, rigirando il medaglione nella sua mano. – E sono contento di aver rivisto questo piccolo gingillo. È un magnifico esemplare di arte orafa e rende onore al signor Pedley e al suo esecutore. Come diamine faceste, Polton, ad adattare i capelli a questa bella spirale regolare? I capelli non sono un materiale molto malleabile, vero?

– È semplice, signore, se si sa come fare. Non feci altro che togliere due capelli dalla piccola treccia che avevo tagliato mettendoli a mollo. Poi li avvolsi ben tesi intorno a un fuso d'acciaio, riscaldai con cura il fuso e lo feci raffreddare, dopo di che i capelli, diventati un piccolo cilindro compatto, si sfilarono via come una molla cilindrica. Fatto questo fu facile trasformarli in una spirale piatta.

– Così voi usaste solamente due capelli. Che ne faceste del resto della treccia? La gettaste via?

Polton sorrise scaltramente. – No, signore – disse – io ho il classico vizio dell'artigiano. Non getto via mai niente. Vedete, anche un capello può far comodo, se lungo abbastanza, per incordare un archetto. Volete vedere che cosa ne è rimasto?

Senza attendere la risposta raggiunse uno dei suoi innumerevoli armadietti e, da un cassetto munito di etichetta, tirò fuori una busta con su scritto a matita "Capelli della signora Schiller" che passò a Thorndyke, il quale estrasse una piccola ciocca di capelli castano chiaro o biondo opaco tenuta insieme con apposite fascette.

– Non ci vedo niente di inusuale – dissi, mentre Thorndyke li teneva alla distanza di un braccio alla luce della finestra.

– No – assentì lui – ma noi non abbiamo lo sviluppato senso del colore di Pedley, e probabilmente la singolarità da lui descritta si nota solo in presenza di numerosi capelli. Però neanche in quel caso salta agli occhi più di tanto visto che nessun altro sembra essersene accorto.

Tese la treccia e, dopo averla misurata su una riga sul bancone, annotò la lunghezza sulla busta. Poi riattorcigliò la treccia e la rimise dentro il suo involucro.

– Sto per derubarvi, Polton – disse. – Questo campione andrà a far compagnia agli altri documenti che potrebbero essere prodotti in giudizio, e nella remota eventualità che venga esibito in tribunale fareste bene a scrivere il vostro nome sulla busta sotto la descrizione.

Sbrigata questa formalità Thorndyke, dopo aver rifiutato la mia ridicola proposta di autenticare la firma, mise la busta nel suo portafoglio e passammo all'ingrandimento del ritratto.

Non commenterò il tutto, ribadendo soltanto che allora continuavo a non vedere alcun nesso tra questo modo di agire e la questione del signor Penfield. Né mi soffermerò, per ovvie ragioni, su certe altre attività svolte da Thorndyke nel suo laboratorio privato a porte chiuse; la mia esperienza mi diceva che si trattava di esperimenti che compiva in base a deduzioni tratte da fatti noti anche a me. Senza dubbio sarebbero stati interessanti se ne fossi stato informato ma poiché, in base al nostro strano accordo, Thorndyke mi consentiva di seguire da vicino ogni sviluppo rifiutandosi però di mettermi al corrente delle sue deduzioni o teorie fino alla conclusione del caso, io continuavo a brancolare nel buio ed anche Polton, quanto mai curioso, non poteva fare altro che fissare impaziente quella porta chiusa.

Di ciò che accadeva nel laboratorio privato non avevo la minima idea, però in altri due casi mi fu consentito, per così dire, di scoprire le carte. Così un bel giorno, mentre tornavo all'ora di pranzo, scorsi il mio collega che passeggiava su e giù in fondo a King's Bench Walk intento a conversare con un certo signor Snuper. Ora il signor Snuper era un tipo davvero singolare. Era stato un investigatore privato e Thorndyke lo aveva assunto in un paio d'occasioni per raccogliere informazioni o sorvegliare certe persone, ma si era rivelato così in gamba e pieno di risorse che Thorndyke aveva deciso di assumerlo definitivamente. Era una pedina molto preziosa del nostro staff quando bisognava fare indagini o sorvegliare qualcuno senza dare nell'occhio.

Ma che cosa poteva significare questo incontro? Di solito la comparsa del signor Snuper lasciava presagire qualche sviluppo più o meno clamoroso. Però in quel momento l'unico caso di cui ci occupavamo in cui fossero possibili sviluppi clamorosi era quello della signora Schiller e al riguardo sembravamo essere in possesso di tutti i fatti rilevanti. Il nostro problema era quello di trarre le giuste conclusioni e in tal senso le attività del signor Snuper non sembravano affatto pertinenti.

La mia perplessità raggiunse l'apice quella stessa sera quando, entrando nel nostro soggiorno, trovai Polton che sistemava una poltrona davanti al caminetto con a fianco un tavolinetto sul quale si trovavano una caraffa di whisky e una scatola di sigari. Lo guardai con crescente sospetto e, quando aggiunse un punteruolo preso in prestito dal laboratorio, il mio sospetto divenne certezza.

– Commissario in arrivo? – chiesi.

– Esatto – rispose. – Il signor Miller ha un appuntamento alle otto e mezzo.

– Voi non sapete di cosa si tratti, suppongo.

– No, signore, io non lo so. Ritengo che sia per il caso Schiller, ma è soltanto una supposizione e non c'è bisogno che vi dica che sto morendo di curiosità. Sento che c'è qualcosa nell'aria e che qualcuno riceverà una bella sopresa.

– Che cosa ve lo fa supporre?

– Oh, conosco i miei polli. Il dottore è molto teso, taciturno e indaffarato. Se ne sta rinchiuso nel suo laboratorio a fare tutte cose che dovrei fare io; sviluppa fotografie, esamina oggetti al microscopio, fa microfotografie e solo Dio sa cos'altro. Lo so perché sono io che rimetto a posto ogni cosa quando ha finito.

Risi della sua dichiarata curiosità con una certa simpatia.

– Mi pare – osservai – che stiate facendo il lavoro di Snuper, un "marcamento stretto" del dottore, come direbbero gli agenti in borghese.

– Ebbene, signore, non c'è niente di male a tenerlo d'occhio quando sembra invitarci a farlo, infatti io credo che gli piaccia essere osservato. Fa parte del gioco. Questa mattina, per esempio, l'ho visto parlare con il signor Snuper sulla Walk. Lui sapeva che avrei potuto vederlo dalla finestra. E adesso sta per arrivare il signor Miller, e lui non lascia trapelare quasi nulla. E che cosa mi dite di questo?

Tirò fuori dalla tasca una piccola striscia di mogano di circa dieci centimetri per cinque, in cui c'era una cavità poco profonda e allungata di circa cinque centimetri per due, con lati diritti ed estremità arrotondate e un piccolo foro tondo largo circa appena pochi millimetri, proprio fuori del centro della cavità.

– L'ho ricavato dal disegno in scala al naturale del dottore – continuò Polton

– e, visto che non ha detto niente riguardo al suo scopo, ritengo che faccia parte del pacchetto a sorpresa.

– Sembra piuttosto una sorta di vetrino da microscopio – suggerii, ma proprio in quel momento si udirono dei passi svelti che salivano le scale e Polton prese il vetrino e se lo rimise in tasca, sorridendo colpevolmente quando la porta si aprì ed entrò Thorndyke.

– Vedo che Miller ci onorerà della sua visita – notai.

Lui guardò il tavolinetto e poi con un sorriso chiese:

– L'informazione è stata ricevuta o acquisita con l'osservazione e la deduzione?

– Tutte e due le cose – risposi – ma soprattutto con la deduzione. Poi il punteruolo ha confermato la diagnosi.

– Infatti – rise tra sé e sé Thorndyke – è incredibile come Polton ricordi tutti i gusti dei nostri visitatori. Sarebbe stato un albergatore perfetto. Come fate, Polton?

– Ebbene, signore – rispose l'altro con un sorriso compiaciuto – il vero oggetto di studio dell'umanità è l'uomo e ciò comprende anche il signor Miller e, a proposito, eccolo.

Il crescendo del rumore dei passi che si avvicinavano culminò in una bussata familiare e, quando Polton aprì la porta, il commissario entrò salutandoci con un sorriso e notando le tre poltrone e il tavolinetto.

– È un piacere rivedervi – disse, dopo i saluti e le strette di mano di rito, che riguardarono anche Polton. – È da molto che non capitavo qui. Non mi è facile venire ora che mi hanno imbottigliato in quell'ufficio.

Parlammo del più e del meno per qualche minuto e poi ci accomodammo sulle poltrone, quindi io e Thorndyke accendemmo le nostre pipe mentre Miller sceglieva con cura una sigaretta e Polton versava del whisky.

– Bene, dottore – disse il commissario, maneggiando abilmente il punteruolo intorno all'estremità più vicina del sigaro – mi sono occupato del vostro affaruccio. Faccenda insolita, davvero. Mi sono dovuto procurare il permesso del vice questore e non era molto disposto a concederlo. Poi gli ho mostrato la vostra lettera e dopo qualche lusinga ha ceduto. Ma ha detto che non l'avrebbe fatto per nessun altro, e la stessa cosa posso dire anch'io, e ha aggiunto che l'informazione deve assolutamente essere considerata strettamente confidenziale e personale.

– Sapete che potete fare affidamento sulla mia discrezione, Miller. Però supponiamo che sia necessario usarla come prova, posso contare sulla sua approvazione?

– Dovrete parlarne con lui. Non vorrete mica impugnare la condanna?

– No. Le motivazioni, giuste o sbagliate che siano, non mi riguardano.

– Mi chiedo, e se lo chiede anche il vice questore, che cosa abbiate in mente, specialmente a proposito delle impronte digitali. Comunque suppongo che lo sapremo a tempo debito, visto che avete lasciato intendere che forse avrete nuovamente bisogno della nostra collaborazione. A ogni modo – concluse, tirando fuori una busta voluminosa e sigillata dalla tasca – ecco il dossier della rispettabile Louisa Saunders, se questo era il suo nome, come si è portati a presumere dalle iniziali sui suoi abiti, completo di dati personali, impronte digitali, foto segnaletica, resoconto del verbale del tribunale di primo grado, insomma tutto quello che avete chiesto; noterete che la busta è stata sigillata con la cera e classificata come "documenti segreti".

Consegnò il pacchetto a Thorndyke, ammmiccando a me, e quindi, dopo che il mio collega lo ebbe ringraziato calorosamente per la sua disponibilità, la faccenda fu esaurita e la conversazione si indirizzò verso altri argomenti, concernenti soprattutto le attività del Dipartimento d'Investigazione Criminale. Però i racconti dettagliati del commissario su di esso, per quanto interessanti, non riguardano la nostra storia. Io comunque non li ascoltavo, tutto preso da altri quesiti: chi diavolo era Louisa Saunders? Perché mai ci interessavamo a lei e che cosa se ne faceva Thorndyke delle sue impronte digitali?

Questi quesiti, e il mistero che circondava il dossier, dominarono i miei pensieri nei giorni che seguirono, così come, apparentemente, quelli di Thorndyke, anche se in maniera diversa. Infatti, per l'ennesima volta e provocando l'irritazione di Polton, si rinchiuse in laboratorio e riprese le sue misteriose attività che, secondo quanto riferito da Polton, sembravano essere soprattutto di natura fotografica. Io ne dedussi che stesse eseguendo copie dei "documenti segreti", anche se non avevo la benché minima idea del motivo di tutto ciò.

Il tempo passava, le vacanze estive volgevano al termine e il giorno fissato per l'udienza si avvicinava. Un paio di volte ricevemmo delle comunicazioni da parte del signor Penfield, soprattutto in relazione alla richiesta di Thorndyke di convocare in tribunale alcuni testimoni per procedere a dei contraddittori relativi ai loro affidavit. Una volta, tra le lettere della posta del mattino, notai una busta grande e piena indirizzata a Thorndyke che mi sembrava un rapporto del signor Snuper. Però era solo una supposizione, quantunque la grafia di Snuper fosse ben più riconoscibile della sua persona.

A un certo punto la preparazione di Thorndyke sembrò completata, perlomeno questa era la mia sensazione, non corroborata peraltro da alcuna conoscenza circa la sua natura e non vedevo l'ora che arrivasse il giorno dell'udienza che, così speravo, avrebbe dissipato i miei dubbi.

14. Il tribunale competente per le successioni

Il giorno stabilito per l'udienza ci trovò pronti e, almeno per quel che riguarda me stesso e Polton, quanto mai impazienti. Poiché il tribunale era nei paraggi, Thorndyke e io ci mettemmo parrucca e toga prima di uscire e, così abbigliati e accompagnati da Polton che portava una valigetta, ci avviammo di buon'ora attraversando il Temple, passando per Crown Office Row e Fountain Court e sbucando infine da Devereux Court per ritrovarci sullo Strand opposta alla Royal Courts of Justice. Attraversammo la strada, entrammo in quell'austero palazzo e raggiungemmo l'aula dove si sarebbe tenuta l'udienza.

A eccezione dell'usciere e del signor Turner, assistente di Penfield, fummo i primi ad arrivare; subito dopo fu la volta del signor Longford, il procuratore legale della richiedente, insieme alla sua cliente, la signorina Dalton e a un gentiluomo che come avevo giustamente ipotizzato si rivelò il signor Carl Schiller. Dato che conoscevamo un po' il signor Longford scambiammo alcune parole di saluto e poi lui ci presentò ai suoi due compagni. Durante quella conversazione, garbata ma alquanto superficiale, avemmo l'occasione di esaminarci a vicenda.

La signorina Dalton, "la richiedente", era una donna decisamente attraente di circa trentacinque anni, ma non era tanto lei che mi interessava quanto il signor Schiller, che squadrai nei limiti consentiti dalla decenza. Non che la sua personalità fosse così spiccata, però era (o era stato) il marito della misteriosa Lotta e doveva ovviamente essere ansioso di sapere se era un presunto vedovo oppure ancora un semplice marito. Così lo osservai mentre parlavamo, al pari di Thorndyke, e ascoltai attentamente le sue parole, nelle quali rintracciai un vago accento tedesco, che ben si addiceva al suo aspetto alquanto teutonico. Era un uomo piuttosto piccolo, circa un metro e settantatré, magro e snello, dal collo lungo e dalle spalle grosse, di carnagione chiara, con baffi radi, una barba di un fulvo tenue e occhi di un particolare nocciola verdastro. Le sue sopracciglia erano molto più scure della barba, ben marcate e disposte in modo quasi orizzontale. Quanto ai suoi capelli, essi avevano un colore simile a quello della barba o forse un po' più chiaro, ma visto che li aveva impomatati per poterli pettinare lievemente all'indietro non riuscivo a esaminarli bene. Nel complesso poteva essere considerato un uomo di bell'aspetto e in quel primo incontro mi fece un'impressione più che positiva.

Durante la nostra breve conversazione ci furono altri arrivi. Il signor Lorimer, avvocato della richiedente, era entrato in parrucca e toga e stava discutendo con il signor Longford al tavolo del procuratore. Era arrivato senza dare nell'occhio anche il signor Pedley, che si era trovato un posticino tranquillo in una delle ultime file dove si erano uniti a lui l'ispettore Blandy e due donne di mezza età arrivate nello stesso momento. L'arrivo più interessante per me, però, fu quello di un gentiluomo dall'aria campestre entrato attraverso la porta oscillante che, dopo essersi guardato intorno confuso, si incamminò lentamente verso il tavolo del patrocinatore; all'improvviso stupefatto riconobbi in lui l'ineffabile signor Snuper.

Di certo recitava abilmente la parte di un cugino di campagna. Quello sguardo a metà tra la curiosità e la noia con il quale si guardò intorno fu magistrale, e la cipolla che tirò fuori dalla tasca e che confrontò con fare solenne con l'orologio a muro sembrava proprio un cimelio appartenuto a qualche gentiluomo di campagna d'altri tempi. Ma che ci faceva qui, con quel travestimento, proprio sotto il nostro naso? Siccome non riuscivo a capire la ragione della sua presenza, decisi di tenerlo d'occhio per cercare di risolvere quel mistero. Poi l'orologio sulla tribuna annunciò l'approssimarsi dell'ora invitandoci a prendere posto; la signorina Dalton fu fatta accomodare presso gli avvocati, il signor Schiller scelse uno dei primi banchi con uno schienale alto e riposante, il signor Snuper scivolò su una sedia alle sue spalle e il signor Lorimer si unì a noi al banco degli avvocati. Ci eravamo appena seduti quando l'usciere spalancò la porta laterale e il giudice prese sollecitamente posto.

Lo guardai con estremo interesse visto che, in assenza di giuria, spettava a lui la decisione sul caso. Però, a parte ciò, ero attratto dalla sua personalità, che era sotto molti aspetti singolare. Non aveva quella compostezza imponente ritenuta tipica della magistratura. Di fatto era il giudice più vivace che avessi mai visto. Ballonzolava sulla sua sedia e si voltava verso ogni interlocutore, testimone o avvocato, sporgendosi di lato e rivolgendosi a lui con un tono insolitamente amichevole e confidenziale, in sintonia con il suo modo di condurre il dibattimento, ossia con molta familiarità.

La sua vivacità non era solo fisica. Anche mentalmente era molto sveglio e sembrava seguire ogni fase del dibattimento con interesse molto vivo, osservando l'interlocutore e lasciandosi andare di tanto in tanto a commenti disinvolti assai lontani dalla solennità dei giudici. Era comunque un ottimo giudice, attento, disponibile e amichevole, informale per quanto permesso dalle circostanze.

Dopo che il giudice ebbe preso posto e dato un'occhiata all'aula, rivolse un cenno al signor Lorimer, l'avvocato della richiedente, che si accinse a esporre i fatti.

– È stata fatta opposizione alla richiesta? – chiese il giudice, quando il signor Lorimer ebbe descritto la natura della causa. – Non è molto chiaro, Vostro Onore, in che misura si possa parlare di opposizione. Non sono stati presentati affidavit in replica e non vi è stata alcuna discussione della causa.

Il giudice lanciò uno sguardo interrogativo a Thorndyke, che si alzò e spiegò: – La situazione, Vostro Onore, è la seguente: l'esecutore testamentario di Lotta Schiller è anche il suo legale e si occupa dei suoi affari e, visto che attualmente la presunzione legale è che lei sia viva, lui ha ritenuto necessario salvaguardare i suoi interessi assicurandosi che tutti i fatti contrari alla presunzione di morte vengano portati a conoscenza della corte.

– Voi quindi non avete presentato alcun affidavit?

– No, Vostro Onore; però se nel corso dell'udienza sarà necessario chiederò un aggiornamento per poter presentare affidavit in replica o convocare testimoni.

Il giudice sorrise amabilmente. – Capisco. Il buon, vecchio principio di fare un passo alla volta. Molto bene.

Fece un cenno al signor Lorimer, che continuò: – Dato che si tratta di una richiesta di presunzione di morte, i fatti in questione sono quelli concernenti la probabilità della morte; mi pare opportuno esprimere, molto brevemente, le circostanze che hanno reso necessaria questa richiesta.

Circa cinque anni fa, il 16 agosto 1928, per essere esatti, Lotta Schiller lasciò per testamento ogni suo esiguo avere, circa 300 sterline in tutto, alla sua amica, Barbara Dalton; o, se Barbara fosse morta prima di lei, alla sorella più giovane di Barbara, Linda. All'incirca nello stesso periodo Barbara redasse un testamento simile con la differenza che lei lasciava i suoi beni mobili, tranne il violino, a Linda. Il violino, insieme alla parte residua delle sue proprietà, all'incirca 250 sterline, sarebbe andato a Lotta. Dunque in quel momento questi due testamenti non erano particolarmente significativi. Però il 28 maggio 1930 morì un certo signor Charles Montagu, e risultò che costui aveva lasciato per testamento una somma di 20.000 sterline a Barbara Dalton e una somma analoga a Linda. Le beneficiarie, a quanto pare, non si aspettavano questi lasciti e forse Barbara avrebbe modificato il suo testamento se ne avesse avuto il tempo. Ma non fu così. Per una qualche ragione ci fu un ritardo considerevole nell'omologazione del testamento del signor Montagu e nel frattempo Barbara morì. Quindi, poiché Lotta Schiller era la legataria che riceve la parte residua del patrimonio nel testamento di Barbara, le 20.000 sterline andarono ad aggiungersi alla somma che le spettava.

Tuttavia a quel punto sorse una nuova difficoltà. Quando si trattò di dividere l'eredità del signor Montagu non fu possibile rintracciare Lotta. Furono messi i consueti annunci ma senza esito. Così, per un certo periodo di tempo, la questione rimase in sospeso; non era certo che fosse viva e a ciò bisognava aggiungere un'altra difficoltà, in quanto non solo la somma non poteva essere pagata ma non esistevano neanche prove del fatto che lei avesse diritto a riceverla visto che bisognava prima dimostrare che fosse viva al momento della morte di Barbara.

Poi apparve sui giornali la notizia clamorosa della scomparsa di Lotta insieme all'ipotesi del suo omicidio, e trapelò il fatto stupefacente che in tutto questo tempo era vissuta in camere ammobiliate al numero 39 di Jacob Street, Hampstead Road. O non aveva mai visto gli annunci oppure, il che sembra incredibile, li aveva ignorati. Comunque fossero andate le cose, non appena l'esecutore testamentario venne a sapere che Lotta era viva, o lo era stata di recente, cercò invano di mettersi in contatto con lei. Né i suoi tentativi successivi ebbero miglior sorte; e ora a distanza di due anni, poiché pare pressoché certo che Lotta Schiller è morta, la signorina Linda Dalton, la beneficiaria superstite del testamento di Lotta, agendo su consiglio del suo avvocato, ha presentato istanza al tribunale affinché presuma la morte della testatrice al fine di consentire l'omologazione del testamento. Poiché i fatti sui quali ci basiamo a sostegno della richiesta sono connessi principalmente alla scomparsa della testatrice vi darò ora un resoconto più dettagliato dell'episodio.

Il 16 luglio 1930 Lotta Schiller prese in affitto delle stanze ammobiliate al numero 39 di Jacob Street, Hampstead Road. Non fornì referenze, ma pagò un mese di affitto in anticipo; quel pagamento e i successivi furono effettuati in contanti malgrado lei avesse un conto corrente bancario, il che fa supporre che, per qualche ragione a noi sconosciuta, non volesse rivelare il suo recapito a qualcuno dei suoi amici. Questa supposizione è corroborata dal fatto che durante tutto il suo soggiorno a Jacob Street non strinse alcuna amicizia, a eccezione del signor Pedley, un artista che viveva nell'abitazione accanto, e dei signori Polton e Vanderpuye, che le furono presentati dallo stesso signor Pedley.

Durante questo periodo pare che si sia spacciata per un'artista. Che fosse solo una simulazione è dimostrato dall'irrilevante valore delle sue opere, il che non sorprende se si pensa che nessuno l'aveva mai sentita nominare nel campo della pittura e neanche del disegno. Comunque questo non le impedì di conoscere il signor Pedley del quale divenne amica frequentando assiduamente il suo studio. In questo modo incontrò il signor William Vanderpuye, un avvocato di una delle quattro associazioni legali di Londra, che andò allo studio per farsi ritrarre dal signor Pedley. Questa nuova conoscenza ben presto divenne un'amicizia molto stretta, con semplice affetto da parte di lei e, forse, vero amore da parte di lui.

Non è necessario riportare il resto dell'esposizione dei fatti del signor Lorimer, giacché tratta argomenti già risaputi. Con dovizia di dettagli descrisse tutte le circostanze legate alla scomparsa di Lotta Schiller, incluso l'omicidio della sventurata Emma Robey, la ricerca di Lotta da parte della polizia e il rinvenimento degli oggetti, soffermandosi sulla perlustrazione dell'antico campo britannico e sui vari tentativi fatti negli ultimi due anni di mettersi in contatto con Lotta.

Nel frattempo, dato che non ero molto interessato a questa descrizione, mi misi a osservare quel che accadeva nell'aula, e guardai il giudice, che stava ascoltando con molta attenzione il resoconto del legale, qualche estraneo che entrava per uscire subito dopo e soprattutto il signor Snuper. Non che questi offrisse uno spettacolo particolarmente interessante. Seduto dapprima proprio dietro il signor Schiller, a poco a poco si era fatto strada attraverso i banchi, apparentemente per poter sentire meglio, e se ne stava lì ad ascoltare a bocca aperta, preso dal resoconto di Lorimer quanto lo stesso giudice. Quanto al signor Schiller, dopo l'esposizione iniziale, costui sembrava poco interessato allo svolgimento della causa essendo senza dubbio già a conoscenza dei fatti. Se ne stava per lo più a occhi chiusi con la testa poggiata sullo schienale come se dormisse, sebbene di tanto in tanto aprisse gli occhi e sollevasse il capo per guardarsi intorno, ripiombando però subito dopo in quello stato di torpore.

Fu durante uno di questi temporanei risvegli che accadde una cosa molto strana. Il signor Lorimer aveva concluso la sua relazione e stava per esporre la sua tesi quando il signor Schiller aprì gli occhi e guardò con aria sonnolenta l'avvocato. Poi, ad un tratto, li spalancò e una singolare espressione di sbigottimento apparve sul suo volto. Lo guardai stupefatto. Sembrava si sforzasse di muoversi, ma la sua testa rimaneva immobile quasi fosse attaccata allo schienale. Il suo disagio fu subito notato dal signor Snuper, che scivolò rapido verso di lui frugandosi nel contempo la tasca. Lo sentii mormorare: – Non muovetevi, signore – e altre parole che non riuscii a comprendere e, mentre parlava, vidi che apriva rapidamente un paio di forbici tascabili. Poi, tenendole in mano, si sporse sullo schienale e un momento dopo il prigioniero era libero; quest'ultimo, con un sorriso alquanto amaro, si carezzò dolcemente la nuca e si voltò a guardare confuso la macchia che ora Snuper stava raschiando via dallo schienale con un coltello tascabile. Non potevo vedere che cosa stesse grattando via ma doveva trattarsi di qualche strana sostanza, perché lo vidi far esaminare il coltello al signor Schiller. Poi Snuper pulì il coltello su una busta che tirò fuori dalla tasca e che rimise a posto dopo averla ripiegata. Quindi, non ancora soddisfatto, continuò a raschiare, pulendo il coltello su un altro pezzo di carta e finalmente, dopo aver esaminato la superficie con la mano, vi passò sopra con vigore il suo fazzoletto. Schiller, dopo aver ringraziato Snuper con un sorriso, cambiò posto prendendo la precauzione di esaminare la superficie del banco passandovi la mano sopra, poi si appoggiò indietro e richiuse gli occhi.

Fu un episodio strano e di breve durata, che sarebbe sfuggito a un osservatore distratto. Passò inosservato anche se il giudice, a dire il vero, lanciò uno sguardo interrogativo durante l'operazione della raschiatura. Però c'era qualcosa che non mi convinceva nella faccenda e così continuai a tenere d'occhio il signor Snuper, che nel frattempo era tornato a essere uno spettatore che ascoltava a bocca aperta; vidi che sembrava spostarsi sul banco quasi impercettibilmente verso l'estremità più lontana che raggiunse proprio quando il signor Lorimer terminò di parlare. Poi Snuper si alzò e, dopo aver consultato la sua cipolla ancestrale, scivolò via verso l'uscita svanendo senza un rumore. Lo scopo della sua presenza all'udienza, qualunque fosse, evidentemente era stato raggiunto. Il primo affidavit a essere letto fu quello di Thomas Pedley, in cui furono esposti i punti chiave. Però ancora non riuscivo a capire perché Thorndyke lo avesse convocato per un contraddittorio. Il mio collega non portò alla luce alcuna novità rilevante. Evidentemente si proponeva di accentuare l'importanza dei fatti menzionati e lo scopo fu senz'altro centrato.

– Voi avete affermato, signor Pedley – cominciò – che la vostra amicizia con la signora Schiller durò circa cinque mesi. Durante questo periodo che cosa veniste a sapere del suo passato, dei luoghi in cui era vissuta, dei suoi amici e parenti?

– In realtà – rispose Pedley – non parlava mai del suo passato, e non menzionò né amici né parenti, a eccezione del marito, e questo solo un paio di volte e di sfuggita.

– Sareste in grado di riconoscere la sua scrittura?

– No. Non ho mai visto un suo scritto.

– E la firma sui suoi quadri?

– Non firmava i suoi quadri. Usava un segno convenzionale che somigliava a un fiore.

– Avete mai visto un ritratto del marito o di lei stessa?

– Non ho mai visto un ritratto del marito, e l'unico ritratto di lei che conosco fu quello che disegnò per la riduzione da inserire nel medaglione che voleva donare al signor Vanderpuye.

– Il signor Vanderpuye era soddisfatto del suo ritratto?

– No. La implorò di lasciare che io la ritraessi o che Polton la fotografasse. Ma lei oppose un secco rifiuto. Voleva assolutamente dipingere un autoritratto e fu quel che fece.

– Tale ritratto era somigliante?

– Non vi era alcuna somiglianza. Non somigliava affatto a lei.

– Riconoscete questo? – chiese Thorndyke, consegnando una fotografia incorniciata all'usciere, che a sua volta la passò al testimone.

– Sì – rispose Pedley accennando un sorriso. – È una fotografia dell'autoritratto della signora Schiller.

– E riconoscete questo medaglione?

Parlando Thorndyke estrasse dalla valigia il misterioso vetrino di legno di Polton, sul quale era stato fissato il medaglione di Vanderpuye tramite un fermaglio, lo aprì per mostrare la miniatura e i capelli e lo munì di due lenti, poste una sul ritratto e l'altra sui capelli.

– Sì – rispose Pedley quando l'usciere glielo consegnò – è il medaglione del signor Vanderpuye, e contiene l'autoritratto della signora Schiller e un campione dei capelli di lei.

A questo punto il medaglione e la fotografia furono consegnati al giudice, che esaminò prima con un largo sorriso la fotografia e poi scrutò attraverso la lente la miniatura confrontandola con la fotografia.

– Sì – osservò – in effetti la somiglianza non è molta, a meno che la testatrice non avesse un aspetto davvero fuori del comune. – Prima di restituire "l'oggetto prodotto in giudizio" avvicinò l'occhio all'altra lente per esaminare i capelli. Poi si voltò di scatto verso Pedley e chiese:

– C'era qualcosa di singolare nei capelli della signora Schiller?

– Sì, Vostro Onore – fu la risposta – ma è difficile spiegarlo con precisione. Sembravano avere una struttura alquanto insolita.

– Ah – disse il giudice – pareva anche a me. Comunque...

A questo punto passò il medaglione all'usciere e, mentre quest'ultimo lo dava al signor Lorimer, sembrò assorto, quasi che riflettendo sulle circostanze gli fosse venuta qualche idea. Lorimer, d'altro canto, non mostrò alcun interesse per tali oggetti, e dopo uno sguardo frettoloso li spinse sul tavolo verso Thorndyke, che li passò a me. Ovviamente, memore della descrizione dei capelli di Lotta fatta da Pedley, li esaminai con vivo interesse ma c'era poca luce e l'ingrandimento non era abbastanza grande da evidenziare certi dettagli. Tutto ciò che notai furono delle macchioline alquanto insolite per dei normali capelli umani. Con riluttanza restituii gli oggetti a Thorndyke che, dopo averli riposti nella valigia, riprese il suo interrogatorio.

– Oltre a questo disegno della signora Schiller vedeste mai altri suoi ritratti?

– Nessun ritratto disegnato dal vero. Una volta disegnai un suo ritratto a memoria.

– È questo il ritratto che disegnaste? – chiese Thorndyke, consegnando all'usciere il taccuino di Pedley tenuto aperto con un elastico e una fotografia.

Pedley li esaminò con un timido sorriso e rispose:

– Sì. Il disegno originale è nel taccuino e questa è una fotografia di esso.

– Il ritratto è somigliante?

– Direi che è abbastanza somigliante. Chi la conosceva la riconoscerebbe, credo.

Il taccuino e la fotografia furono consegnati al giudice, che li esaminò con un certo interesse, e quindi passati a Lorimer, che dette un'occhiata quasi sprezzante ai due oggetti e poi li spinse verso Thorndyke. Evidentemente l'onorevole avvocato considerava la condotta del mio collega una disdicevole perdita di tempo e non nascose il suo sollievo quando Thorndyke si sedette ponendo fine al suo interrogatorio.

Visto che Lorimer non aveva intenzione di controinterrogare il testimone e che mancavano pochi minuti all'ora di pranzo, il giudice aggiornò l'udienza, al che ci alzammo tutti in piedi. Il giudice poi uscì celermente per l'ingresso riservato, Polton afferrò sollecito la valigia e gli altri si raccolsero intorno alla porta oscillante. Anche noi sbucammo sulla Strand e ci mettemmo prontamente in cammino verso casa passando per Devereux Court.

15. Le obiezioni del signor Lorimer

Quando fummo in vista dell'inizio di Crown Office Row osservai con interesse, ma senza sorpresa, una persona dall'aspetto campestre che a quanto pare stava esaminando con tutta calma i vecchi edifici della King's Bench

Walk. È superfluo aggiungere che si trattava del signor Snuper, apparentemente ignaro delle nostra presenza fino a quando Thorndyke, al massimo dell'entusiasmo, non gli si avvicinò. Snuper si voltò di scatto, sorpreso, e poi insieme al mio collega iniziò a percorrere la Walk e a discutere seriamente. Io rallentai il mio ritmo per tenerli d'occhio, in quanto ero divorato dalla curiosità dopo quanto aveva fatto Snuper in tribunale. Però c'era ben poco da vedere e ancora meno da sentire, in quanto nessuno dei due parlava a voce alta, ed erano coperti dagli alberi della Walk. Mi parve di vedere Snuper consegnare qualcosa a Thorndyke, ma non vidi che cosa e dato che sparì all'istante nella tasca del mio amico mi rassegnai, almeno per il momento, e rinunciai a seguirli affrettandomi a rientrare a casa in cerca di cibo. Visto che la tavola era stata apparecchiata dal sostituto di Polton, che si accingeva a servire, mi sedetti in attesa di Thorndyke che però, qualche minuto dopo, fece capolino solamente per avvertirmi che avrei dovuto cominciare senza di lui.

– Devo sbrigare un lavoretto in laboratorio – spiegò. – Ci vorranno solo un paio di minuti, ma non c'è bisogno che mi aspettiate.

Così, dato che di lì a poco dovevamo ritornare in tribunale, sollevai il coperchio della pentola e mi misi a mangiare. In meno di cinque minuti Thorndyke si unì a me, e mi parve di rintracciare in lui, sotto la sua solita imperturbabilità, un'espressione soddisfatta, direi quasi eccitata, che lasciava presumere che il "lavoretto" aveva dato i frutti sperati. Così cominciai a fare speculazioni sulla natura di quel lavoretto chiedendomi in particolare se avesse qualcosa a che fare con le attività del signor Snuper. Ovviamente non feci domande e, altrettanto ovviamente, Thorndyke non si lasciò scappare nulla.

Alla ripresa dell'udienza, dopo il pranzo, il signor Lorimer chiese di poter ascoltare la deposizione della signorina Dalton in modo da consentirle di prendere il treno; visto che il giudice non sollevò obiezioni lei prese posto nel banco dei testimoni e fu letto il suo affidavit, che concerneva principalmente le sue rivendicazioni a proposito del testamento e finiva con l'affermazione che aveva visto Lotta Schiller per l'ultima volta all'inizio del giugno del 1930 e da allora non l'aveva più sentita né aveva saputo più nulla di lei fino a quando aveva appreso della sua scomparsa.

Finita la lettura, Thorndyke si alzò per iniziare l'interrogatorio.

– Per caso vi ricordate che vestito indossava la testatrice l'ultima volta che la vedeste?

La signorina Dalton sorrise. – In effetti sì – rispose. – Era un abito molto brutto e anche piuttosto eccentrico. Il corpetto e la gonna erano di una specie di viola opaco e c'era un largo colletto rovesciato di un arancione vivo con maniche dello stesso colore. Un vestito così non si può dimenticare.

– La testatrice suonava qualche strumento musicale?

– Sì. Suonava il violino.

– Si esercitava molto?

– Negli ultimi tempi sì. Mia sorella Barbara guadagnava qualcosa suonando in una piccola orchestra, in un cinema credo, e procurò un ingaggio a Lotta nello stesso posto, così si esercitavano insieme e, naturalmente, anche lei suonava ogni giorno qualche ora nell'orchestra.

– Voi, ovviamente, ricordate abbastanza bene il suo aspetto. Volete dare un'occhiata a questo ritratto e dirmi se lo considerate somigliante? – Così dicendo consegnò all'usciere una fotografia che riuscii a intravedere: si trattava della riproduzione del disegno di Pedley.

La signorina Dalton lo guardò con uno sguardo piuttosto inespressivo.

– Questo dovrebbe essere un ritratto di Lotta? – chiese. – C'è qualcosa che non va. Non vi scorgo la benché minima somiglianza.

Lanciai uno sguardo a Lorimer e mi parve di scoprire un accenno di sorriso

sul suo viso. Il giudice, dal canto suo, mostrò sorpresa e interesse e, quando ebbe la fotografia tra le mani, la esaminò attentamente e la girò per esaminare il retro, sul quale era stato scritto un numero a matita, e prese un appunto.
Nel frattempo Thorndyke aveva consegnato una piccola cartella alla testimone.
– In questa cartella – disse Thorndyke – ci sono una mezza dozzina di fotografie. Volete guardarle e vedere se ne trovate qualcuna che vi ricordi Lotta Schiller?
La signorina Dalton guardò rapidamente le prime due e alla terza si fermò. Tirò fuori quest'ultima e disse:
– Questo è un ritratto di Lotta Schiller, molto strano ma sicuramente somigliante. Anche questo lo è – aggiunse, prendendo un'altra fotografia e sollevandola.
– Voi siete sicura che queste due fotografie sono ritratti di Lotta Schiller?
– Senza ombra di dubbio.
I due ritratti quindi furono passati al giudice, che li esaminò con estremo interesse e li confrontò a lungo con il disegno di Pedley. Dopo aver osservato il retro e preso i suoi appunti li fece girare e assunse un'aria assorta e perplessa, e quando arrivarono a me potei comprendere meglio la sua sorpresa, perché la discrepanza tra il disegno e la fotografia sembrava inverosimile se si pensava all'abilità artistica di Pedley. Comunque non c'era tempo per considerare la questione, perché Thorndyke aveva finito il suo interrogatorio e la signorina Dalton un minuto dopo lasciò il banco, salutò il signor Schiller e uscì con passi agili dal tribunale.
Fu chiamata a testimoniare la signora Mitchens, il cui affidavit espose in breve i fatti a lei noti relativi alla causa a partire dal 16 luglio 1930, quando Lotta prese in affitto le camere, fino al periodo della sua scomparsa, compreso il rinvenimento del corpo di Emma Robey. Terminata la lettura Thorndyke si alzò e iniziò con la domanda:
– Riconoscereste la scrittura della signora Schiller se la vedeste?
– No – fu la risposta. – Non ho mai visto la sua scrittura; non aveva motivo di scrivermi, perlomeno non lo fece mai e dato che pagava sempre l'affitto in contanti non c'erano assegni.
– Ha mai suonato degli strumenti musicali?
– No, mai, però aveva un violino. Me ne accorsi solo quando se ne andò, perché lo trovai sotto il letto mentre sistemavo le sue cose.
– Sistemando le sue cose avete per caso trovato un vestito con corpetto e gonna di colore viola e maniche arancioni con un largo colletto dello stesso colore?
– Nossignore, e non penso che la signora Schiller avrebbe indossato un simile abito. I suoi vestiti di solito erano abbastanza sobri e raffinati. Comunque ne ho trovati soltanto un paio e sono sicura che non c'era niente del genere tra essi.
– Quando la signora Schiller prese in affitto le vostre camere vi fornì delle referenze?
– No. Pagò l'affitto di un mese in anticipo, in contanti.
A questo punto Thorndyke prese la cartella, la consegnò alla testimone, e disse:
– Voglio che guardiate questi ritratti e mi diciate se ce n'è qualcuno che somigli alla signora Schiller.
La signora Mitchens sfogliò i primi due ritratti e poi, giunta al terzo, lo prese e sollevandolo con aria trionfante annunciò:
– Ecco la signora Schiller.
Il giudice, che aveva seguito ogni cosa con molta attenzione, tese la mano

per prendere il ritratto identificato e quando gli fu consegnato lo guardò con vivo interesse e, sporgendosi verso la testimone, disse:

– Ora, signora Mitchens, siete assolutamente sicura che questo ritratto è quello della signora Schiller?

– Assolutamente, Vostro Onore – rispose. – È un ritratto parlante.

Sentito ciò il giudice scribacchiò un appunto e poi chiese di poter vedere la cartella. Quando gli fu consegnata tirò fuori due fotografie e le passò alla testimone.

– Avete visto questi due ritratti? – chiese.

– Sì, Vostro Onore – rispose – ma non è la signora Schiller. Non le assomigliano per niente.

Il giudice prese nota della risposta e poi, dopo aver restituito la cartella, fece un cenno a Thorndyke che pose la sua ultima domanda.

– La signora Schiller riceveva visite?

– Solo il signor Pedley e il signor Vanderpuye. Non ho mai visto nessun altro.

Dopo ciò Thorndyke tornò a sedersi e quando la signora Mitchens ebbe lasciato il banco fu chiamata a testimoniare la signora Bigham, e una donna dall'aspetto alquanto sgradevole si fece avanti con aria spavalda. La deposizione contenuta nel suo affidavit aveva una certa importanza in relazione alla scomparsa, ma quando Thorndyke la interrogò si limitò alla questione dell'identificazione. Prendendo l'ormai solita cartella e passandogliela lui le chiese:

– Voi affermate che conoscevate bene la signora Schiller di vista; pensate di essere in grado di riconoscere un suo ritratto?

– Certo che lo sono. Sono un'ottima fisionomista.

– Allora volete dare un'occhiata ai ritratti di questa cartella e dirmi se per caso ve ne è uno della signora Schiller?

La signora Bigham aprì la cartella con aria solenne e, increspando le labbra, guardò con occhio critico la prima fotografia che scartò commentando "non è lei" per poi passare alla successiva proseguendo sulla stessa falsariga fino alla quinta. Dopo aver fissato attentamente quest'ultima fotografia, la tirò fuori e sbandierandola davanti a noi esclamò: – È lei.

La riconobbi come la riproduzione del disegno di Pedley come fece anche il giudice, che attendeva impaziente la nuova domanda.

– Siete davvero sicura che questo ritratto somigli alla signora Schiller?

– Mio Dio, sì – fu la risposta. – È lei, nata e sputata. L'ho riconosciuta subito.

– Ce ne sono altri due che voglio che osserviate attentamente. Sono i numeri tre e quattro.

La testimone sfogliò le fotografie e ne scelse due che sollevò per farle vedere a noi e al giudice. Si trattava dei ritratti identificati dalla signorina Dalton.

– Se vi riferite a questi – disse la signora Bigham – posso dirvi che non sono della signora Schiller. Per niente.

– Ne siete proprio sicura?

– Assolutamente. Somigliano a lei come somigliano a me.

Tale risposta sembrò soddisfare Thorndyke, che non fece altre domande e tornò a sedersi mentre la signora Bigham con una certa riluttanza, secondo me, lasciava il banco dei testimoni. Ciò che accadde in seguito non mi sorprese più di tanto. Avevo già notato segni di irrequietezza da parte dell'avvocato della richiedente e qualcosa mi diceva che Thorndyke si era preso qualche libertà con la procedura legale. Questo evidentemente era anche il parere del signor Lorimer:

– Sono restio, Vostro Onore – cominciò quest'ultimo – a causare un ritardo nell'udienza, ma a quanto pare la controparte si è allontanata dalla normale procedura e io non posso che oppormi. Il mio onorevole collega sta sollevando evidentemente una questione completamente nuova, di cui non siamo al corrente, producendo dei documenti a sostegno di essa, vale a dire delle fotografie, della cui esistenza non siamo stati informati.

– È vero – assentì sorridendo il giudice. – L'onorevole collega sembra averci preparato una sorpresa.

A questo punto il giudice lanciò uno sguardo interrogativo a Thorndyke, che si alzò per replicare.

– Non voglio esimermi, Vostro Onore, dal porgere le dovute scuse al mio onorevole collega, ma in realtà non ho sollevato una seconda questione. Il fatto è che questa causa presenta davvero due interrogativi. Il primo è: possiamo presumere la morte della persona conosciuta come Lotta Schiller, scomparsa nell'Epping Forest?; il secondo invece è: questa persona era la testatrice? Finora abbiamo dato per scontato che la Lotta Schiller di Jacob Street e la Lotta Schiller testatrice fossero la stessa persona. Non c'erano motivi per mettere in discussione la sua identità. Nondimeno mi sembrava opportuno, *ex abundantia cautelae*, verificare la giustezza di questa premessa, con il sorprendente risultato che ora pare proprio che siamo alle prese con due persone diverse.

Sia Lorimer che il giudice sorrisero della sottile replica di Thorndyke e poi il secondo rispose: – Questo è vero, anche se non risponde all'obiezione dell'onorevole collega. Però la questione dell'identità è stata sollevata e, evidentemente, deve essere risolta prima di poter affrontare l'altra. Quali sono i possibili sviluppi? Voi avete accennato all'inizio all'eventualità di chiedere un aggiornamento per poter presentare degli affidavit o convocare dei testimoni. Ritenete opportuno farlo adesso?

– Credo, Vostro Onore – rispose Thorndyke – che, in considerazione di queste testimonianze contraddittorie tra loro, siano necessarie ulteriori deposizioni e vorrei convocare dei testimoni, ma poiché tali testimoni dovranno essere interrogati non ha molto senso presentare degli affidavit, che tra l'altro ci farebbero perdere del tempo. Siamo arrivati al fine settimana e propongo, se Vostro Onore e il mio onorevole collega sono d'accordo, di conferire con quest'ultimo durante la sospensione per cercare di scongiurare un rinvio.

Il giudice rifletté un po' perplesso su questa proposta ma, dato che Lorimer l'aveva accettata, impaziente evidentemente di portare a termine la causa, acconsentì e aggiornò l'udienza per il fine settimana.

Tolta la seduta, Lorimer andò a parlare a bassa voce con Thorndyke. Quindi raggiunsero il banco dei procuratori legali e discussero brevemente con Turner e Longford, dopo di che si avviarono insieme verso il Temple.

– Ci siamo accordati per il colloquio – disse Thorndyke. – I procuratori legali preferiscono lasciare la decisione agli avvocati, così Lorimer e io pranzeremo insieme e poi passeremo da lui a fare due chiacchiere, il che significa che saremo liberi per il fine settimana.

Così, dopo essersi tolte parrucca e toga, uscì con il suo onorevole collega e lo rividi solo verso le undici, quando rientrò ovviamente di buonumore.

– Allora – chiesi – com'è andata con Lorimer?

– Benissimo – rispose. – È un uomo più che ragionevole e non ho avuto problemi a fargli comprendere il mio punto di vista. Ho dovuto dirgli più di quanto avrei voluto, ma visto che eravamo soli non ha importanza.

– E che cosa avete concluso?

– Ci siamo accordati per trattare separatamente la questione dell'identità e per risolverla definitivamente prima di affrontare la questione principale. Gli ho fatto capire che la soluzione di tale problema non influenzerà comunque la sua causa.

– Diamine! – esclamai. – Vorrei che l'aveste spiegato a me. A mio avviso se riuscite a dimostrare che ci sono due diverse persone, la sua causa crolla all'istante.

Mi guardò con un sorriso irritante.

– Sapete, Jervis, a quanto pare non avete seguito a dovere le deposizioni in questa causa o non avete colto la loro importanza. Rifletteteci bene sopra fino a lunedì e forse riuscirete ad anticipare le rivelazioni che spero di fare durante la prossima udienza.

Dovetti accontentarmi di questo stimolante suggerimento. Ovviamente non stetti a scervellarmi. Mi resi conto che Polton come al solito aveva visto giusto. I diabolici esperimenti di laboratorio di Thorndyke erano il preludio a una "piccola sorpresa per qualcuno", e io sarei stato uno dei sorpresi.

16. Interviene il commissario Miller

Non mi è molto chiaro ciò che accadde durante il fine settimana. Quel sabato Thorndyke fu in giro quasi tutto il giorno, e la mia supposizione che stesse completando i preparativi fu confermata da un messaggio telefonico da parte del commissario Miller che mi chiedeva di far sapere al dottore che la signorina Rendell era stata avvisata e avrebbe partecipato alla seduta di lunedì. Non avevo idea di chi fosse questa signorina Rendell né cercai di scoprirlo. Erano tante le cose oscure.

Però arrivò anche un po' di luce. Mi imbattei in Polton nel laboratorio e lo presi in giro scherzosamente a proposito dell'orologio del signor Snuper, dicendogli che era un disonore per una casa che poteva contare su un artigiano del suo calibro. – Davvero – conclusi – penso che dovreste fornirlo di qualcosa di meno preistorico per salvaguardare la nostra reputazione. Dovreste farvelo mostrare.

Polton mi guardò con un sorriso furbo.

– L'ho visto, signore; in effetti l'ho realizzato io. Ma non è un orologio, e le lancette regolabili sono finte. In realtà è una macchina fotografica, ma il signor Snuper porta il suo orologio in un altro scomparto della stessa tasca.

– Una macchina fotografica! – esclamai. – Ma se è poco più di un giocattolo.

– Ebbene – ammise Polton – non è un gran che come macchina fotografica, è un apparecchio di fortuna. Però fa al caso del signor Snuper, visto che può essere usata dappertutto senza dare nell'occhio, e una fotografia scadente è, per lui, sempre meglio di niente. Vale come documentazione, sapete.

– E che genere di fotografie fa?

– Migliori di quanto pensiate. Il negativo è di un centimetro e mezzo per uno e consente ingrandimenti fino a dieci centimetri per dodici. Ha una lente piccola e bella e una definizione perfetta. Vi andrebbe di vederla? La sto ricaricando.

Tirò fuori la falsa cipolla da un cassetto e la mostrò con giustificato orgoglio; era davvero prodigiosa, con un congegno per cambiare la pellicola che nel contempo chiudeva l'otturatore e con quelle lancette. Però ancor più sorprendenti erano i minuscoli negativi, microscopici e nitidi, che Polton mi mostrò, come pure gli ingrandimenti, belli e chiari. Cominciai a nutrire un certo rispetto per la cipolla e il suo creatore.

Thorndyke passò gran parte del giorno seguente nel suo laboratorio privato completando presumibilmente i preparativi per la ripresa dell'udienza. Non avevo idea di che cosa stesse facendo né formulai delle ipotesi al riguardo. Ci avevo rinunciato e la mia curiosità era tutta volta alle rivelazioni promesse per l'indomani. A quanto pare non ero il solo perché quando prendemmo posto nell'aula, quel lunedì mattina, notai nel signor Lorimer un'aria di grande attesa e il giudice, dopo essere balzato sulla sedia, guardò l'avvocato della richiedente con evidente curiosità, al che Lorimer si alzò per fare il suo annuncio.

– Durante il fine settimana, Vostro Onore, ho conferito con il mio onorevole collega e abbiamo concordato, con il vostro consenso, di trattare separatamente la questione dell'identità e di risolverla prima di ascoltare altre deposizioni relative alla questione principale.

– Mi pare una procedura ragionevole – disse il giudice. – Sarebbe insensato considerare la presunzione di morte se prima non sappiamo di chi cerchiamo di presumere la morte. Ci sono nuovi testimoni?

– Sì, Vostro Onore. Chiamo a deporre il signor Carl Schiller, il marito della testatrice, che ha presentato un affidavit. Questo è il mio ultimo testimone e, con il consenso di Vostro Onore, dopo la sua deposizione lascerò che il mio onorevole collega produca le sue prove.

Il giudice dette il suo assenso e il signor Schiller raggiunse il banco dei testimoni e ascoltò attentamente la lettura del suo affidavit. Era una dichiarazione breve in cui si limitava ad affermare che la moglie non si era fatta più viva e che non aveva più saputo nulla di lei da più di tre anni e che non sapeva se fosse viva o morta. Terminata la lettura Lorimer prese la cartella che gli aveva consegnato Thorndyke e la passò al testimone.

– Signor Schiller, ci sono testimonianze contraddittorie – disse – riguardo a quale dei ritratti in questa cartella sia il vero ritratto di vostra moglie. Volete essere così gentile da esaminarli e aiutarci a risolvere la questione?

Il signor Schiller aprì la cartella e ne analizzò sistematicamente il contenuto, circa sette-otto fotografie. Dopo averle guardate tutte ne scelse una e ce la mostrò: si trattava del disegno di Pedley, o meglio della sua riproduzione.

– Questo – disse con un percettibile accento tedesco – è l'unico che mi ricordi mia moglie, ed è abbastanza somigliante. Gli altri non li riconosco affatto.

Fui molto sorpreso e credo che lo fosse anche il giudice. Infatti la deposizione di Schiller contraddiceva quella della signorina Dalton (che non era presente in quell'occasione). Comunque c'era ben poco da dire in quanto il testimone aveva osservato attentamente ogni fotografia e, visto che né il giudice né Thorndyke contestarono la deposizione, il testimone poté tornare al suo posto, ossia all'estremità del banco, e Thorndyke chiamò il suo primo testimone, una certa signora Matilda Wharton; al che un'attempata signora di bell'aspetto raggiunse il banco dei testimoni.

– Qual è il suo indirizzo completo, signora Wharton? – chiese Thorndyke.

– Vivo al numero 16 di Corby Street, una traversa della Linton Green Road.

– Avete mai conosciuto la signora Lotta Schiller?

– Sì. È stata a pensione presso di me per circa tre anni.

– Il marito viveva con lei?

– No. Lui viaggiava molto però quando era a Londra passava a prenderla e uscivano insieme. Ma non è mai vissuto in quella casa. Credo che alloggiasse in qualche albergo.

– Com'era il loro rapporto?

– Sembrava molto amichevole anche se non affettuoso, però poco prima della partenza di lei ci furono forse degli screzi perché lei prese a comportarsi in modo strano, quasi volesse evitarlo.

– Quando e in quali circostanze se ne andò?

– Mi lasciò il 13 giugno 1930. Una mattina uscì di casa e da allora non è più tornata. Mi spedì comunque un telegramma dicendomi che era andata via e che mi avrebbe scritto. Non mi scrisse mai, ma un paio di giorni dopo venne suo marito a dirmi che si era dovuta recare improvvisamente all'estero e che non sarebbe tornata prima di qualche mese. Pagò il dovuto e portò via le sue cose, incluso il violino. Da allora non ho più saputo niente di lei.

– Qualcosa la colpì a proposito di questa partenza?

– In effetti fu piuttosto strana. Non me ne aveva mai parlato in precedenza e quando uscì non aveva niente con sé.

– Quando era a pensione da lei riceveva molte visite?

– No. Le due signorine Dalton talvolta passavano per vederla oppure uscivano con lei e un paio di volte il signor Montagu, il povero gentiluomo assassinato, venne a trovarla o la portò fuori.

A questo punto cominciarono le sorprese e non solo per me: Thorndyke estrasse dalla valigia un piccolo dipinto a olio, in cui riconobbi lo schizzo di Pedley che avevo visto appeso alle pareti dell'abitazione di Polton.

– Signora Wharton – disse passandoglielo – voglio che guardiate questo quadro e mi diciate se le figure vi ricordano qualcuno in particolare.

La testimone esaminò il quadro prima da vicino e poi alla distanza di un braccio.

– Naturalmente – disse con cautela – non posso riconoscere nessuna di queste persone, però la donna mi pare che somigli molto alla signora Schiller.

– In quale senso le somiglia?

– Penso che dipenda soprattutto dall'abito. È un abito particolare e la signora Schiller ne aveva uno così; anzi lei indossava proprio quell'abito la mattina che andò via. Poi anche la figura le somiglia, e il colore dei capelli. Certo si tratta soltanto di una rassomiglianza. Non dico che sia realmente lei. Vedete, i lineamenti non sono riconoscibili.

– E quanto alle altre figure, vi ricordano forse qualcuno che avete conosciuto?

La signora Wharton osservò di nuovo con molta attenzione il quadro. Infine, in tono alquanto dubbioso, rispose:

– È solo una supposizione, visto che sono di spalle, però l'uomo più alto mi ricorda vagamente il signor Montagu. Lo vedevo spesso nella strada ed era sempre vestito così, e aveva l'abitudine di gesticolare con l'ombrello mentre parlava, come sembra fare quest'uomo; e l'ombrello del quadro sembra avere un manico d'avorio proprio come il suo. Anche l'altezza mi pare quella giusta, paragonandola a quella dell'altro uomo. Ripeto, io non pretendo di riconoscerlo.

– Naturalmente non potete – disse Thorndyke – comunque complimenti per la vostra memoria e la vostra capacità d'osservazione. Ora vi farò vedere qualcosa di più concreto.

Qui produsse la solita cartella e gliela passò. Nel frattempo il quadro fu consegnato al giudice, che lo guardò con curiosità e lo restituì; notai che stavolta Lorimer lo esaminò con un interesse maggiore rispetto agli altri oggetti prodotti in giudizio. Ma l'attenzione adesso era focalizzata sulla signora Wharton che, su richiesta di Thorndyke, stava osservando minuziosamente la serie di ritratti. Dopo averli esaminati tutti ne scelse con cura due e ce li mostrò: erano i due riconosciuti dalla signorina Dalton.

– Questi – disse – sono ritratti della signora Schiller. Non la idealizzano, ma la rappresentano abbastanza fedelmente.

Il giudice li osservò con un'espressione sorpresa e piuttosto perplessa e poi guardò Thorndyke che, quando ricevette la cartella, ne trasse il disegno di Pedley e lo passò alla testimone.

– Che mi dite di questo? Dovrebbe essere un ritratto della signora Schiller. È somigliante?

La testimone lo guardò con evidente sorpresa. Dopo un accurato esame lo riconsegnò scuotendo la testa.

– Io non credo che abbia qualcosa a che fare con la signora Schiller – disse. – Non le somiglia affatto. Qui c'è una persona diversa.

La perplessità del giudice fu completa. Chiese di avere la cartella, pose i tre ritratti in fila sul suo tavolo l'uno accanto all'altro e fece un lungo e accurato confronto. Evidentemente incapace di trovare una spiegazione li rimise a posto e riconsegnò la cartella a Thorndyke con le ciglia inarcate.

Tra i nuovi spettatori nell'aula avevo notato una donna dall'aspetto compassato con un'uniforme ben tenuta che mi ricordava la prigione, o più familiarmente la "galera". L'impressione era giusta, infatti quando la signora Wharton ebbe lasciato il banco senza controinterrogatorio la donna in questione prese il suo posto e, fronteggiando Thorndyke con una padronanza di sé professionale, si presentò come signorina Julia Rendell, guardia carceraria alla prigione di Holloway. Thorndyke produsse l'immancabile cartella però stavolta non la consegnò alla testimone, ma l'aprì, scelse le due fotografie identificate dalla signora Wharton e le mostrò alla donna.

– Riconoscete queste due fotografie, signorina Rendell? – chiese.

– Sì – fu la sua pronta risposta. – Sono copie parziali di foto segnaletiche di una detenuta chiamata o conosciuta sotto il nome di Louisa Saunders.

– Riconoscete queste due? – chiese passandole altre due fotografie che aveva appena tolto dalla valigia.

– Sì, sono i ritratti originali o copie esatte di essi.

– Ritraggono fedelmente Louisa Saunders?

– Direi di sì. L'ho riconosciuta subito.

– Quando vedeste per la prima volta Louisa Saunders?

– La sera del 13 giugno 1930. Era stata arrestata quella mattina e rinviata a giudizio.

– Sapete dirmi con quale accusa era stata arrestata?

– Sì, fui io ad accompagnarla, insieme ad altre persone rinviate a giudizio, al tribunale di primo grado ed ero presente all'udienza. Fu accusata di aver spacciato una banconota da una sterlina falsa e di possederne altre quattro.

– Si dichiarò colpevole o non colpevole?

– Non colpevole. Disse di aver ricevuto una mazzetta di banconote senza sospettare minimamente che fossero false.

– C'erano prove che lei sapesse che le banconote erano false?

– No. L'unica prova contro di lei era che aveva cercato di pagare alcune cose che aveva comprato con la banconota falsa, e che ne aveva delle altre in suo possesso. Però, dato che non fornì alcuna spiegazione e non volle dire come era venuta in possesso delle banconote, o chi gliele aveva date, fu giudicata colpevole e condannata a sei mesi di detenzione.

– In base alla sua esperienza è una condanna normale per questo reato?

– No, direi che è insolitamente mite.

– La detenuta fornì un indirizzo?

– No. Non disse niente di sé stessa eccetto il proprio nome.

– C'erano prove che Louisa Saunders fosse realmente il suo nome?

– Nessuna, tranne il fatto che i suoi vestiti erano segnati con le iniziali *L.S.*

– Era sposata o nubile?

– Rifiutò di fornire informazioni su sé stessa, ma visto che portava un anello nuziale la registrammo come donna sposata.

– Mentre era in prigione le tagliarono i capelli?

– No. Erano abbastanza corti quando entrò e, dato che erano perfettamente puliti, non fu necessario farlo.

– Ricordate la loro lunghezza quando fu scarcerata?

– Per quello che ricordo le arrivavano all'incirca sotto le spalle.

– In quale data fu scarcerata?

– Il 12 dicembre 1930, a mezzogiorno.
– Suppongo che non sappiate se incontrò qualcuno quando lasciò la prigione.
– In effetti lo so. Per caso uscii dalla prigione alla stessa ora e vidi un uomo che sembrava la stesse aspettando all'angolo di Hilmarton Road. A ogni modo lei attraversò la strada e lo raggiunse.
– Ricordate quell'uomo?
– Vagamente. Non mi rimase impresso e non lo riconoscerei se lo vedessi. Tutto quel che so di lui è che sembrava ben vestito ed era piuttosto piccolo.
– Voi vedeste la detenuta Saunders il giorno del suo arrivo alla prigione, la accompagnaste al tribunale di primo grado e la vedeste in strada quando lasciò la prigione. Vi ricordate come era vestita in quelle occasioni?
– Ricordo che indossava un abito piuttosto vistoso con maniche di colore diverso rispetto al corpetto e alla gonna.
A questo punto Thorndyke prese lo schizzo di Pedley e lo fece vedere alla testimone.
– Voglio – disse – che guardiate attentamente questo quadro e mi diciate se vi fa venire in mente qualcosa.
La testimone osservò per qualche istante il quadro e poi rispose:
– La donna del quadro mi ricorda molto Louisa Saunders. Le somiglia quanto a figura e colore dei capelli, e l'abito sembra proprio quello che la Saunders indossava quando entrò in prigione e quando ne uscì. Naturalmente non posso identificarla come Saunders perché il volto non è riconoscibile, ma per il resto la somiglianza sembra totale.
Ciò concluse l'interrogatorio e, quando Thorndyke tornò a sedersi, Lorimer si alzò per dare inizio al controinterrogatorio.
– Non è alquanto singolare – chiese – che abbiate ancora un ricordo così vivido della prigioniera dopo tutto questo tempo?
– Non penso – rispose. – Una guardia di custodia dovrebbe essere in grado di ricordare e riconoscere la gente, e Saunders era una detenuta abbastanza insolita. La maggior parte delle donne che arrivano appartengono alle classi più basse, e poi il vestito che portava dava decisamente nell'occhio. E – aggiunse con un sorriso di biasimo – un agente di custodia femminile, come ogni altra donna, è portata a ricordare bene un vestito insolito.
– Questo qui – osservò il giudice – di sicuro ha colpito profondamente le signore che lo hanno visto, a giudicare dalle deposizioni, visto che tutte quante lo ricordano chiaramente. Però le fotografie lo rendono in modo assai fuorviante, anche se si capisce che il colore delle maniche e del colletto è diverso da quello del corpetto. Il pittore è in un certo senso avvantaggiato rispetto al fotografo.
– Nel campo dei colori, Vostro Onore – disse Lorimer. – Non per quel che riguarda l'identità di una persona. Non ritengo valida l'identificazione della figura di quel quadro.
– No, no, no! – esclamò il giudice. – Mi riferivo solamente al colore dell'abito. Nessuno ha suggerito che la persona sia stata realmente identificata.
Lorimer introdusse quindi un nuovo argomento. – Voi avete detto di aver assistito al processo nel tribunale di primo grado. Furono prodotte prove che dimostravano che l'accusata era al corrente della natura delle banconote?
– Nessuna, tranne il fatto che possedeva quelle banconote e ne aveva spacciata una.
– Fu provato che la sua versione dei fatti non era vera?
– No. Il problema era che si rifiutava di dire dove aveva preso le banconote o il nome di chi gliele aveva date.

Dopo questa risposta Lorimer chiuse con discrezione il suo controinterrogatorio, evidentemente soddisfatto di aver suggerito il dubbio che forse l'accusata era innocente, malgrado la condanna. Non capivo perché avesse insistito su questo aspetto, a meno che non cominciasse a nutrire lo stesso sospetto che si era insinuato nella mia mente.

Avevo ascoltato con vivo interesse la deposizione della signorina Rendell ed ero rimasto sbalordito non solo dall'identificazione, ma anche dalle curiose coincidenze delle date. Il giudice, poi, alla nuova identificazione rimase letteralmente esterrefatto e quando fu menzionata la data dell'arresto della detenuta si affrettò a sfogliare e a esaminare i suoi appunti; quando gli furono consegnate le fotografie le dispose in file e le confrontò. I fatti erano abbastanza evidenti e lo compresi quando ebbi le fotografie. Le due paia di foto infatti sembravano provenire dagli stessi negativi, l'unica differenza era che gli "originali" presentavano un'assicella nera con il nome della prigioniera segnato con il gesso fissata alla sedia alla base del ritratto mentre nelle "copie incomplete" l'assicella era stata coperta.

Comunque c'erano anche altri ascoltatori interessati oltre al giudice e a me. Il signor Schiller, che apparentemente ancora teneva chiusi gli occhi, in realtà era ben sveglio. L'ispettore Blandy seguiva molto attentamente la deposizione e il commissario Miller, che nel frattempo era entrato silenziosamente nell'aula con il mio amico, il dottor Oldfield, seguiva e ascoltava concentrato anche se presumibilmente già conosceva bene la deposizione della signorina Rendell.

Quando quest'ultima uscì con compostezza dal banco il giudice lanciò uno sguardo interrogativo in direzione di Thorndyke, poi fu chiamato il nome del testimone successivo, e il dottor James Oldfield si fece avanti e giurò per poter deporre.

Anche per lui, come per la testimone precedente, l'interrogatorio cominciò con l'esame delle due "copie parziali".

– Volete guardare queste due fotografie, dottor Oldfield – disse Thorndyke – e dirci se vi sembrano ritratti di qualcuno che conoscete?

Oldfield esaminò accuratamente le fotografie per quasi un minuto e mentre le guardava un espressione di sorpresa si disegnò sul suo volto. Infine, rispose cauto:

– Queste fotografie mi sembrano ritratti di Emma Robey, la donna assassinata due anni fa al numero 39 di Jacob Street, Hampstead Road.

– Potete affermare con sicurezza che sono ritratti di Emma Robey?

– Non posso giurarlo. La donna era già morta da tre settimane quando esaminai il cadavere e non era più la stessa. Però sono convinto che questi siano suoi ritratti. Posso consultare i miei appunti?

– Quando li avete presi? – chiese il giudice.

– Li presi all'obitorio davanti al cadavere e li verificai punto per punto dopo averli scritti.

– Allora potete senz'altro consultare i vostri appunti – disse il giudice.

Così Oldfield tirò fuori dalla tasca un taccuino e, dopo averlo aperto in corrispondenza di un certo segno, procedette a confrontare sistematicamente gli appunti e le fotografie. Quando ebbe terminato annunciò:

– Ho paragonato il rapporto negli appunti, dettaglio per dettaglio, alle fotografie e mi pare che ogni particolare combaci tranne uno. Si tratta dei capelli, che nella fotografia sono parecchio più corti dei capelli del cadavere quando lo esaminai.

– Annotaste l'esatta lunghezza dei capelli?

– Non li misurai, ma scrissi nel rapporto che arrivavano proprio sotto le spalle.

– A parte questa discordanza voi ritenete che il vostro rapporto e le fotografie combacino perfettamente?

– Sì, ogni dettaglio coincide alla perfezione.

– E, a prescindere dal rapporto scritto, voi riconoscete nei ritratti Emma Robey?

– Sì. Non appena ho visto le fotografie ho avuto la sensazione che ritraessero qualcuno che conoscevo, e poi ho cercato di ricordare chi fosse quella persona e all'improvviso ho capito che si trattava di Emma Robey. Posso dire adesso di non aver alcun dubbio che si tratti davvero di lei.

A questo punto la mia attenzione fu attratta dal signor Schiller, che si era improvvisamente svegliato e poi, dopo aver estratto l'orologio e avergli dato un'occhiata con aria perplessa, si era alzato di scatto e dopo un piccolo inchino al giudice si stava avviando lentamente e silenziosamente verso la porta. Il suo esempio però fu seguito dall'ispettore Blandy e dal commissario Miller che si avviarono entrambi nella stessa direzione. Seguii con attenzione le tre figure che convergevano verso l'uscita, Schiller in testa, che affrettò leggermente il passo, e poi gli altri. Quando furono usciti tutti e tre e la porta si richiuse rumorosamente alle spalle dell'ultimo, il giudice, che aveva osservato l'esodo, prese le fotografie e osservò:

– Che faccenda incredibile. Questi ritratti ora sono stati identificati con convinzione come quelli di tre persone diverse.

– Vostro Onore – disse Thorndyke – io sostengo invece che si tratta della stessa persona.

– Sembrerebbe – cominciò il giudice interrotto da un sonoro tonfo proveniente dalla porta oscillante, che si spalancò lasciando giungere il rumore di una baruffa e di voci basse ma eccitate. Poi, nel bel mezzo di quel baccano, si udì un colpo di pistola e quando la porta si richiuse il rumore si attenuò. Poco dopo, a un segnale del giudice, l'usciere corse verso la porta e, dopo aver scrutato cautamente fuori, scomparve e la porta si richiuse dietro di lui. Seguì un breve silenzio carico di attesa, poi l'usciere riapparve in compagnia del commissario Miller e annunciò:

– Questo agente, Vostro Onore, ha una comunicazione da farvi.

Il giudice non fece alcun commento e si limitò a lanciare uno sguardo indagatore a Miller, che si avvicinò e fece la sua "comunicazione".

– Devo informare Vostro Onore – disse – che il signor Carl Schiller è stato appena arrestato con l'accusa di aver ucciso sua moglie.

– È lecito – chiese il giudice, che sembrava più interessato che stupito – sapere da voi qualche particolare a proposito dell'accusa?

– Certamente, Vostro Onore – rispose Miller – visto che il prigioniero comparirà immediatamente davanti a un magistrato. L'arresto è avvenuto in base a una denuncia sporta dal dottor Thorndyke, e l'imputato è accusato di aver ucciso, il 12 dicembre 1930, al numero 39 di Jacob Street, sua moglie Lotta Schiller, somministrandole con la forza del veleno.

– Ah – disse il giudice – il numero trentanove di Jacob Street. Allora la tragedia dell'Epping Forest, se di tragedia si trattava, non è pertinente alla causa di questa povera donna?

– Assolutamente no, Vostro Onore – assentì Miller.

Il giudice rifletté per un po', poi rivolgendosi alla Corte, vale a dire agli avvocati e ai procuratori legali, disse: – Avete udito questo importante annuncio da parte dell'agente. Ovviamente questa nuova informazione implica perlomeno la sospensione di questo dibattimento. Se si prova che Lotta Schiller è stata assassinata allora si prova pure che è morta; e se la sua morte può essere provata, questa prova esclude il concetto di presunzione di morte. Pertanto l'udienza viene aggiornata *sine die*.

Sentito ciò, ci alzammo tutti. I testimoni (non c'erano spettatori) sgombrarono l'aula e anche noi ci accingemmo ad andarcene. Però il giudice non sembrava volersi ritirare. Al contrario, si sporse verso Thorndyke e, a bassa voce, gli espresse il desiderio di avere maggiori chiarimenti. Di conseguenza Thorndyke si avvicinò al giudice e Lorimer e io, senza badare troppo alle formalità, lo seguimmo.

– Bene, dottore – disse il giudice – visto che avete usato il Tribunale competente per le successioni per i vostri scopi io credo che il minimo che possiate fare è soddisfare la nostra legittima curiosità. Adesso quel che voglio sapere è: che cosa accadde alla donna che si fece passare per Lotta Schiller al numero 39 di Jacob Street e che parte ebbe nel crimine?

– Non c'era alcuna donna, Vostro Onore – rispose Thorndyke. – La persona conosciuta in Jacob Street come Lotta Schiller era Carl Schiller, vestito e truccato da donna.

– Santo Dio! – esclamò il giudice. – Pare incredibile. Suppongo che abbiate delle prove lampanti circa la sua identità.

– Esatto – rispose Thorndyke. – Le due persone sono identiche nelle loro caratteristiche fisiche, quanto a taglia, colore degli occhi, forma dei lineamenti e hanno lo stesso tipo di orecchio.

– Ciò non vi sarà di grande aiuto per sostenere un'accusa capitale – commentò il giudice.

– No – assentì Thorndyke. – Potrebbe servire semmai a corroborare la mia tesi. Però c'è una prova decisamente conclusiva. La Provvidenza ha aiutato noi piuttosto che il criminale. Si dà il caso che Carl Schiller abbia un tipo di capelli assai inusuale.

– Ah! – esclamò il giudice. – C'è qualcosa di strano nei capelli, vero? Me ne sono accorto guardando il medaglione. Capelli molto insoliti, vero?

– Non sono soltanto insoliti, Vostro Onore. Presentano un'anomalia rarissima. Questi capelli anulati, come vengono chiamati, contrassegnati da bande chiare e scure alternate, sono talmente rari che malgrado la mia lunga esperienza professionale questo è il primo caso che mi capita. Se ne trovano pochissimi esemplari nei musei.

– Impressionante – disse il giudice. – Però il campione nel medaglione al quale, suppongo, vi riferite, appartiene alla donna. Vi risulta che anche Carl Schiller abbia capelli simili?

– Sì – rispose Thorndyke. – Ancora una volta la Provvidenza ci ha dato una mano. Durante la scorsa udienza si è verificato un singolare episodio in aula. La testa del signor Schiller per qualche sconosciuta ragione è rimasta attaccata allo schienale del banco e una persona che era seduta dietro di lui è stata costretta a tagliare dei capelli per liberarlo. Sono entrato in possesso di quei capelli e, naturalmente, non appena sono stati esaminati in laboratorio il mistero è stato svelato.

Il giudice strizzò gli occhi. – Ah! – disse. – Adesso mi chiedo per quale motivo quel gentiluomo sia rimasto attaccato al banco. Per caso lo sapete?

– Non ne sono sicuro – rispose Thorndyke – ma qualche sospetto ce l'ho.

– Anch'io – disse il giudice.

17. Osservazioni sull'arte del travestimento

Sarebbe forse interessante, se lo spazio lo permettesse, descrivere dettagliatamente il processo a Carl Schiller per l'omicidio della moglie Lotta. Però lo spazio non lo consente, né tale descrizione è indispensabile in quanto tutte le prove a suo carico sono già conosciute ai lettori di questa storia. Comunque un conto è conoscere i fatti, un altro è saperli concatenare e trarre le giuste deduzioni. I fatti noti a Thorndyke erano noti pure a me, ma fu solo dopo aver sentito la ricostruzione delle sue indagini che riuscii a inquadrarli bene e a capire come pezzo dopo pezzo lui avesse ricomposto il mosaico e fosse giunto a quella sorprendente conclusione.

L'esito del processo era scontato. La giuria, senza lasciare il proprio banco, emise il suo verdetto di "colpevolezza" e il giudice pronunciò la condanna a morte. Il prigioniero scese dal banco degli imputati sparendo per sempre alla vista degli uomini e gli spettatori, calato il sipario, si alzarono e cominciarono a sfollare. Cercai di sbrigarmi e nel grande atrio incontrai Polton, Pedley e Vanderpuye ai quali mi unii in attesa di Thorndyke.

Da parte mia avevo assistito al dispiegamento del dramma, al susseguirsi di quelle prove schiaccianti, senza provare la benché minima pietà, neanche quando il giudice aveva indossato il berretto nero e pronunciato le parole di condanna. Per i nostri due amici invece fu diverso. Per loro era stato impossibile, guardando quel bruto sul banco degli imputati, che fronteggiava i suoi accusatori come una bestia feroce in gabbia, dimenticare i legami di amicizia e persino di affetto che una volta li legavano a lui. Guardando i loro volti pallidi e affranti compresi quanto fosse stata penosa la prova alla quale si erano sottoposti. Anche Thorndyke, quando uscì e si unì a loro, si rese subito conto del loro angoscioso stato d'animo e con il suo solito simpatico tatto cercò in qualche modo di distrarli.

– Mi chiedo, Polton – disse – se le risorse del numero 5 di King's Bench Walk consentano di improvvisare una cena per cinque.

– Le risorse del numero 5 di King's Bench Walk, signore, sono illimitate – fu la pronta risposta, in un tono più che convincente.

– Allora – disse Thorndyke – posso permettermi di chiedere ai nostri due amici se vogliono onorarci del piacere della loro compagnia questa sera.

Lanciò uno sguardo interrogativo a Pedley e Vanderpuye, che accettarono entrambi l'invito con una prontezza quasi patetica, al che Polton si scusò e partì come un razzo mentre noi, visto che con tutta la buona volontà non potevamo ancora pensare a mangiare, girovagammo verso Old Bailey fino a Ludgate Hill in cerca di una indispensabile tazza di tè. Dopo aver consumato la bevanda, mentre io e Thorndyke cercavamo di tenere su il morale, ci avviammo con andatura riposante per il Temple passando per l'Embankment.

La valutazione delle risorse del numero 5 di King's Bench Walk fatta da Polton si rivelò esatta visto il risultato, anche se sospettai lo zampino di Rainbow o di qualche altra eccellente osteria di Fleet Street. Comunque il pranzo che consumammo a tempo debito fece onore alla casa, ben completato dalla nostra riserva di vini, che Polton non aveva saccheggiato invano, sebbene davanti al proprio posto avesse ingloriosamente sistemato una bottiglia di limonata. Il servizio fu curato con discrezione da William, il sostituto di Polton in casa, coadiuvato da uno straniero misterioso dall'aspetto professionale, che si aggirava sullo sfondo eseguendo curiosi giochi di prestigio con piatti e coperchi senza invadere però mai il dominio di William.

Le fasi iniziali di un pranzo, "quando si mettono in movimento le lingue", non si prestano a conversazioni importanti. Così per un po' ci si limitò a parlare del più e del meno. Però il dramma che avevamo seguito fino al suo tragico epilogo solo poche ore prima riempiva le nostre menti e prima o poi era destinato a venire a galla. Però solo quando il rito masticatorio si fu affievolito e dopo che il vino scorse in abbondanza, l'argomento, fino ad allora tabù, fu toccato e anche allora solo indirettamente.

– Prima che me ne dimentichi – disse Thorndyke – devo restituire qualcosa.

– Estrasse dalla tasca il taccuino di Pedley e il medaglione di Vanderpuye e, spingendoli lungo il tavolo verso i rispettivi proprietari, aggiunse: – Non c'è bisogno che vi dica quanto sia in debito con voi per il prestito e l'uso di queste cose. Avete ascoltato le deposizioni e sapete quanta luce questi oggetti abbiano gettato sul mistero.

Pedley prese il taccuino e lo mise in tasca senza osservazioni; Vanderpuye invece esitò, guardando il piccolo gingillo sul tavolo con disprezzo. Infine lo prese e se lo infilò in tasca palesando un certo disgusto.

– La vostra proprietà, Polton – disse Thorndyke – è, come vedete, sulla cappa del camino, e ora è a vostra disposizione, e molte grazie per il prestito.

– Non c'è di che, signore – rispose Polton – ma penso che il prestito abbia giovato più a me che a voi. Il quadro per me è diventato più interessante, mentre a voi non è che sia servito molto eccetto che per il colore dell'abito della donna.

– Io penso – disse Thorndyke – che quando sentirete tutta la storia, prima o poi, scoprirete che nelle indagini il quadro ha svolto un ruolo molto più importante di quanto pensiate.

– Ma se è così – dissi io – c'è almeno un punto che mi è sfuggito, perché la pensavo come Polton, e in effetti mi chiedevo che senso avesse produrre il quadro in tribunale.

– L'obiettivo principale – rispose – era aiutare i testimoni a ricordare l'abito. Le fotografie non erano di grande aiuto, però il vestito era di vitale importanza per risalire alle date. Inoltre mi proponevo di accertare se nella figura della donna si potesse riconoscere Lotta Schiller.

– Sì, ma avete fatto un'allusione a qualche altra funzione del quadro e avete accennato a qualche futura occasione in cui sentiremo l'intera storia delle indagini. Ma perché aspettare? Siamo tutti qui e credo che siamo tutti in egual misura molto interessati al caso. Quanto a me, brancolo ancora nel buio. Ho trovato assolutamente convincenti tutte le prove, ma quello che non riesco a capire è come avete fatto a ricostruire il tutto partendo dal nulla. Da dove avete cominciato? Che cosa vi ha messo sulla pista giusta? Ho l'impressione che nel momento stesso in cui Penfield ha esposto il caso già avevate più o meno elaborato una certa teoria nella mente.

– In effetti – rispose – le cose stanno proprio così. Quando Penfield ci ha informato della richiesta avanzata non stava introducendo, dal mio punto di vista, un nuovo caso bensì una nuova fase di un problema che avevo già considerato in un certo senso. Però la storia delle indagini è piuttosto lunga e, se davvero volete sentirla, fareste bene ad avvicinare le vostre poltrone al camino e a mettervi a vostro agio.

Non c'erano dubbi sul desiderio di ascoltare il racconto. Polton era sui carboni ardenti e i nostri due ospiti, ognuno a modo suo, erano impazienti di sapere come era stata dipanata l'intricata matassa. Di conseguenza avvicinammo le nostre poltrone al camino e Polton sistemò opportunamente lì vicino dei tavolinetti con caraffe e scatole di sigari, mentre William e il cameriere sconosciuto, ora uscito allo scoperto, tolsero celermente dal tavolo ogni cosa superflua. Quindi, quando i due finalmente se ne furono andati, Thorndyke iniziò il suo racconto.

– È necessario fare una premessa, che serve per capire come mi sorsero i primi sospetti in assenza di utili spunti esterni. Jervis sa, perché ne abbiamo parlato spesso, che all'inizio, quando non avevo molti clienti, mi dedicavo allo studio di casi ipotetici. Consideravo come concepire ed eseguire un certo crimine facendo in modo di non essere scoperti e poi, quando avevo determinato i princìpi, li applicavo in dettaglio a un crimine immaginario. Poi studiavo tale crimine per individuarne i punti deboli e i suoi eventuali agganci con la vita reale. Il metodo era davvero prezioso perché un crimine ipotetico, studiato sistematicamente, equivale praticamente a un crimine vero per quel che riguarda l'esperienza acquisita.

Ora il crimine più importante, da un punto di vista medico-legale, è l'omicidio premeditato. Di conseguenza ho prestato particolare attenzione a questo tipo di crimine e, dopo aver sperimentato diversi metodi, sono arrivato alla conclusione che quello di gran lunga più sicuro per evitare di essere scoperti è quello di creare un personaggio fittizio. Questo metodo, purché abilmente preparato ed efficacemente eseguito, mi sembrava quasi garantire il delitto perfetto.

– Non sono sicuro – disse Vanderpuye – di aver ben compreso cosa intendiate con creare un personaggio fittizio.

– Bene, allora prendiamo un caso immaginario. Supponiamo che un uomo che noi chiameremo John Doe abbia una qualche ragione per eliminare una certa persona. Questa persona potrebbe essere una moglie indesiderata. John Doe potrebbe voler sposare un'altra donna, oppure potrebbe essere vittima di un ricattatore. La ragione, qualunque essa sia, è seria. La persona che desidera eliminare è un ostacolo costante alla sua felicità o una minaccia permanente per la sua sicurezza. Ora, supponendo che lui adotti il mio metodo, vediamo di seguire le sue mosse.

Comincia con il ricorrere a un travestimento che modifica a tal punto il suo aspetto che nessuno dei suoi conoscenti potrebbe riconoscerlo, fornendogli certe nuove caratteristiche facilmente riconoscibili.

– Il che è tutt'altro che facile – osservai.

– Vero – assentì Thorndyke – ma considereremo separatamente tale questione. Ora supponiamo che John Doe si sia travestito in questo modo e abbia asssunto un nuovo nome, diciamo Richard Roe. Sotto questo nome si stabilisce in un quartiere dove non lo conoscono e sceglie un'attività che lo porta a frequentare un limitato numero di persone. Potrebbe aprire un negozio oppure esercitare una qualche professione che lo renda noto agli abitanti del quartiere e amico di pochi; poniamo il caso che si comporti così per qualche mese, perlomeno fino a quando non è divenuto una figura familiare nella zona.

A questo punto commette il suo crimine, nel momento e nel luogo da lui prescelto. Non ha fretta. Può predisporre con comodo il tutto. Non ha alcun motivo per cercare di nascondere l'identità del criminale, al contrario più il crimine viene associato a Richard Roe più sarà al sicuro. È però indispensabile evitare testimoni oculari o fughe precipitose. Probabilmente il metodo perfetto è quello di attirare le vittime in casa e, dopo aver commesso il crimine, occultare il cadavere in casa e preparare con comodo la partenza.

Come vedete il nostro uomo non ha fretta né corre alcun pericolo. Ci vorranno giorni, o forse settimane, prima che venga scoperto il cadavere, e nel frattempo può andare all'estero oppure lontano, scrivere agli amici descrivendo i suoi viaggi e, a tempo debito, dopo un cospicuo intervallo di tempo, tornare a frequentare i luoghi e gli amici abituali.

Nel frattempo è stato scoperto il cadavere e la polizia è sguinzagliata alla ricerca dell'assassino, Richard Roe. Ha una sua descrizione particolareggiata, fornita da numerosi testimoni attendibili che lo conoscono bene e di certo saprebbero identificarlo. Però, nel momento in cui John Doe abbandona il suo travestimento, Richard Roe cessa di esistere. La polizia, di fatto, sta cercando un uomo del tutto immaginario.

– Va bene – dissi – pare proprio un piano perfetto. Eppure ci trovo una smagliatura. La vittima è in qualche modo connessa a John Doe e qualcuno potrebbe notare che l'omicidio giunge a proposito per lui. Per esempio la persona uccisa potrebbe essere la moglie indesiderata con la quale era, come tutti sapevano, in cattivi rapporti.

– Non mi convince molto – replicò Thorndyke. – Vedi, l'identità dell'assassino è fuori discussione. È una persona conosciuta, Richard Roe, e di conseguenza i sospetti non possono cadere su un'altra persona. Però la questione è degna di nota. Sarebbe indubbiamente un ulteriore vantaggio per la sicurezza dell'assassino se anche il cadavere fosse travestito oppure reso irriconoscibile. Terremo a mente questo fatto. Ora consideriamo il problema del travestimento, ricordando che un semplice trucco teatrale sarebbe inutile. Esso deve essere efficace all'aperto, alla luce del giorno, e va usato costantemente per un lungo periodo di tempo.

Cambiare l'aspetto di un uomo così radicalmente da renderlo irriconoscibile ai suoi amici e conoscenti non è facile ma si può fare. C'era un venditore di parrucche in Russel Street, Covent Garden, che aveva trasformato l'arte del travestimento in una professione regolare, e che era capace di creare i camuffamenti più straordinari. Però i suoi metodi erano piuttosto complessi, non proprio comodi e, in caso di trucchi duraturi, i clienti dovevano ripetere ogni giorno il trattamento. Ciò non è adatto a un travestimento di lunga durata e di certo non a quello di un potenziale assassino. Costui deve truccarsi da solo e ricorrere a un trucco ragionevolmente comodo.

A ogni modo non ci soffermeremo sulle difficoltà di un travestimento puramente maschile, perché ne esiste un altro tipo che è relativamente facile ed estremamente convincente: il cambiamento di sesso. Quando è attuabile si dimostra quanto mai efficace; infatti un accentuato cambiamento di aspetto può essere prodotto con un travestimento minimo. Inoltre la modifica dell'aspetto perde importanza visto che il cambiamento di sesso crea una personalità del tutto nuova. Per i suoi nuovi conoscenti John Doe è una donna, e se qualcuno di loro dovesse incontrarlo di nuovo non farebbe caso a una leggera somiglianza con quella donna.

Per di più l'attuale moda favorisce una simile personificazione. Le acconciature femminili sono le più disparate e vanno dalla testa rasata a una massa di capelli ricci; e i capelli, oltre a essere ondulati o arricciati vengono pure tinti o schiariti, come se fosse la cosa più comune di questo mondo. Ormai il trucco completo è in voga dappertutto: labbra dipinte, guance incipriate e colorite, ciglia finte e sopracciglia segnate con la matita. Tutto ciò può modificare profondamente l'aspetto. Un uomo, semplicemente vestendosi come una donna e adottando un'acconciatura femminile, servendosi di un po' di rossetto e di matita per le sopracciglia, si trasforma in men che non si dica, probabilmente quanto basta per non farsi riconoscere da chi lo conosce poco, e se per caso prima aveva barba o capelli, il suo aspetto ora è totalmente cambiato. Neanche i suoi amici lo riconoscerebbero.

Però questo metodo ha notevoli limiti. È impraticabile per determinati uomini. Non si addice affatto a un uomo alto, infatti una donna alta un metro e ottanta darebbe troppo nell'occhio ed è proprio ciò che un uomo travestito deve evitare. Poi, un uomo dalla carnagione scura avrebbe problemi enormi, perché per quanto si rada non riuscirà a liberarsi della sua barba scura e nessun colore o cipria potrà coprirla. Lo stesso dicasi per un uomo con una voce di basso. È difficile modificare profondamente la voce e una voce alterata attira l'attenzione. Anche un naso troppo pronunciato o petto e arti molto villosi creano difficoltà.

Ora vediamo in quali casi è praticabile, tenendo a mente che lo scopo è trasformarsi in una donna qualunque e non appariscente. L'uomo deve quindi essere l'opposto dei tipi che abbiamo escluso, vale a dire deve essere piuttosto piccolo, magro, chiaro di carnagione con lineamenti non marcati, deve avere una voce acuta e non troppi peli sul petto o sulle braccia. Un simile uomo, se si rade due volte al giorno e usa abilmente il trucco, può spacciarsi per una donna comune, purché prima di attuare la trasformazione si lasci crescere i capelli come farebbe più o meno una donna. D'altra parte se qualcuno sospettasse una donna di essere un uomo travestito è proprio questo tipo di uomo il più indicato e un simile sospetto è ragionevole se una donna che ha commesso un crimine sparisce all'improvviso per sempre.

– A mio modo di vedere – dissi io – la voce sarebbe un grosso ostacolo.

– Credo che voi siate sopravvalutando il problema – rispose lui. – Ci sono voci che sono inequivocabilmente maschili o femminili, ma ce ne sono parecchie altre, molte più di quanto si pensi, che non sono affatto così riconoscibili. Tra una voce femminile profonda, specialmente se usa abitualmente il registro più basso, e una voce maschile acuta la differenza è minima. Sentendo una simile voce provenire da un'altra stanza spesso è difficile capire se chi parla è un uomo oppure una donna. Il fatto è che le nostre idee si basano su schemi rigidi.

Ora torniamo a noi. Finora abbiamo considerato soltanto il travestimento fisico, il cambiamento dell'aspetto. Però c'è anche quel che possiamo definire il travestimento psicologico, l'assunzione di abitudini e atteggiamenti femminili e la creazione di particolari che suggeriscano una personalità femminile. Essi fanno leva sulla suggestione, tanto più potente in quanto inconscia, e l'osservatore non nutre più alcun dubbio sul sesso del nostro attore. Il più convincente di tutti è una storia d'amore con un uomo, preferibilmente qualcosa di discutibile che dia adito a pettegolezzi. L'effetto di tutto ciò è scontato e il sesso del nostro attore è decisamente fuori discussione.

Per inciso per quest'ultimo è consigliabile limitare al minimo la frequentazione di donne; infatti le donne, conoscendo a fondo il proprio sesso, potrebbero notare qualcosa di insolito nelle abitudini o nel comportamento di chi, in quanto uomo, difetta ovviamente di quella conoscenza.

Adesso, dopo aver considerato il metodo della "persona fittizia" da un punto di vista astratto, possiamo procedere a osservarne l'applicazione nel caso Schiller.

Thorndyke fece una pausa per consentire ai suoi ospiti di riempire bicchieri e pipe e a Polton di ristorarsi con una presa di tabacco, dopo di che riprese il suo racconto.

18. Le indagini ripercorse

– Sarebbe paradossale – cominciò Thorndyke – affermare che iniziai a dipanare la complessa matassa dell'omicidio di Lotta Schiller già prima che fosse commesso il delitto, però è un fatto che ogni volta che mi si presentava un nuovo sviluppo avevo già pronti diversi dati per affrontare il problema. In primo luogo questa non è stata un'indagine *ad hoc*. Fino a quando Penfield non mi ha proposto il caso io guardavo dall'esterno, con interesse poco più che accademico, un susseguirsi di eventi nei quali non ero personalmente coinvolto. Di conseguenza, quando è stata sollevata la questione della presunzione di morte, non ho intrapreso un'indagine *ex novo*, ma ho solo messo alla prova e verificato conclusioni già formulate.

Per me il punto di partenza fu l'omicidio di Charles Montagu. Quel crimine era interessante, da un punto di vista medico-legale, per via dell'insolito metodo adottato dall'omicida: la somministrazione di veleno. C'erano comunque altri elementi di interesse e, grazie all'entusiasmo di Polton, la nostra documentazione scritta sul caso era completa. Avevamo la spaventosa descrizione dell'omicidio e del misterioso artista sul quale erano caduti all'inizio i sospetti, ma soprattutto avevamo la notevole veduta di Gravel-pit Wood eseguita da Pedley.

Quel quadro mi colpì profondamente. Adesso si trova sulla cappa del camino e, se lo osservate attentamente, credo che capirete perché. Ci sono tre figure. Nell'uomo più alto Blandy riconobbe Charles Montagu: qui lo vediamo andare incontro alla morte. L'uomo più piccolo deve essere stato l'assassino e lo possiamo vedere, qui, mentre conduce la sua vittima nel luogo prescelto. Però la figura che mi colpiva di più era quella della donna. Chi era, e che ci faceva lì? Ovviamente stava pedinando i due uomini, e a quanto pare cercava di capire che cosa stessero dicendo. Veniva da chiedersi se non fosse in qualche modo imparentata con uno di loro e, poiché non si faceva viva, se ne deduceva logicamente che era imparentata, o legata in qualche modo, con il più piccolo. Infatti se fosse stata imparentata con Montagu avrebbe certamente denunciato l'assassino.

Però ciò che mi colpì maggiormente fu la gravità della situazione in cui si era cacciata la sventurata, e il tremendo pericolo che correva. Infatti la sua vita era appesa a un filo, il filo del suo silenzio. Anche se non aveva assistito all'omicidio, certamente sapeva chi era l'assassino. Una sua parola lo avrebbe mandato al patibolo e lei sola al mondo era al corrente di quel terribile segreto. Una situazione terribile. L'uomo, dopo aver commesso il suo crimine, svanì senza lasciare tracce.

Lui probabilmente si riteneva al sicuro, eppure la sua vita in realtà era nelle mani di questa donna. Se lei si fosse lasciata scappare qualcosa, avrebbe firmato la propria condanna. La spietata ferocia del crimine non lasciava molte illusioni in proposito.

Devo confessare che il pensiero dei pericoli che incombevano su quella poveretta mi faceva star male, e ciò accadeva ogni volta che vedevo il quadro appeso alla parete della stanza di Polton; avevo lo spiacevole presentimento che prima o poi mi sarebbe giunta la notizia di una donna assassinata. Però i mesi passavano e cominciai a sperare che la donna fosse stata tanto saggia da mantenere il segreto e che la minaccia fosse stata scongiurata.

Poi, alla fine, ci fu l'omicidio di Emma Robey, e immediatamente mi vennero dei sospetti. Si trattava di un delitto bizzarro e appariscente che presentava numerosi aspetti singolari, però ciò che attrasse subito la mia attenzione fu il metodo adottato dall'assassino: la somministrazione di veleno. Non solo era lo stesso metodo impiegato nell'omicidio di Montagu, ma il veleno usato era identico.

Ora, se consideriamo la radicata tendenza dei criminali a ripetersi, è evidente che questa analogia del metodo perlomeno doveva suggerire la possibilità che l'assassino di Emma Robey e quello di Charles Montagu fossero la stessa persona. Questa possibilità implicava un'altra possibilità, e cioè che la povera Emma Robey potesse essere la donna del quadro. Ovviamente non lo si poteva provare e l'unica cosa che si poteva dire era che, riguardo al solo aspetto che permetteva un confronto, ossia il colore dei capelli, si poteva ragionevolmente ipotizzare che si trattasse della stessa persona. Più in là non potevo spingermi. Aspettai impaziente che Emma Robey fosse identificata ritenendo che dopo avremmo avuto qualcosa di concreto. Ma non fu mai identificata e a un certo punto arrivai alla conclusione, condivisa credo dalla polizia, che Emma Robey fosse un nome fittizio e che le iniziali sui vestiti fossero state apposte deliberatamente per confondere le acque. La sua identità restava un mistero.

Veniamo adesso a un altro aspetto degno di nota in questo strano delitto. Mi riferisco all'assenza di ogni tentativo di nasconderne la paternità.

– Non state dimenticando la porta chiusa a chiave – ricordai – e la messinscena del suicidio?

– No – rispose – ma non li considero un tentativo serio. La polizia non credette per un solo istante al suicidio, né tantomeno io. Ogni cosa portava all'omicidio. Neanche l'assassino a dire il vero credeva molto in quella simulazione, altrimenti avrebbe potuto fingere di scoprire il corpo e chiamare la polizia. Però preferì non correre questo rischio e scelse la strada più prudente della latitanza.

– Ma – obiettai – a che pro tutta quella messinscena?

– A mio avviso – rispose – l'obiettivo era duplice. Intanto era una specie di tentativo buttato lì nella remotissima eventualità che quella simulazione potesse funzionare. Che cosa pensasse il criminale della sua credibilità è chiaro: basti pensare che non rimase lì a vedere come andava a finire ma preferì autoaccusarsi con la fuga. Quanto all'altro motivo ci torneremo fra poco.

Ritorniamo al delitto. Ripeto che, tralasciando la messinscena del suicidio, l'omicida non cercò affatto di nascondere la propria identità. Il cadavere si trovava nella stanza di Lotta Schiller, chiusa a chiave con la chiave di Lotta Schiller e la stessa Lotta era irreperibile. Una volta stabilito che si trattava di un caso di omicidio la presunta assassina era ovviamente Lotta. Lei sola aveva accesso a quelle stanze e non c'erano altri possibili sospetti. Alla polizia non restava che arrestarla e farla processare.

Ma Lotta era sparita, e malgrado le ricerche a tappeto la polizia non riuscì a scovare la benché minima traccia della donna. Ora, come Jervis ha osservato di recente, non è facile di questi tempi, con i telefoni, la radio e l'efficientissima struttura della polizia sparire così senza lasciar tracce, specialmente nel caso di una donna conosciuta e appariscente come Lotta Schiller. Tuttavia non si seppe più nulla di lei fino al rinvenimento della borsetta nell'Epping Forest.

Sono portato a considerare un errore, dal punto di vista strategico, l'aver sparso quelle tracce nella foresta. Non sviò la polizia, anche se Blandy per sicurezza fece fare un'accurata perlustrazione. Ovviamente l'assenza di un cadavere rovinò il piano. Se c'era stato un omicidio doveva esserci anche un cadavere nel campo, e non quegli indizi troppo scelti; per simulare il tutto era sufficiente recarsi lì con due paia di scarpe. Ciò non fece che ribadire nella polizia la convinzione che Lotta fosse colpevole e dette nuovo impulso alle ricerche.

Però, come sapete, i suoi sforzi fallirono miseramente, anche se le ricerche praticamente si protrassero per due anni; Scotland Yard, infatti, ha la memoria lunga e non si dà facilmente per vinta. Nondimeno tutte quelle ricerche non portarono alla luce la benché minima traccia di Lotta Schiller.

Questo per quel che riguarda il delitto in sé. Vediamo adesso che idea se ne fece di questi sviluppi un osservatore esperto e molto attento. La cosa che mi colpì maggiormente fu quella che ho appena menzionato: il criminale di fatto aveva firmato il proprio crimine. A parte la frettolosa messinscena del suicidio, sulla quale ovviamente l'assassino non faceva molto affidamento, non si cercò in alcun modo di dissociare Lotta Schiller dall'omicidio, al contrario sembrava quasi che la colpa venisse fatta ricadere deliberatamente su di lei.

Questo atteggiamento di sfida mi incuriosì parecchio. Che cosa poteva significare? Questo non era un delitto dettato dall'impulso con una fuga non premeditata. Si trattava di un omicidio preparato con cura in cui ogni dettaglio era stato scrupolosamente soppesato. L'unica spiegazione possibile secondo me era che Lotta Schiller in realtà non era mai stata in pericolo e che prima di commettere il crimine si era procurata una via d'uscita talmente sicura da rendere superflua ogni altra precauzione. Ed eccoci arrivati, credo, alla ragione principale della finzione del suicidio: dissimulare la sicurezza del criminale di non essere scoperto.

Ma quale poteva essere la natura di questa infallibile via d'uscita? Mi veniva in mente solo una soluzione, e poiché i fatti combaciavano alla perfezione, la adottai come ipotesi di lavoro. Mi convinsi che qui, per la prima volta, mi ero imbattuto in un criminale che aveva messo in pratica il mio metodo della persona fittizia, che Lotta Schiller era una persona travestita, dalla personalità fittizia che, avendo commesso l'omicidio, aveva semplicemente smesso il travestimento cessando così di fatto di esistere.

Vi renderete conto della validità di questa ipotesi, che spiega ogni circostanza. Era una ripetizione del caso di John Doe. Qui, nel nuovo personaggio di Lotta Schiller, attira la sua vittima in casa, dove è stata predisposta ogni cosa, commette l'omicidio con tutta calma senza essere minacciato, disturbato o interrotto, cancella tutte le tracce e, in questo caso, mette in scena il finto suicidio, va via, si toglie il travestimento, se non lo ha già fatto, e tornato a essere John Doe osserva tranquillo la ricerca dell'inesistente Lotta Schiller. Se il nostro uomo fosse stato davvero saggio si sarebbe fermato qui, ma non lo fu e commise la sciocchezza dell'Epping Forest facendo sorgere dei dubbi nella polizia.

Avendo abbracciato questa ipotesi mi chiesi quale fosse la vera identità della persona travestita da Lotta Schiller e quale fosse la natura del travestimento. Era davvero una donna oppure era un uomo travestito da donna? Giunsi alla conclusione, per diversi motivi, che probabilmente si trattava di un uomo. In primo luogo, come ho appena spiegato, perché il cambiamento di sesso è, come travestimento duraturo, molto più facile e di gran lunga più efficace di ogni altro tipo di camuffamento. Poi, il delitto mi sembrava commesso da un uomo. L'avvelenamento è un metodo tipicamente femminile, ma non con il ricorso alla forza, che richiede una notevole forza fisica, necessaria per eseguire un tale crimine. Poi emerse un particolare curioso durante le deposizioni che mi parve illuminante. Per provare la natura innocente della sua relazione con Lotta, Vanderpuye giurò di non averla mai baciata e che anzi lei gli aveva espressamente proibito simili affettuosità.

Ora, se Lotta era una donna il fatto era assai singolare, visto che in un certo senso erano quasi amanti, però se Lotta era un uomo allora la stranezza era subito spiegata. Con un'accurata rasatura una barba chiara può essere resa quasi invisibile, ma non impalpabile. La sensibilità delle labbra avrebbe rivelato all'istante la presenza di peli. In casi del genere va evitato ogni tipo di contatto fisico.

In quella fase delle indagini ritenevo che l'assassino di Emma Robey fosse qualche uomo sconosciuto al quale non riuscivo proprio a dare un nome. Infatti era sparito senza lasciar tracce o meglio lasciando solo false tracce riconducibili a una donna ben nota ma inesistente.

Poi c'era sempre il problema della stessa Emma Robey. Visto che il tempo passava senza che la polizia riuscisse a scopire alcunché a proposito di una donna con quel nome, mi venne in mente che forse si trattava di un'altra persona fittizia, che le iniziali sulla biancheria personale erano un trucco e che non esisteva una persona di nome Emma Robey. Ma allora chi era la donna assassinata? Di nuovo non ne avevo la più pallida idea, anche se in quel periodo, quando mi capitava di guardare il quadro nella stanza di Polton, mi chiedevo se per caso le due figure sconosciute del quadro non fossero Emma Robey e il suo assassino.

Però erano solamente congetture, che non potevano essere verificate e che si rivelavano sterili. Con il passare del tempo, e in assenza di nuovi sviluppi, l'omicidio di Jacob Street sembrava destinato a ingrossare le fila dei misteri insoluti. Non accadde nulla per un paio d'anni. Poi arrivò il signor Penfield, e con il suo ingresso in scena il mio ruolo cambiò, da osservatore distaccato a investigatore autorizzato.

Ora, Penfield non aveva pronunciato neanche una dozzina di frasi che io mi ero già reso conto che avremmo avuto la possibilità di fare un po' di luce sul problema, perché eravamo ora alle prese con fatti concreti che rendevano possibile un'indagine sistematica. Dallo stesso Penfield, quando delineò la sua causa, apprendemmo diversi particolari illuminanti. Vediamoli.

Prima di tutto venimmo a sapere che Lotta Schiller era una persona reale. Però la causa di Penfield riguardava due Lotte: una, la testatrice, era certamente la vera Lotta mentre l'altra, l'inquilina del numero 39 di Jacob Street, era ritenuta la stessa persona.

Poi imparammo che c'era un qualche legame tra Lotta e Charles Montagu. La sua natura non era chiara, ma tra i due vi era stato un contatto.

Inoltre apprendemmo che Montagu a quanto pare era stato ricattato, e che il ricatto presumibilmente era da collegare all'omicidio.

Infine Penfield poté fornirci l'ultimo indirizzo conosciuto di Lotta e scoprimmo, dettaglio significativo, che aveva preso in affitto delle camere nei pressi di Gravel-pit Wood.

Infine Penfield ci fornì una descrizione di Lotta. Molto vaga, ma comunque combaciava grosso modo con quello che sapevamo circa l'aspetto di Lotta la pensionante (la chiameremo così per distinguerla dalla testatrice, che chiameremo semplicemente Lotta). Però concordava altrettanto bene con la donna nel quadro e con la descrizione di Emma Robey fatta da Oldfield.

Avevamo quindi molto materiale prezioso e, non appena ebbi finito con Penfield, cercai di inquadrare a dovere i fatti. Cominciai con l'esaminare il testamento di Lotta a Somerset House, cercando di memorizzare la sua firma, e ritenni logico procurarmi copie dei testamenti di Montagu e di Barbara Dalton. Dal primo non appresi nulla di nuovo e da quello di Barbara soltanto un particolare banale e apparentemente insignificante, ossia che lei aveva lasciato tutti i suoi beni mobili alla sorella fatta eccezione per il violino, che andava a Lotta, dal che si poteva ragionevolmente dedurre che Lotta sapeva suonare il violino. Però quel fatto, che pure notai, sembrava non essere attinente alla nostra indagine.

Poi mi dedicai alla questione davvero importante: la pensionante di Jacob Street e Lotta la testatrice erano la stessa persona? La fonte più importante al riguardo era il signor Thomas Pedley, così mi misi senza indugio in contatto con lui ed essendo stato cortesemente invitato andai a trovarlo insieme a Jervis.

Devo ammettere che i risultati di quel colloquio furono superiori alle mie più rosee aspettative. Tom Pedley era una miniera di informazioni. Era un osservatore acutissimo, con una memoria indelebile e il prezioso dono di divulgare la sua conoscenza per mezzo dei disegni. Non c'è bisogno che scenda nei dettagli visto che molti già li conoscete, ma riepilogherò i punti salienti.

In primo luogo apprendemmo che Lotta la pensionante era un'artista fasulla, una vera e propria imbrogliona. Pedley riteneva che fingesse deliberatamente per una qualche ragione a lui sconosciuta. Questo era un fatto importante perché significava che almeno sotto questo punto di vista stava recitando.

Poi venimmo a sapere che Pedley, pur avendola frequentata spesso per molti mesi, non sapeva assolutamente nulla di lei, del suo passato, dei suoi amici e delle sue relazioni, tranne qualche accenno a un nebuloso marito. Riguardo a se stessa era riservata per non dire evasiva.

Poi c'erano due dati assai significativi. Uno era che Tom non aveva mai visto la sua firma, e apparentemente nessuno la conosceva; infatti non scriveva mai né a Tom né a Vanderpuye ed evitava di emettere assegni pagando l'affitto in contanti. L'altro era il suo ostinato rifiuto di farsi ritrarre o fotografare per il medaglione, unito al fatto che il suo autoritratto era tutto meno che somigliante. Questo evidentemente significava che, una volta scomparsa la donna, sarebbe scomparsa con lei ogni traccia della sua personalità, come credeva lei. Non sarebbero rimasti ritratti da guardare, studiare o paragonare ad altre persone conosciute, né frammenti o scritti di alcun tipo da confrontare con lettere o documenti. I due dati, presi insieme, rivelavano chiaramente un piano per scomparire.

L'amicizia imposta con quelle singolari manifestazioni di affetto, esclusivamente verbali e mai accompagnate da baci o altre tenerezze fisiche, era significativa, specialmente in quanto la donna sembrava non avere altri amici fino a quando arrivò Vanderpuye, che divenne anche lui oggetto di un simile sentimento platonico. Ho già parlato dell'importanza di un amoretto in questo tipo di travestimento con cambiamento di sesso.

Veniamo ora alla descrizione e all'impareggiabile taccuino. La descrizione era magistrale e per me fu una vera manna perché, se il mio sospetto che Lotta la pensionante fosse un uomo travestito da donna era fondato, questa descrizione con la sua dovizia di dettagli era sostanzialmente una descrizione dello stesso uomo. Così scoprimmo che la donna era alta all'incirca un metro e settantatré senza tacchi, che i suoi orecchi avevano una forma particolare (che Tom ci disegnò) e che i suoi occhi erano di un nocciola verdastro. Ora si trattava di caratteristiche difficilmente modificabili con un travestimento. Pertanto il nostro uomo, se esisteva, doveva essere alto all'incirca un metro e settantatré, avere orecchi di quella forma particolare e occhi di un nocciola verdastro. Tom inoltre completò questa descrizione con un eccellente disegno eseguito a memoria, di cui Lotta ignorava l'esistenza.

Però la vera manna furono i capelli. Non appena udii la descrizione di Tom mi resi conto che avevamo finalmente un mezzo certo e definitivo per giungere all'identificazione, visto che il medaglione di Vanderpuye conteneva un campione autentico che poteva essere esaminato. Erano chiaramente anormali e pensai che si trattasse proprio di capelli anulati, in ogni caso la parola definitiva spettava al microscopio. Così ci ritrovammo inaspettatamente tra le mani una prova.

E inoltre non era la sola. Un altro elemento importante e inaspettato emerse quando Tom, consegnandoci il suo taccuino, ci mostrò le impronte digitali della povera Emma Robey. Non parevano molto interssanti, visto che la sventurata era morta e sepolta, però le guardai per vedere se il metodo improvvisato da Polton aveva funzionato e feci una scoperta curiosa. Le impronte digitali mostravano che Emma Robey era stata una violinista.

– In che modo? – intervenne Vanderpuye impaziente.

–Grazie ai segni della pressione e dell'attrito sulla punta delle dita – rispose Thorndyke. – Dovete sapere che le impronte digitali mostrano altre cose oltre alla forma distintiva, per esempio ispessimenti dell'epidermide dovuti a modi particolari di usare le mani. Così un violinista di professione oppure un appassionato sviluppa degli ispessimenti della pelle, dei piccoli calli in effetti, sulla punta delle quattro dita della mano sinistra usate per premere le corde. Non compaiono sulle dita dei suonatori occasionali, e così rivelano il professionista o l'appassionato. I segni che lasciano sulla punta delle dita sono abbastanza caratteristici in quanto sono creste che per via della loro durezza tendono ad appiattirsi. Questi comunque non erano ben marcati, si trattava di piccole aree confuse al centro di ogni impronta. Tuttavia dimostravano in modo inequivocabile che Emma Robey era stata un'assidua suonatrice di violino.

Bisognava adesso attribuire il giusto valore a quella scoperta. Avevo dedotto che Lotta Schiller era stata una violinista, però quella deduzione poteva anche essere sbagliata. Comunque l'indizio lasciava supporre che Lotta Schiller ed Emma Robey potessero essere la stessa persona.

Questi erano i fatti salienti che apprendemmo da Tom Pedley. Come potete vedere c'era molta carne al fuoco, di basilare importanza per il mio caso. Quando uscimmo dallo studio avevo ricostruito quasi interamente lo schema della vicenda nella mia mente. Ovviamente essendo delle congetture potevano essere completamente infondate. Ma la loro validità poteva essere confermata o smentita unicamente da ulteriori indagini e mi misi all'opera per eseguire le opportune verifiche.

La prima mossa fu quella di esaminare il medaglione messo gentilmente a nostra disposizione da Vanderpuye. Mi recai subito in laboratorio e lo esaminai al microscopio con una forte luce incidente. Un solo sguardo mostrò che si trattava di capelli anulati sebbene, a causa del loro colore chiaro, le chiazze non fossero ben individuabili a occhio nudo e neanche con una lente debole. Ma un bell'ingrandimento rendeva tutto molto chiaro, così ora avevamo finalmente un'infallibile pietra di paragone per arrivare a individuare Lotta la pensionante.

Però prima dovevamo trovarla e dovevamo inoltre scoprire se per caso Lotta la pensionante non fosse una persona fittizia. Tale questione era strettamente connessa a quella dell'identità di Emma Robey. Infatti se Emma era, come sospettavo, Lotta Schiller, allora Lotta la pensionante doveva essere qualcun altro. Di conseguenza esaminai tale questione cercando di accertare quando Lotta fosse stata vista per l'ultima volta viva. Ora, secondo gli affidavit nessuno l'aveva più vista da quando aveva lasciato l'abitazione di Linton Green. Da allora non se ne era saputo più nulla fino alla notizia della scomparsa nella foresta.

Per prima cosa, allora, bisognava appurare quando Lotta era scomparsa da quell'abitazione; a tale scopo incaricai l'insostituibile Snuper di interrogare a Linton Green la signora Wharton, la padrona di casa di Lotta. Lui iniziò con il chiederle se poteva fornirgli l'attuale recapito di Lotta, cosa che lei ovviamente non fu in grado di fare; in compenso gli fornì quelle informazioni che avete udito durante la deposizione.

Questi dati non sembravano esserci di aiuto; infatti Lotta aveva lasciato quell'abitazione la mattina del 13 giugno 1930 ma la pensionante aveva fatto la sua apparizione a Jacob Street soltanto un mese dopo, quindi non si poteva dimostrare che le due non fossero la stessa persona. Continuai a cercare altri indizi in modo però alquanto confuso. La situazione era incoraggiante, infatti io avevo le impronte digitali di Emma Robey e se solo avessi potuto confrontarle con quelle di Lotta Schiller avrei risolto il problema. Ma come procurarmele? C'è un solo luogo in cui è possibile trovare le impronte digitali di persone sconosciute: Scotland Yard. Tuttavia sembrava pressoché inutile cercare lì le impronte digitali di Emma Robey. Infatti, fosse o non fosse Lotta Schiller, era presumibilmente una persona rispettabile. Eppure non era escluso che potessero essere lì e, visto che non avevo alternative, e che non volevo lasciare nulla d'intentato, feci una buona fotografia delle impronte digitali nel taccuino e, con essa, mi recai a Scotland Yard in cerca di un mio vecchio amico, Miller, che mi portò senza problemi alla sezione delle impronte digitali e consegnò la mia fotografia delle impronte all'addetto alle ricerche. Ed ecco il miracolo! Le impronte digitali di Emma Robey erano schedate e, ovviamente, c'erano anche le fotografie scattate in prigione e i dati personali.

All'inizio sembrò che quella scoperta non fosse di grande aiuto, visto che le fotografie riguardavano una certa Louisa Saunders, a prima vista l'ennesima sconosciuta. Però i dati personali furono più illuminanti. Secondo le note la biancheria intima della detenuta era segnata con le iniziali L.S., che corrispondevano al nome che lei aveva dato, Louisa Saunders, ma anche al nome di Lotta Schiller. Il fatto più significativo, comunque, era che Louisa era stata arrestata il pomeriggio del 13 giugno 1930, proprio lo stesso giorno in cui Lotta aveva lasciato le sue stanze per non farvi più ritorno. La concordanza era così completa da essere quasi conclusiva.

Poi c'era un'altra coincidenza. Dalla signora Wharton, Snuper aveva appreso che Lotta era una violinista professionista e le impronte digitali di Louisa Saunders erano quelle di una suonatrice assidua di violino. I segni dei calli erano molto marcati e ora capivo perché le impronte di Emma Robey erano così confuse. Durante la prigionia, non avendo più suonato, i calli si erano atrofizzati e si erano ridotti.

Questi nuovi elementi mi portavano a ritenere senza ombra di dubbio che Louisa Saunders era davvero Lotta Schiller e, visto che Louisa era certamente Emma Robey, ne conseguiva che Emma Robey era Lotta Schiller. Questo significava, inoltre, che Lotta la pensionante era qualche altra persona, e la domanda era: chi? Ora era possibile cercare di rispondere a tale quesito. Il telegramma che la signora Wharton aveva ricevuto di sicuro non era stato spedito da Lotta, perché avrebbe rivelato il suo indirizzo e lei si era rifiutata di fornirlo alla polizia. Ma dato che Carl Schiller si era recato in quelle camere per saldare l'affitto e portar via le cose di Lotta era evidente che sapeva dove si trovava sua moglie. A quanto pare aveva spedito il telegramma per evitare che la signora Wharton si mettesse in cerca della sua pensionante. Evidentemente c'erano ragionevoli motivi per sospettare che Lotta la pensionante fosse in effetti Carl Schiller. Però era soltanto un sospetto. Doveva essere verificato se le caratteristiche fisiche dell'uomo erano tali da rendere possibile il travestimento e avrei potuto stabilirlo unicamente vedendolo oppure procurandomi una sua dettagliata descrizione.

A questo punto divenne necessario confidare alcune cose a Miller dato che mi serviva il suo aiuto per proseguire le indagini. Si dichiarò pronto a farmi avere copie delle fotografie e dei dati personali, ma mi chiese una lettera da poter mostrare al vicequestore, che doveva concedere l'autorizzazione, e di conseguenza gliene spedii una con il risultato che, come ricorderete, passò da me a portarmi le fotografie. Di queste fotografie scattate in prigione feci delle copie con la targhetta del nome coperta che misi, con una fotografia del ritratto eseguito da Pedley e alcuni ritratti che non c'entravano niente, in una cartella che avevo intenzione di produrre in tribunale.

Così ero pronto per l'apertura della causa nel Tribunale competente per le successioni, dove speravo di indovinare le mosse risolutive. Tuttavia non sapevo come comportarmi. La correttezza mi imponeva di rivelare le informazioni in mio possesso a Penfield, che le avrebbe passate alla controparte. La cosa era chiaramente impossibile. Mio malgrado fui dunque costretto ad adottare una procedura abbastanza scorretta non rivelando elementi e documenti determinanti, nella speranza di raggiungere il mio scopo prima che Lorimer facesse delle obiezioni.

Devo però confessare che quella mattina ero tutt'altro che tranquillo quando ci avviammo verso il tribunale. Infatti dovevo definire certe questioni e dovevo farlo subito sperando di averne l'opportunità. E se i risultati non fossero stati quelli previsti avrei dovuto ricominciare daccapo l'intera indagine. Raramente sono stato così preoccupato per una causa come quella mattina.

I quesiti che attendevano una risposta erano: in primo luogo, Louisa Saunders era davvero Lotta Schiller? Poi, le caratteristiche fisiche di Carl Schiller corrispondevano alla descrizione di Lotta la pensionante fatta da Tom Pedley? Infine, aveva costui capelli anulati? Il primo quesito non pareva troppo complesso da risolvere, ma gli altri due erano legati a troppi fattori diversi. In primo luogo Carl poteva anche non essere presente, anche se io ritenevo che sarebbe venuto, perché la sua assenza avrebbe dato troppo nell'occhio, considerato che era direttamente coinvolto nella causa, che il suo affidavit doveva essere letto e che io avevo richiesto la sua partecipazione. Ma anche nell'eventualità che la descrizione corrispondesse restava il problema di come ottenere un campione dei suoi capelli. Discussi della faccenda con Snuper ed elaborammo diversi piani ma, alla fine, fui costretto ad affidarmi al suo ingegno e alla sua prontezza nel cogliere al volo le occasioni propizie.

L'esito vi è noto. Quando Schiller ci fu presentato vidi subito che corrispondeva perfettamente alla descrizione. Era alto all'incirca un metro e settantatré, aveva occhi di un nocciola verdastro, i suoi orecchi erano del tutto simili a quelli disegnati da Pedley e quello destro aveva un piccolo tubercolo di Darwin che mancava al sinistro; il suo profilo, togliendo la barba, concordava alla perfezione con il ritratto eseguito da Pedley e, mentre parlava con Jervis, notai che la sua voce dolce e acuta poteva passare benissimo per quella di una donna. Tutto combaciava. Non vi era una sola discordanza e mi convinsi di trovarmi di fronte a Lotta la pensionante, l'omicida di Lotta Schiller.

Però la mia convinzione non era rilevante, né equivaleva a una certezza. Restava la questione dei capelli anulati. Si trattava della prova finale, che non ammetteva repliche. Lotta la pensionante aveva sicuramente capelli anulati. Se quest'uomo aveva capelli anulati era di sicuro la pensionante, se non li aveva non poteva essere la pensionante anche se tutto il resto combaciava perfettamente. Bisognava quindi provare l'identità di quest'uomo e io mi chiedevo impaziente come procurarmi quel campione di capelli indispensabile per giungere alla conferma o alla smentita. Pareva un'impresa quasi impossibile.

Guardai Snuper che ci aveva seguito nell'aula, e feci il segnale convenuto per indicargli la preda, al che si mise all'opera con la sua buffa macchinetta, con la quale riuscì comunque a scattare due ottimi ritratti di profilo. Poi si sprofondò nella sua sedia in attesa della vittima che sedeva vicino a lui e, quando Lorimer espose il caso, chiuse gli occhi.

Seguivo con impazienza Snuper e vidi che si teneva molto vicino alla testa di Schiller. Ma ciò fu tutto quello che mi riuscì di vedere, perché Snuper ha i movimenti repentini e invisibili di un prestigiatore. Attese che Schiller sollevasse un po' la testa e poi in un baleno sistemò uno spesso strato di colla a essiccamento rapido sullo schienale del banco, proprio sul punto in cui era poggiata la testa. Fu una mossa azzardata ma a quanto pare passò inosservata, e neanche Schiller se ne accorse. E funzionò, come notai in seguito, perché quando Schiller cercò di muovere la testa rimase attaccato allo schienale del banco e fu liberato grazie a Snuper che intervenne con le sue forbici. Seguii con il fiato sospeso Snuper che grattava via la colla, apparentemente per pulire lo schienale, per paura che il giudice intervenisse e sequestrasse quella sostanza per farla esaminare. Comunque tutto filò liscio e Snuper se la svignò alla svelta; io sapevo che ci eravamo assicurati il campione, che ci avrebbe fornito comunque una risposta.

Voi sapete come sono andate le cose. Quando arrivammo al Temple per la pausa del pranzo trovai Snuper ad attendermi, modestamente trionfante per il suo successo, e ricevetti da lui la sua macchinetta fotografica e una busta ripiegata che conteneva una sostanza appiccicosa e un ciuffetto di capelli. È superfluo aggiungere che scappai di corsa al laboratorio per l'esame. Lì scelsi alcuni capelli, li poggiai su un vetrino con una goccia di olio di bergamotto e li esaminai al microscopio.

Era l'ora della verità, perché la vita di Carl Schiller dipendeva dalla risposta a quell'interrogativo. La risposta fu immediata: i capelli erano inequivocabilmente anulati e ora sapevamo con certezza che Lotta la pensionante e Carl Schiller erano la stessa persona. Però quella persona aveva assassinato Emma Robey e a quel punto bisognava scoprire se Emma Robey e Lotta Schiller erano la stessa persona.

Tornai nell'aula sicuro di poter risolvere la questione prima dell'inevitabile obiezione. Infatti andò così. Quando Linda Dalton identificò le fotografie scattate in carcere il caso era chiuso. Infatti lei si dimostrò così sicura nell'identificazione da dissipare ogni mio dubbio e sapevo di poterla confermare senza problemi. L'obiezione di Lorimer arrivò troppo tardi per fermarmi perché, se avessi voluto, avrei potuto far incriminare Carl Schiller seduta stante.

– Perché non lo avete fatto? – chiesi. – Perché siete andato avanti con la causa nel Tribunale competente per le successioni?

– Mi misi a disposizione dei poliziotti – rispose. – Volevano che si delineasse una causa, che dalle prime testimonianze sembrava fondata, prima di procedere a un arresto e, in effetti, avevo promesso a Miller di fornirgli prove sufficienti in tal senso. Era importante sia per me che per lui, dovevamo giustificare un arresto. Un eventuale fallimento della causa nel tribunale di polizia sarebbe stato disastroso. D'altronde le ultime fasi furono una sorta di prova generale che ci permise di capire esattamente che tipo di prove potevamo produrre durante il processo.

Bene, ora ho descritto lo sviluppo delle indagini e potete vedere come la massa delle prove indiziarie cresceva ogni volta che emergeva un nuovo elemento. Non c'è bisogno di entrare nei dettagli della preparazione della causa, come la scelta delle fotografie e degli altri oggetti prodotti in tribunale, né voglio avventurarmi in congetture su quegli interrogativi ai quali non sapremo dare mai una risposta.

– Il dotto avvocato e scienziato può ritenersi soddisfatto – disse Pedley – ma un comune mortale come me gradirebbe avere risposta a qualcuna di queste domande. Per esempio io vorrei sapere perché mai questo maledetto Schiller decise di venire ad abitare proprio accanto a me e scelse il sottoscritto quale suo miglior amico. Mi riesce difficile pensare a una mera coincidenza.

– Infatti – assentì Thorndyke – è inverosimile. Però se davvero preferite scoprire i motivi della sua scelta credo che sia possibile individuarli. Probabilmente cercava un quartiere adatto dove nessuno lo conosceva e lo sconosciuto giusto da frequentare come amico. Vide il vostro nome e indirizzo sui giornali, il "misterioso artista", e osservò che, dato che non vi eravate mai fatto vivo per dare informazioni e che sembravate ignaro dell'omicidio, non eravate certo un ficcanaso. Il vostro quartiere faceva al caso suo e la vostra professione era ideale ai fini di stringere un'amicizia, se riusciva a fingere di essere anche lui un artista, finzione agevolata dall'attuale moda della pittura infantile e primitiva, accompagnata da un abile uso del gergo specifico. Ritengo azzeccata la sua scelta.

– Eppure – obiettò Pedley – il fatto che io lo avessi visto nel bosco quel giorno avrebbe dovuto dissuaderlo.

– Ma, mio caro Pedley, lui non sapeva che voi lo avevate visto. Voi dimenticate che la polizia mantenne il riserbo sulle vostre informazioni, che non furono mai riportate dai giornali. E comunque anche se lo avevate visto non lo riconosceste. No, amico mio, non vedo niente di inspiegabile nel fatto che lui abbia scelto voi, sono altri gli aspetti davvero enigmatici.

– Vi riferite – suggerii – al perché Lotta si lasciò accusare di un reato che non aveva commesso, perché secondo me Schiller le rifilò di proposito quelle banconote e lei lo sapeva anche se, naturalmente, non poteva immaginare a che cosa mirasse. Ma allora, perché non disse dove le aveva prese?

– Probabilmente – rispose Thorndyke – era così terrorizzata da lui, che sapeva essere un assassino, che non osava accusarlo; anzi, forse accettò di buon grado la prigione per salvarsi da lui. Però non sapremo mai come andarono veramente le cose e non ha senso fare congetture.

– Voi, Jervis – disse Vanderpuye – parlate di uno scopo nel rifilarle quelle banconote. Quale poteva essere il suo scopo?

– A mio avviso – dissi – non voleva averla tra i piedi mentre faceva i suoi preparativi per impersonarla e farla fuori una volta uscita di prigione, prima che lei avesse il tempo di mettersi in contatto con i suoi amici; lui sapeva, credo, che lei avrebbe preferito andare in prigione sotto falso nome piuttosto che suscitare uno scandalo e provocarlo. Che ne dite, Thorndyke?

– Probabilmente avete ragione – rispose – ma noi non lo sappiamo e non lo sapremo mai. Né ce ne dobbiamo preoccupare. Siamo riusciti a sconfiggere un criminale davvero in gamba e questo ci deve bastare.

– Anche se ciò – insinuai – demolisce la teoria del piano infallibile del signor John Doe?

– Lo credi davvero? – replicò. – Io penso, Jervis, che tu stia trascurando alcuni dati salienti. In primo luogo Schiller non si attenne del tutto al piano di John Doe, e l'essersene allontanato lo portò alla rovina. John Doe, dopo aver commesso il delitto, si disfece del travestimento e sparì senza lasciar tracce e, quindi, indizi. Se Schiller avesse fatto altrettanto nessuno avrebbe mai sospettato nulla. Invece decise di mettere in scena l'omicidio fasullo nella foresta senza andare fino in fondo.

Poi trascuri gli effetti incalcolabili della sorte. La probabilità di imbattersi in capelli anulati era una su un milione ed è stato un caso quasi altrettanto raro che Polton prendesse le impronte digitali della donna morta e Pedley le conservasse. Eppure, se metti da parte queste due circostanze assolutamente improbabili, restiamo con un pugno di mosche. Schiller sarebbe in una botte di ferro, perché io non potrei andare oltre lo stadio dei sospetti.

Ignori inoltre un altro dato. Malgrado tutti questi scherzi del destino il piano di Schiller in effetti funzionò. Per due anni buoni rimase assolutamente al sicuro. È un dato di fatto che quando Penfield venne da me, non una sola persona al mondo all'infuori di me stesso nutriva dubbi sul fatto che la persona scomparsa nella foresta fosse davvero Lotta Schiller. Anche la polizia, che non si lasciò ingannare dalla messinscena dell'omicidio, non mise in discussione l'identità.

– Eppure – insistetti – è innegabile che il piano sia fallito e che costui sarà impiccato.

– Sì – ammise Thorndyke – il suo piano è stato sconfitto dall'imprevisto e dall'imprevedibile. Il fallimento illustra la verità dell'asserzione di Herbert

Spencer secondo la quale i fenomeni sociali sono troppo complessi perché possano essere previsti. Però senza previsione è impossibile concepire un piano che possa produrre gli effetti desiderati. Ecco dove falliscono i riformatori sociali e tutti gli altri pianificatori: non tengono conto dei fattori sconosciuti. Però sovente accade che i fattori sconosciuti si rivelino decisivi, come nel caso di Carl Schiller.

– Verissimo – disse Vanderpuye – e il fattore sconosciuto decisivo in questo caso è stato l'esistenza di un gentiluomo chiamato John Thorndyke.

FINE